KB105941

유령의 마음으로

유령의 마음으로

임선우 소설집

민음사

차례

유령의 마음으로

한가로운 오후, 나는 빵집 카운터에 엎드려 있었다. 한낮인데 이렇게 어두운 것을 보니 곧 비가 쏟아지려나, 생각하면서 창밖을 보던 중 짧게 숨을 들이켰다. 무언가가 몸 밖으로 쑤욱 빠져나가는 듯한 기묘한 느낌이 들었기 때문이었다. 동시에 내 몸은 얼음장처럼 차가워졌다.

　나는 카운터에서 일어나 창고로 갔다. 창고 구석에는 작년 겨울에 쓰던 담요가 접혀 있었고, 나는 먼지를 털겨를조차 없이 그것을 몸에 둘렀다. 아직 나뭇잎도 푸르른 9월이었지만, 뼛속까지 파고드는 추위에 정신을 차릴 수가 없었다. 잔뜩 움츠린 몸으로 창고를 나오면서는 놀라서 기절할 뻔했다. 카운터에 내가 눈을 감은 채 엎드려 있었던 것이다. 나는 멍하니 서서 내 몸을 바라보았다. 굽은 어깨와 벌어진 입이 남들 눈에는 저렇게 흉했구나, 생각하면서. 죽은 것이 딱히 억울하지는 않았다. 다만 이렇게 갑작스러운 죽음을 맞이할 거라고는 상상조차 하지 못했다. 평소에 지병이 있던 것도 아니고, 전조 증상도 없었는데, 이렇게 갑자기 죽을 수가 있나?

내가 정수보다 먼저 죽을 거라고는 아무도 예상하지 못했을 것이다. 정수는 2년째 병원에 식물인간으로 누워 있는 내 남자 친구다. 정수도 내가 죽었다는 사실을 알게 될까? 그런 생각을 하다가 몸에 두르고 있던 담요가 바닥으로 떨어졌고, 동시에 카운터에 엎드려 있던 내가 눈을 떴다. 나도 모르게 뭐야, 하고 소리쳤다. 죽었는데 어떻게 눈을 뜨지? 안 죽었으니까. 그것이 대답했다. 생김새뿐 아니라 목소리도 소름 끼칠 정도로 나와 똑같았다. 그럼 너는 누구야? 내가 묻자, 그것은 아무렇지도 않게 대답했다. 나는 너야. 그러면서 천천히 내 앞으로 다가왔는데, 서로 가까워질수록 추위가 점차 사라졌다.

도통 이해가 가지 않았다. 나와 똑같이 생긴 유령은 내가 죽은 것이 아니라고 했다. 내 몸을 빼앗으러 온 것도 아니고, 원하는 것도 없다고 했다. 자기가 왜 생겨났는지는 자기도 모르지만, 분명한 사실은 자기 또한 나라고 했다. 그럼 나에 대해 네가 아는 걸 말해 봐. 내가 말했다. 과거에 대해서라면 아무것도 몰라. 나는 지금 막 생겨났으니까. 그것이 말했다. 나는 그냥 네 감정을 똑같이 느끼고 있어. 기쁨이나 슬픔, 그런 거.

그래서 나는 그것을 없애기 위한 다양한 시도에 착수했다. 휴대폰으로 주기도문을 검색해서 외웠고, 부적 사진도 보여 주었고, 귀신을 쫓는 데는 팥이 좋다기에 팥빵도 하나 꺼내어 먹었다. 그렇지만 그것은 꼼짝도 하지 않았다. 내가 무언가를 하나씩 시도할 때마다 심드렁해하는 얼굴을 보자, 내 얼굴인데도 꼴 보기가 싫었다. 나는 기운이 빠져 카운터에 도로 엎드렸다. 나는 악마도 아니고 유령도 아니야. 나는 그냥 너야. 그것이 다시 말했다. 그게 더 싫어. 내가 대답했다. 그러자 그것은 천천히 고개를 끄덕인 다음 말했다. 나도 너랑 똑같이 싫은 감정을 느껴.

그때 출입문에 달린 종이 울렸다. 일주일에 한두 번씩 빵집에 들러 쌀식빵을 사 가는 할아버지였다. 할아버지에게 그것을 뭐라고 둘러대야 할지 걱정이 되었다. 그러나 할아버지는 흐린 날씨에 관해 얘기하고, 쌀식빵을 계산하고, 인사하며 나가는 순간까지 그것에게 눈길조차 주지 않았다. 다른 사람 눈에는 네가 안 보이나 봐. 내가 말했다. 그런가 봐. 그것이 대답했다.

그럼 잘됐네, 하고 내가 신이 나서 말했다. 너는 너에게 맞는 유령의 삶이 있을 거야. 그것을 찾아 나서도록 해. 나는 유령이 아니라니까. 그래도 나랑 떨어질 수는 있잖아. 유령은 내 말에 잠시 고민하더니, 알겠다고 대답한 다음 빵집 문을 통과해서 밖으로 나갔다. 문제는 유령이 나와 멀어지면서 조금 전의 추위가 다시 찾아왔다는 것이다. 그것은 두 번 다시는 겪고 싶지 않을 만큼 고통스러운 추위였다.

나는 문을 열고 달려 나가 길거리에서 유령을 붙잡았다. 내 손은 유령의 몸을 그대로 통과했지만, 유령은 나를 돌아보았다. 유령과 마주 서는 동시에 끔찍했던 추위도 말끔히 사라졌다. 믿을 수가 없네. 내가 중얼거렸다. 네가 그러니까 나도 당혹스러워. 유령이 말했다. 내 감정을 똑같이 느낀다는 게 사실이야? 그냥 네가 보이는 대로 말하는 거 아니야? 지금 나는 누가 봐도 당황한 사람이잖아. 나는 흥분해서 말을 쏟아 냈다. 너는 당황한 것보다도, 하고 가만히 듣고 있던 유령이 입을 열었다. 실망한 것 같은데. 그 말에 나는 입을 다물었다. 유령이 카운터에서 눈을 뜬 순간부터 나는 내가 죽지 않았다는 사실에 크게 실망하고 있었다. 결국 나는 유령과 함께 빵집으로 돌아갔다. 나는 카운터 의자에, 유령은 카운터 위에 걸터앉은 오후, 여전히 비가 쏟아질 듯 날이 흐렸지만, 정말로 비가 내리지는 않았다.

*

　김지원은 1년 반째 하굣길마다 빵집을 찾아오는 단골손님이었다. 나이는 열여덟 살로, 나와는 여덟 살 차이가 났지만 우리는 친구가 되었다. 김지원은 매일같이 빵집에 들러 질려하는 기색 없이 빵을 사 먹었는데, 어떻게 보면 그것은 대단한 끈기였다. 김지원이 또 한 가지 꾸준했던 것은 늘 혼자 왔다는 사실이었다. 한 번도 누군가와 동행한 적이 없었고, 다른 사람 얘기를 꺼낸 적도 없었다.

　작은 동네 빵집이라 테이블이나 앉을 자리가 따로 있지는 않았지만, 아이스크림을 넣어 놓은 냉동고 옆에는 의자 하나가 놓여 있었다. 그 의자는 김지원의 지정석이었다. 내가 하루 중 가장 좋아하는 시간은 의자에 앉아 빵을 먹는 김지원과 잡담하는 시간이었다.

　내 몸에서 유령이 튀어나온 날 저녁에도 김지원은 빵집을 찾아왔다. 카운터 위에 앉아 있던 유령은 김지원을 보고 천천히 일어났는데, 일어나는 모양새조차 나와 똑같았다. 김지원은 호두빵 하나를 집어 든 다음 의자에 앉아 나를 바라보았다.

　언니 오늘 이상하네. 김지원이 말했다. 뭐가. 나는 덤덤한 척 말했다. 유령은 어느새 김지원 옆으로 가 있었다. 고작 그만큼 떨어졌는데도 추위가 느껴져, 나는 구

석에 말아 두었던 담요를 다시 펼쳐 무릎에 덮었다. 표
정이 이상한데 무슨 일 있어? 김지원이 물었다. 아무 일
도 없어. 내가 대답했다.

너 얘를 엄청 아끼는구나. 얘가 들어온 순간부터 마
음이 좋고 편안하네. 유령이 김지원을 바라보며 말했다.
네가 상관할 일 아니야. 내가 유령에게 말했다. 그러자
호두빵을 먹던 김지원이 멈칫했다. 나는 순간 당황해서,
너한테 한 말이 아니라고 설명했다. 김지원은 됐다며 의
자에서 일어나려고 했다. 그도 그럴 것이 김지원의 눈에
는 빵집 안에 김지원과 나 둘뿐일 테니까.

나는 에라 모르겠다, 하는 심정으로 지금 내 옆에 유
령이 있다고 털어놓았다. 유령 아니라니까. 어느 순간
다시 내 옆으로 온 유령이 말했다. 그럼 너를 뭐라고 설
명해야 하는데? 나는 너라고 몇 번을 말해. 그래서 나
는 김지원에게 다시 말했다. 지금 내 옆에 나랑 똑같이
생긴 유령이 서 있는데, 자기 말로는 자기가 유령이 아
니래.

유령? 언니 왜 혼잣말을 하고 그래? 김지원은 걱정스
러운 눈길로 나를 바라보았다. 나도 이걸 어떻게 설명해
야 할지 모르겠는데, 오늘 낮에 몸이 엄청 추워지더니
유령이 나타났어. 내가 말했다. 김지원은 내 얼굴을 한
참 살피더니 말했다. 전부터 느꼈지만 언니는 정상이 아
니야. 정말로 내가 미쳤다고 생각했는지, 아니면 헛소리

를 한다고 생각했는지, 김지원은 다시 의자에 앉아 호두빵을 먹기 시작했다. 그날 김지원은 평소보다 조금 일찍 빵집을 떠났는데, 제발 나를 피하는 것만은 아니길 바랐다.

김지원이 떠난 뒤에는 퇴근 시간이 되어서 사람들이 몰려들었다. 유령은 카운터 안쪽 바닥에 앉아 있었다. 정신없이 빵을 팔며 유령까지 신경 쓰느라, 마감 시간 즈음 나는 완전히 녹초가 되었다. 오늘도 매대에는 감자빵 세 개가 남아 있었다. 빵집에는 스무 가지가 넘는 빵들이 있었는데, 그중 가장 인기가 없는 빵은 감자빵이었다. 투박한 생김새에 맛도 없어서 매일 두세 개씩 꼭 남았다. 그 바람에 남은 감자빵은 매번 내가 처리해야 했다. 처음에는 매일 저녁으로 감자빵을 먹었지만, 먹다 지친 나머지 감자빵을 처리하는 새로운 방법을 찾아냈다.

집에 가는 거 아니었어? 유령이 물었다. 나는 집에 가기 전에 들를 데가 있다고 말했다. 예상했던 일이지만, 나는 퇴근하고 나서도 유령과 붙어 있어야 했다. 잠시만 떨어져도 추워서 견딜 수가 없었기 때문이다. 나는 유령과 함께 지하 터널을 지나 근처 한강으로 걸어갔다. 그런 다음 물가에 앉아 남은 감자빵을 물고기들에게 던져주었다. 빵집에서 일한 지난 3년간 꾸준히 해 온 일이다. 빵 조각을 던지면 수면 위로 물고기들의 뻐끔거리는 입

이 올라왔다. 너도 빵 먹을래? 유령에게 물었지만, 유령
은 음식을 먹지 않는다고 했다.

대신에 유령은 물고기들에게 관심을 보였다. 기특하
고 예쁘다. 유령은 물고기를 바라보며 그렇게 말했다.
나는 그런 말을 듣는 것이 약간은 괴로울 정도로 쑥스
러웠는데, 그것이 곧 내 감상이기도 했기 때문이었다.
그런 생각을 입 밖으로 낸 적은 한 번도 없었다. 감자빵
을 조금씩 떼어 물고기에게 던져 주면서, 나는 내 몫의
소보로빵을 먹었다. 그동안 유령은 물가에 쪼그려 앉아
물고기를 구경했다.

너 애네한테 감자빵만 줬어? 갑자기 유령이 나에게
물었다. 왜? 내가 당황해서 물었다. 애네가 감자빵 더럽
게 맛없대. 물고기들이 너한테 그렇게 말했어? 유령은
내 말에 대답하지 않고, 다시 물고기들을 바라보았다.
물고기들은 유령에게 하소연이라도 하듯 정신없이 뻐
끔거렸다. 응, 살려고 먹는 거래. 잠시 뒤에 유령이 말했
다. 그걸 네가 어떻게 알아? 물고기랑 대화했어? 응. 나
는 배신감에 사로잡혀 남은 감자빵 한 덩이를 던지지 않
고 꿀떡 삼켜 버렸다. 그렇게 해서 오랜만에 먹은 감자
빵은, 물고기들의 마음을 부정할 수 없을 만큼 퍽퍽하
고 맛이 없었다.

빵을 다 먹고 던진 다음에야, 유령과 나는 여덟 평짜
리 원룸에 돌아와 누울 수 있었다. 유령이 내 옆에 눕자

안 그래도 좁은 집이 꽉 차는 듯했다. 누군가와 같이 자는 것은 2년 전 정수 이후로 처음이었다. 쉽게 잠들지 못할 것만 같았는데, 막상 유령이 옆에 눕자 너무 따뜻해서, 언제 그랬는지 모를 정도로 깊은 잠에 빠져들었다.

매주 토요일에는 정수를 보러 병원에 갔다. 정수 부모님도 그 시간에는 나를 위해 자리를 비워 주셨다. 벌써 2년째 반복되어 온 일이었다.

병실에 들어가자 정수가 침대에 누워 있었고, 지금이 순간만큼은 유령과 함께라는 사실이 기뻤다. 어젯밤부터 나는 유령이 물고기들과 말없이 대화했던 것처럼 정수와도 대화할 수 있지 않을까, 하는 기대에 차 있었던 것이다. 나의 부탁에 유령은 정수를 향해 몸을 기울인 다음 눈을 감았다. 한참 뒤에 유령이 말했다. 아무것도 들리지 않아. 한 번만 다시 해 보면 안 돼? 내가 말했다. 집중하면 될 수도 있잖아. 유령은 다시 눈을 감았다. 나는 손톱을 물어뜯으며 그 모습을 지켜보았다. 여전히 고요해. 유령이 말했다. 알겠어. 내가 대답했다. 나는 분명 덤덤한 표정을 지었는데, 유령은 나에게 너무 마음 아파하지 말라고 했다.

나는 병실 침대에 누워 있는 정수를 물끄러미 바라보았다. 정수는 2년 전 여름 집 앞에서 교통사고를 당했다. 나는 빵집에서 일하던 중 정수 어머니에게서 전화를 받았다. 여보세요, 하는 떨리는 목소리를 들은 순간 나는 정수에게 끔찍한 일이 생겼다는 것을 직감했다. 그날 정수가 무엇을 위해 집 밖으로 나섰는지는 아무도 몰랐다. 정수는 약속이 있던 것도 아니었고, 옷차림도 가벼웠다. 나는 정수가 산책하러 나갔나, 밥을 먹으러 나갔나, 담배를 사러 나갔나, 혹시 나를 보러 오려던 것은 아니었나, 끊임없이 생각했다.

유령을 통해 정수와 대화할 수만 있다면, 나는 묻고 싶은 것들이 많았다. 돌아오지도 않는 대답을 기다리는 사이 계절이 여덟 번 바뀌었다. 나는 이제 혼잣말이 어색하지 않았고, 정수 앞에서 울지도 않았다.

나는 정수 오른편에 있는 보조 침대에 누웠다. 내가 눕자 유령도 나를 따라 정수 왼편에 누웠다. 그러지 마, 정수 불편해. 내가 말했다. 난 공간 차지 안 해. 유령이 말했다. 그러자 할 말이 없었고, 우리는 결국 정수를 가운데에 놓고 눕게 되었다. 얘는 콧대가 엄청 높다, 눈매도 길고. 유령이 옆으로 누워 정수의 얼굴을 바라보며 말했다. 네가 왜 좋아했는지 알겠어. 나는 그 말에 대답하지 않았다. 내 감정을 똑같이 느끼고 있다는 유령은, 내가 정수를 왜 좋아하는지가 아니라 좋아했는지, 라고 말했다. 그것을 생각하면서 나는 천장을 바라보았다. 옆으로 누워 정수의 얼굴을 볼 수가 없었다.

한참 뒤에 나는 조용한 목소리로 정수야, 하고 불렀

다. 그런 다음 여전히 천장을 바라보며 말을 이어 갔다. 너도 눈치챘을지 모르겠지만, 나한테 유령이 붙었다. 그래서 오늘은 너랑 대화할 수 있지 않을까 기대했는데, 다시 생각해 보니 정수 너는 유령이 아니잖아. 물고기가 아니잖아. 너는 사람이잖아. 내가 잘못 생각한 것 같아. 미안해.

병원에서 버스를 타고 집으로 돌아오는 길, 유령은 내 옆자리에 앉아서 말했다. 마음이 이상해. 그 남자 옆에 누워 있는데 가슴이 먹먹했어. 그리고? 내가 물었다. 그게 다야. 유령이 대답했다. 나는 말없이 앞사람의 새까만 뒤통수만 들여다보았다.

집에 돌아와서는 씻고 불을 끄고 누워 천장을 바라보았다. 그제야 참았던 눈물이 흘렀다. 정수에 대한 내 사랑이 소멸해 버렸다는 사실을 알고 있었다. 언젠가부터 나는 정수를 사랑해서가 아니라, 정수와 헤어지기 위해서 정수를 기다리고 있었다. 천장을 바라보며 나는 한동안 소리 없이 울었다. 울고 있다는 사실을 유령에게 들켰을 테지만 멈출 수가 없었다.

일요일은 일주일 중 유일하게 집에서 쉬는 날이었다. 잠에서 깼을 때, 내 옆에 누워 있는 내 얼굴을 보고 심장이 멎을 뻔했다. 유령도 깜짝 놀랐는지, 우리는 눈을 크게 뜬 채 서로를 바라보았다. 이런 상황에 적응하려면 아무래도 시간이 좀 더 필요할 듯했다. 너도 잤어? 내가 물었다. 아니, 나는 그냥 누워 있었어. 너는 자면서도 마음이 바쁘더라. 유령이 대답했다. 정수 생각을 하다가 잠들어서 그런가, 하고 나는 속으로만 생각했다. 밥 좀 차려 주라. 잠시 뒤에 내가 말했다. 싫어. 유령이 말했다. 오래전부터 나는 하기 싫은 일이 있을 때마다 몸이 두 개이길 바랐지만, 정작 생겨난 두 번째 몸은 아무 도움도 되지 않았다.

나는 겨우 몸을 일으켜 계란말이를 만들었다. 그렇게 차린 아침을 혼자서 먹었는데, 평소의 두 배를 먹었다. 혹시 내가 네 몫까지 먹게 되는 건가? 내가 물었다. 아니야, 그냥 네가 많이 먹은 거야. 유령이 대답했다. 나는 설거지를 하면서 속으로 저 이상한 유령을 어떻게 없애야 하나, 고민했다. 병원에 가야 하나. 교회에 가야 하나. 굿을 해야 하나.

그런데 갑자기 싱크대 옆으로 검지만 한 크기의 바퀴벌레가 나타났다. 내가 깜짝 놀라자, 유령도 바닥에 누워 있다가 벌떡 일어났다. 무슨 일이야? 나는 바퀴벌레를 손으로 가리켰다. 유령은 바퀴벌레를 뚫어져라 바라보면서, 나에게 현관문을 열어 달라고 했다. 내가 현관문을 열자 바퀴벌레는 순순히 밖으로 기어 나갔다. 어떻게 한 거야? 내가 놀라서 물었다. 그냥 정중하게 나가 달라고 부탁했어. 그게 통한 거야? 응. 그 순간 나는 유령과 함께 있는 동안 벌레 걱정은 없겠구나, 겨울이 오기 전까지만 같이 지내 볼까, 하는 말도 안 되는 생각을 했다.

정작 유령은 내가 무슨 생각을 하는지도 모른 채, 창가에 앉아 쏟아지기 시작한 비를 구경하고 있었다. 며칠 내내 날이 흐리더니 이제야 쏟아지는 듯했다. 심심하지는 않냐고 묻자, 유령은 감정을 전달받는다는 게 얼마나 바쁜 일인지 아느냐고 되물었다. 지금은 평온한데? 내가 말하자 유령은 고개를 저었다. 여태껏 단 한 번도 평온한 적은 없었어.

나는 그 말이 틀렸다는 걸 보여 주기 위해, 세상에서 가장 편안한 자세로 누워 콧노래를 흥얼거렸다. 그런데 콧노래를 흥얼거리다가도 문득 정수가 생각났다. 정수가 콧노래를 좋아했기 때문이었다. 정수는 지금도 콧노래를, 얼터너티브록을, 가벼운 산책을, 단정한 셔츠를 좋아할까? 정수가 내일 당장이라도 깨어난다면, 깨어난 정수는 내가 기억하는 정수와 얼마나 같을까. 또 얼마나 다를까.

나는 2년간 달라진 것이 많았다. 비 오는 날을 싫어했지만 이제는 좋아한다. 할리우드 영화 대신 느슨한 프랑스 영화를 좋아하게 되었다. 가장 좋아하는 빵이 소시지빵에서 소보로빵으로 바뀌었다. 그렇다고 해서 싫어했던 감자빵이 좋아지지는 않았지만…… 생각히는데

거봐, 하고 유령이 나를 바라보며 말했다. 평온이랑은
거리가 멀다니까.

*

　나는 출근하자마자 창고에서 간이 의자를 하나 더 꺼
냈다. 유령의 간곡한 부탁 때문이었다. 아무리 그래도
맨바닥에 앉아 있게 하는 건 너무하잖아. 빵집에 놓인
의자는 그래서 총 세 개가 되었고, 나는 하루 종일 유령
과 나란히 앉아 있게 되었다. 손님이 없을 때면 유령은
의자에 앉은 채로 다리를 천천히 흔들었다. 그것은 잊고
있었던 내 오래전 버릇이었다. 왜 그렇게 쳐다봐? 유령
이 다리를 흔들다가 물었을 때 나는 아무것도 아니라고
대답했다.
　다행히 김지원은 그날 오후에도 빵집에 왔다. 나는
내심 김지원이 나를 피하지는 않을까, 걱정하던 중이었
다. 김지원은 치즈롤빵을 먹으면서 지금도 이곳에 유령
이 있는지 물었다. 내 옆에 앉아 있다고 대답하자, 김지
원은 증명해 달라고 했다. 어떻게? 내가 물었다. 김지원
은 롤빵을 공중에 띄워 달라고 했다. 나는 그런 것은 유
령이 할 수 없다고 말했다. 그러자 김지원은 빵집의 불
을 꺼 달라고 했다. 나는 그것 또한 할 수 없다고 말했
다. 유령인데 할 줄 아는 게 아무것도 없어? 김지원은

잔뜩 실망한 얼굴이었다.

할 줄 아는 거 있어. 동물이랑 대화도 하고, 내가 느끼는 감정을 똑같이 느껴. 내가 말했다. 그럼 지금 언니가 어떤 감정이래? 김지원이 물었다. 늘 그렇듯 울적해. 유령이 대답했다. 매우 평화로운 상태래. 내가 전했다. 김지원은 고개를 갸웃거리다가, 유령이 정말 언니랑 똑같이 생겼다면 보고 있을 때 기분이 이상하겠다고 말했다. 이제 내 말 믿는 거야? 내가 물었다. 솔직하게 대답해도 돼? 반은 언니를 믿는데, 반은 언니가 미쳤다고 생각해. 나는 그 정도면 나쁘지 않다고 했다.

학교 그만두고 싶다. 치즈롤빵을 마저 먹으면서 김지원이 말했다. 학교는 너무 시끄럽고 나는 너무 조용해. 그 말을 듣자 다시 정수가 생각났다. 오래도록 조용해진 정수가. 김지원이 가고 나서도 유령과 나는 똑같이 카운터에 팔을 괴고 앉아, 부유하는 먼지들을 바라보며 생각에 잠겼다.

그날 저녁에도 감자빵 한 개가 남았다. 나는 감자빵과 소보로빵을 들고 한강으로 가서 각각 반으로 나누었다. 맛있는 빵과 맛없는 빵을 물고기와 내가 공평하게 나눠 먹기로 한 것이다. 빵 조각을 던지는데, 유령이 물었다. 남자 친구랑은 몇 년 사귄 거야? 5년. 내가 대답했다. 건강한 정수를 만난 건 3년, 누워 있는 정수를 만난 건 2년. 내 마음이 무겁게 가라앉는 것을 느꼈는지,

유령은 자리에서 일어나 물고기들에게 다가갔다. 물고기들이 고맙대. 유령이 나를 보며 말했다. 잠시 뒤에 유령은 의아한 표정으로 나에게 물었다. 물고기들한테 인사받은 게 그렇게까지 기뻐?

기적을 바라지 않게 된 것이 언제부터였더라. 나는 매장을 청소하며 생각했다. 실망이 쌓이면 분노가 되고, 분노는 결국 체념이 되니까. 그것을 반복하지 않기 위해 나는 언젠가부터 아무것도 바라지 않았다.

어쩌면 그런 태도는 내가 유령을 순순히 내 삶에 받아들이게 되는 데도 영향을 끼쳤을 것이다. 나는 이번 주 내내 유령과 출근하고, 유령과 김지원과 잡담하다가, 유령과 한강에 가서 빵을 던지고, 유령과 잠을 잤다. 자다가 눈을 떴을 때 눈앞에 내 얼굴이 보여도 놀라지 않았다. 그렇다고 거울을 보는 듯한 느낌이 드는 것은 아니었다. 아무리 모습이 똑같다고 해도, 유령에게는 나와 전혀 다른 부분이 있었다.

유령은 뭐랄까, 나보다 내 감정에 훨씬 더 충실하게 반응했다. 유령은 내가 슬픔에 잠길 때면 아예 바닥에 드러누워 버렸고, 김지원이 와서 기쁠 때면 김지원 옆으로 다가가 콧노래를 흥얼거렸다. 언젠가 한번은 손님이 진열된 빵을 손으로 꾹꾹 누른 적이 있었다. 빵을 만지시면 안 된다고 내가 말하자, 그는 버럭 화를 내면서 만지던 빵들을 그대로 두고 나가 버렸다. 유령은 그날 업무 시간 내내 씩씩거리며 빵집 안을 돌아다녔다. 정신없으니 그만 움직이라고 말하자 유령은 네가 그렇게 담아두기만 하니까 얼굴이 울상인 거야, 하고 쏘아붙였다.

나와 똑같은 몸으로 그렇게 행동하는 유령의 모습은 봐도 봐도 적응되지 않았다. 저런 모습을 사람들이 보지 못해서 정말 다행이라고도 생각했다. 그런데 오늘 낮에 쌀식빵을 사 가는 할아버지가 나를 보더니 얼굴이 폈다고 했다. 유령이 온 뒤로는 정수 생각이 줄어들어서 그런가, 정신없는 바람에 사라져 버리고 싶다는 생각을 하지 않아서 그런가. 나는 할아버지가 주신 홍삼 사탕을 녹여 먹으면서 골똘히 생각했다.

같은 날 저녁, 늘 그렇듯 빵집에서 나와 유령과 함께 한강으로 걸어갔다. 금요일 저녁이라 그런지 길거리에 사람이 많았다. 항상 나란히 걷던 유령과 나는 서로를 앞뒤에 놓고 걷게 되었다. 내가 유령 뒤에 서게 되어, 살면서 처음으로 내 뒷모습을 보게 되었다. 작은 키, 동그란 뒤통수, 어깨에 닿지 않는 짧은 단발, 좁은 보폭. 어깨 좀 펴. 내가 유령에게 말했다. 그러자 유령은 어이가 없다는 듯 웃었다. 옆에 있던 커플이 나를 이상하게 쳐다보며 지나갔다.

오늘 물고기들을 위해 준비한 빵은 식빵과 감자빵이었다. 내일은 병원 가는 날이네. 가만히 앉아 있던 유령

이 말했다. 응. 내가 대답했다. 언제까지? 유령이 물었
다. 나는 움직이던 손을 잠깐 멈추었다가, 다시 식빵을
결대로 찢으면서 생각했다. 그것은 내가 오래전부터 했
던 질문이었다. 그리고 언젠가부터 멈춰 버린 질문이기
도 했다. 어떤 날에는 하루를 견디면 하루가 지나가니
까, 이렇게 언제까지나 정수를 기다릴 수도 있겠다는 생
각이 들었다. 그러나 또 다른 날에는 단 1초도 더 기다
릴 수 없겠다는 생각이 불쑥 치밀어 올랐다. 그래서 내
가 내린 최선의 답은 그저 생각을 덮어 두는 것이었다.
그렇지만 정말 언제까지 그럴 수 있을까? 나는 유령의
질문에 대답하지 못했다.

　유령은 다음 날 병실에 들어가자마자 정수 옆에 드
러누웠다. 나는 병실 창문을 조금 열어 바람이 통하도
록 했다. 그런 다음 자리에 앉아 정수의 얼굴을 가만 들
여다보았다. 눈 감은 채 무표정한 정수의 얼굴이 이제는
익숙했다. 웃거나 찡그리던, 집중하거나 나른해지던 정
수의 얼굴을 기억해 내기 위해서는 오래전의 사진들을
꺼내 봐야만 했다.

　나는 정수에게 그동안 있었던 일들을 들려주었다. 감
자빵은 여전히 맛이 없고, 물고기들 입맛은 나보다 더
까다로우며, 김지원이 내년이면 벌써 고등학교 3학년이
된다는 얘기를 두서없이 늘어놓았다. 유령에 대한 이야
기도 물론 빼먹지 않았다. 나는 유령이랑 지내는 일이

생각했던 것만큼 나쁘지는 않다고 말했다. 유령이 벌레도 쫓아 주고 물고기들 말도 전해 줬다고. 내가 떠드는 동안 유령도 가만히 누워 내 얘기를 들었다.

말을 마친 나는 정수의 손을 잡아 보았다. 마침 등 뒤로 시원한 바람이 불어와, 나는 눈을 감은 다음 정수와 손잡고 걷는 상상을 했다. 오래전에 우리가 매일 그랬듯이. 나는 정수와 한강의 풀밭을 걸었고, 자주 가던 동네의 거리를 걸었고, 집 앞의 좁은 골목을 걸었고, 빵집으로 가는 횡단보도를 건너기도 했다. 그러는 동안 나는 전혀 슬프지 않았다. 무섭지도, 아프지도 않았다. 그 길을 다 걷고 나서도 나는 한동안 눈을 감고 있었다. 이상한 일이었다. 상상이었다고 하기에는 너무나 진짜 같았고, 꿈이라고 하기에는 내 의식이 분명 깨어 있었다. 눈을 떴을 때 나는 유령에게 물었다. 네가 한 거야? 유령은 무슨 말인지 모르겠다고 대답했지만, 나는 그것이 유령이 내게 준 선물이라는 것을 알았다.

그날 나는 유령과 함께 행복한 기분으로 집에 돌아왔다. 따뜻한 물로 씻고, 기운이 나서 밥도 차려 먹었다. 그렇게 밥 한 그릇을 다 먹은 다음, 개수대에 쌓인 설거짓거리를 보고 나도 모르게 손바닥으로 이마를 짚었다. 그런데 이마를 짚는 순간, 갑자기 눈물이 날 것 같았다.

정수와 나는 둘이 있을 때 아주 사소한 일로도 손바

닥으로 이마를 짚어 가며 놀았다. 걷다가 신발 끈이 풀
어지면 이마를 짚었다. 그러면 정수가 신발 끈을 묶어
주었다. 빌려주기로 했던 책을 깜빡하고 두고 나왔을 때
정수는 이마를 짚었다. 그러면 내가 용서해 주었다. 자
꾸만 쏟아질 것 같은 마음을 붙잡으려고 눈을 감았다.
문득 느껴지는 온기에 눈을 뜨자, 유령이 내 앞에서 울
고 있었다.

  나는 유령의 우는 얼굴을 바라보았다. 나에게 도달하
지 못한 감정들이 전부 그 안에 머무르고 있었다. 나는
손을 뻗어 유령의 두 눈에서 뚝뚝 떨어지는 눈물을 닦
아 주었다. 손에 닿지는 않았지만 분명 따뜻했고, 너무
나 따뜻해서, 나는 울 수 있었다. 대체 어떤 유령이 눈물
까지 흘리는 거야. 내가 말했다. 나는 유령이 아니니까.
유령은 우는 와중에도 그렇게 말했다. 잠시 뒤에 유령
이 나를 끌어안았는데, 그것은 내가 태어나서 처음으로
받아 보는, 한 치의 오차도 없는 완전한 이해였다. 여기
까지인 것 같아. 안긴 채로 내가 말했을 때 유령은 그래,
라고 대답해 주었다.

                           *

  나는 그날 이후로도 며칠 더 담담하게 일상을 유지했
다. 출근해서 매장 바닥을 닦았고, 빵을 팔았다. 슈크림

빵을 먹는 김지원에게 참았던 질문을 하기도 했다. 빵이 질리지는 않아? 김지원은 곰곰이 생각하더니, 여기 빵은 너무 맛있지도 너무 맛없지도 않기 때문에 계속 먹을 수 있다고 대답했다. 먹는 동안 맛에 대해 아무 생각도 나지 않기 때문에 계속해서 먹을 수 있는 거라고.

요즘 김지원은 유령의 존재를 완전히 믿게 된 나머지, 유령의 위치를 알아맞히는 놀이에 빠져 있었다. 무언가 음습하거나 차가운 기운이 느껴진다면서 여기, 하고 빵집 아무 데나 가리켰는데 맞히는 경우는 거의 없었다. 그렇게 김지원과 장난치고, 물고기들과 감자빵을 반씩 나눠 먹는 평범한 일상을 보내면서도, 하루 중에 작은 틈새가 벌어질 때마다, 그러니까 빵집에 손님이 없거나 물고기들도 식사를 마치고 떠난 강물 앞에 앉아 있을 때마다, 나는 멍하니 생각에 잠겼다. 그럴 때면 유령도 덩달아 넋이 나가 보였다.

어느 목요일 저녁, 나는 한강 대신 정수가 있는 병원으로 갔다. 병실에는 정수 어머니가 정수의 곁을 지키고 있었다. 정수 어머니는 나를 보고 잠깐 놀라더니, 이내 담담한 표정을 지었다. 그러고는 내게 아무것도 묻지 않은 채 그래, 괜찮아, 하고 중얼거리면서 내 등을 가볍게 두드려 주었다. 나는 그럼 잠깐 저녁 먹고 올게. 정수 어머니가 말했다. 나는 그 말이 거짓말인 걸 알면서도, 잘 다녀오시라고 대답했다. 나는 알고 있었다. 정수 어머니는

식당이 아니라 사람 없는 곳을 찾아간다는 것을. 그러고
는 오래도록 운다는 것을.

정수 어머니가 나간 병실에서 나는 정수의 얼굴을 한
없이 바라보았다. 모든 것을 담고 싶은 마음에 정수의
얼굴을 조심스레 매만져 보기도 했다. 그러는 동안 유령
은 벽에 기대어 서서, 그 모든 시간을 같이 있어 주었다.
한참이 지난 다음에야 나는 오랫동안 입 밖에 꺼내지
못했던 말, 한강의 물고기들 앞에서만 되뇌던 말을 할
수 있었다.

나는 정수 어머니가 돌아오기 전에 유령과 함께 도망
쳤다. 정수 어머니가 그래, 괜찮아, 했던 말이 정수 대신
나에게 해 준 대답일 수도 있겠다는 생각은 뒤늦게 했
다. 그 또한 2년 전 내가 전화를 받았던 순간처럼, 단숨
에 모든 것을 직감했는지도 몰랐다. 그날 나는 정수와
정수 어머니, 병실의 무거운 공기, 푸르른 형광등이 켜
진 긴 복도, 그 모든 것으로부터 도망쳐 버렸다.

언니 오늘 꼴이 말이 아니네. 밤을 꼬박 새우고 빵집
에 앉아 있는 나를 보더니 김지원이 말했다. 그렇게 말
하는 김지원의 상태도 썩 좋아 보이지는 않았다. 기침을
하고 콧물도 훌쩍거렸다. 벌써 감기에 걸린 거야? 내가
묻자 김지원은 그렇다고 대답했다. 나는 김지원에게 따
뜻한 허브차를 한 잔 만들어 주었다. 나, 김지원 그리고

유령은 각자의 지정석에 피곤한 얼굴로 앉아 잠시 아무 말도 하지 않았다.

언니는 어제 잠을 못 잤어? 김지원이 정적을 깨고 말했다. 나는 대답하는 대신 김지원에게 되물었다. 나 빵집 그만둘까? 여기 그만두고 남쪽 섬에 가서 살까? 김지원은 나에게 그 말이 진심이냐고 물었다. 나는 반은 진심이고 반은 농담이라고 했다.

나는 언니 보러 여기에 오는 거야. 빵은 그다지 좋아하지도 않아. 김지원이 말했다. 얼마 전에 언니가 추워지면서 유령이 나타났다길래 며칠 동안 창문을 열어 놓고 잤어. 너무 외로우니까 유령이라도 생겼으면 했는데, 유령은 안 나타나고 감기만 걸렸어. 그러니까 남쪽 섬은 나중에 가면 안 돼?

나는 그날 김지원을 데리고 한강에 갔다. 김지원은 처음에 물고기들을 무서워했지만, 물고기들이 김지원을 반기고 있다는 유령의 말을 전해 주자, 이내 즐거워하면서 빵 조각을 던졌다. 이걸 누가 먹나 했는데 언니랑 물고기였구나. 김지원이 감자빵을 보며 말했다. 빵을 다 던지고 나서도 우리는 강가에 앉아 얘기했다. 나는 남쪽 섬은 그냥 해 본 소리였다고 했다. 그리고 나중에 내가 빵집을 떠나더라도, 우리는 어디서든 만날 수 있다고 말했다. 조용히 앉아 있던 유령이 자리에서 일어났다. 유령은 김지원 옆으로 가서 앉더니, 김지원의 어깨

를 감싸 안아 주었다. 뭘 한 건지는 몰라도 되게 따뜻하
네. 김지원이 말했다.

*

그 모든 일이 지나간 뒤 처음으로 병원에 가지 않고
맞이하는 토요일이었다. 나는 누워서 무엇을 할까, 생
각하다가 미뤄 두었던 집 안 청소를 하기로 했다. 유령
은 내가 청소하는 내내 식탁에 앉아 다리를 흔들다가,
내가 청소기를 들고 다가가면 다리를 들어 비켜 주었다.
내친김에 나는 밀린 설거지까지 끝냈다.

오후가 되자 집이 깨끗해졌고, 나는 냉장고에서 맥주
한 캔을 꺼내어 바닥에 앉았다. 차가운 맥주를 마시자
기분이 좋아졌다. 유령도 어느샌가 내 옆에 앉아 있었
다. 우리는 나란히 바닥에 앉아 창밖을 바라보았다.

특별할 것 없던 오후, 유령은 내 어깨에 기대어 있다
가 스르르 사라졌다. 사라지기 전, 유령은 내 귀에 대고
무언가를 속삭였다. 그러나 그것은 언어의 형태가 아니
었다. 그것은 꿈처럼 아름답고 깃털처럼 부드러운, 물고
기처럼 유연하고 흐르는 물처럼 반짝이는 유령의 마음
이었다.

빛이 나지 않아요

비가 내리자 물이 샜다. 처음에는 뚝, 뚝, 떨어지던 것이 나중에는 거실 천장에 구멍이라도 뚫을 기세로 엄청나게. 급하게 냄비를 받쳐 보았지만 소용없었다. 종일 물을 퍼내고 바닥을 훔쳐 내다가, 저녁이 되어 비가 그치자 구와 나는 거실 바닥에 쓰러지듯 드러누웠다. 누운 채로 텔레비전을 켜 보니 세상이 망해 가고 있었다.

　뉴스에서는 온몸이 물집으로 뒤덮인 사람들이 구급차에 실려 가는 모습이 나왔다. 그들은 이목구비가 물집에 파묻혀 얼굴을 알아볼 수 없었고, 거동도 불가능해 보였다. 기자는 사람들이 그렇게 된 원인이 해파리라고 했다. 인간을 해파리로 만들어 버리는 변종 해파리가 나타났다는 것이었다.

밤이 되면 해안가에서 푸른빛을 내는 해파리들. 빛
으로 상대를 유인한 뒤, 가까이 다가온 대상을 촉수
로 휘감아 자신과 똑같은 모습의 해파리로 만들어 버
립니다.

기자의 말이 끝나자 화면에는 해파리와 광어를 한 마
리씩 같이 넣은 수조가 나왔다. 빠르게 돌린 영상에
서 바닥에 엎드려 있던 광어를 해파리 촉수가 쓸고 지
나가자, 광어의 형체가 일그러지더니 이내 해파리와 똑
같은 모습으로 변했다. 멋진데. 텔레비전에서 눈을 떼
지 않은 채 구가 말했다. 멋지다. 내가 말했다. 구와 내
가 하던 밴드가 망한 이후로 우리는 틈만 나면 세상
이 망해 버리길 기도했다. 그 소원이 이렇게 빨리 이뤄
질 줄이야.
해파리로 변해 가는 사람들을 보자 천장에서 물
이 새는 것쯤은 아무것도 아닌 일처럼 느껴졌다. 그러
니까 밴드가 망하고, 서울에 있던 월세방 보증금을 까
먹고, 쫓겨나듯 시골로 와서 지내게 된 구의 돌아가
신 친할머니댁 천장에서 물이 새는 것쯤은 그다지 놀
랄 일은 아닌 것이다. 구와 나는 들뜬 채 유튜브에 해파
리를 검색했고, 그것들이 인터넷상에서는 좀비 해파리

라고 불리고 있으며 한국은 물론 전 세계 바다를 점령했다는 사실을 알아냈다. 한참 검색하고 난 뒤에는 배가 고파져 라면을 끓여 먹었다.

*

변종 해파리가 출현한 지 보름이 지났다. 구와 나의 바람과는 달리 세상은 그리 쉽게 망하지 않았는데, 해파리들은 물 밖에서 전혀 이동할 수 없기 때문이었다. 전국 해수욕장이 폐쇄되자 대부분의 사람들은 해파리와 마주칠 일이 거의 없었다. 학생들은 변함없이 학교에 갔고, 회사원들은 회사에 갔다.

그런데도 변종 해파리는 모두의 관심사가 되었다. 뇌도 심장도 없이 바닷속을 떠돌며, 자신과 닿는 모든 동물을 해파리로 만들어 버리는 좀비 해파리들. 한자리에서 가만히 빛을 내는 것만으로도 상대를 다가오게 만드는 그들의 모습은 우아해 보이기까지 했다. 인간 또한 해파리 빛에 노출되면 해파리에 다가가고자 하는 충동이 생길 수 있다고 과학자들이 발표하자, 선글라스 판매량이 전례 없이 급증했다.

사람들은 해파리를 저마다 다르게 받아들였다. 누군가는 해파리에게서 멸망을 보았다. 누군가는 신의 모습을 보았고, 누군가는 삶의 탈출구를 보았다. 그리고 구는, 해파리에게서 취업 기회를 보았다.

빠르게 번식한 변종 해파리들은 바다에 차고 넘치다 못해 해변까지 밀려 나왔다. 해파리는 죽어서도 오랫동안 촉수 신경이 살아 있기에 위험했고, 부패하는 과정에서 지독한 악취가 났다. 해안가 주민들의 쏟아지는 민원을 감당하기 어려웠던 정부는 해변 미화원을 뽑기 시작했다. 해변 미화원은 아침마다 해변에서 썩어 가는 해파리 사체들을 치웠다. 무거운 해파리를 들어 옮길 수 있는 젊은 남성들이 우대받았고, 구는 얼마 지나지 않아 해변 미화원이 되었다.

구가 출근하면 나는 집에 혼자 남았다. 일자리를 구하기 위해 사방에 지원서를 냈지만 아무 데에서도 연락이 오지 않았다. 해안가 마을에 관광객이 들지 않자 모두가 어려워지고 있었다. 매일매일 시간이 남아 돌았고, 나는 넘쳐 나는 시간을 해파리를 검색하며 보냈다. 인터넷에는 해파리에 관한 정보들이 난무했으나 그중 일부만이 진짜였는데, 좀비 해파리에 관한 진실 중 하나는 그들에게 기존 해파리에게는 없던 시각과 청각이 존재한다는 사실이었다. 그들은 자신들이 어떠한 변화를 일으키는지 눈으로 보고, 귀로 듣고 있었다. 그 사실을 알고 나자 나는 좀비 해파리가 조금 더 좋아졌다.

해파리들을 따라 웹 서핑을 하다 보면 구가 돌아왔

다. 구, 그거 알아? 한 달이면 코끼리도 해파리로 변한대. 구는 내 말에 지친 얼굴로 고개를 끄덕였고, 나는 머쓱해진 채 구가 포장해 온 쉬기 직전의 김밥을 집어 먹었다. 실은 조금 무서워. 조용히 김밥을 먹던 구가 말했다. 뭐가? 해파리들. 분명 어제 몇백 마리를 치웠는데도 다음 날이면 그대로야. 다음 날도, 다다음 날도 그대로. 가끔은 이상한 악몽을 꾸고 있는 것 같아. 나는 말없이 구의 어깨를 감싸 안았다. 지친 구에게서는 해파리 썩은 냄새가 났다. 일을 시작한 뒤로 구의 몸에 밴 냄새는 아무리 열심히 씻어도 지워지지 않았다.

얼마나 더 나빠져야 세상이 망할까? 자려고 누웠을 때 내가 물었다. 나도 궁금해. 어둠 속에서 구가 대답했다. 이곳에 온 뒤로 우리는 단 한 번도 음악에 대한 얘기를 꺼낸 적이 없었다. 구는 기타를 팔아 버렸고 나는 노래는커녕 흥얼거리지조차 않았다. 매일같이 하던 일을 한순간에 멈춰 버리다니, 이상하지.

나는 구의 마른 등을 바라보며 오래전에 우리가 같이 불렀던 노래를 머릿속으로 재생해 보았다. 언제쯤이면 다시 그때로 돌아갈 수 있을까. 구가 어디선가 구해 온 커다란 대야 안으로 또다시 빗물이 떨어지는 밤. 잠든 사이에 우리 집이 물에 잠기지는 않겠지, 그렇겠지, 걱정하면서 잠이 들었다.

*

해파리로 변신하는 인간을 신고하는 긴급 전화번호 (082)가 생겨났다.

해파리들이 원자력발전소 취수구를 막아 곳곳에서 정전이 일어났다.

해파리로 변한 가족을 데리고 살겠다는 사람들과 안락사시켜야 한다는 정부의 입장이 충돌했다.

해파리로 변한 개를 끌어안고 슬퍼하던 주인이 촉수에 쏘이는 영상이 조회수 백만을 찍었다.

신흥 해파리 종교가 생겨났다.

자살 단체에서 해파리 촉수가 높은 가격으로 거래되었다.

범죄 조직들은 해파리 촉수를 새로운 살상 무기로 적극 활용했다.

값싼 젤리가 해파리로 만들어진 거라는 괴담이 떠돌았다.

중국집에서 해파리냉채를 더 이상 팔지 않았다.

해파리 같은 물광 피부를 만들어 준다고 광고한 화장품 업체에서 이튿날 성의 없는 사과문을 올렸다.

*

해파리 종교가 생긴 것도 이해는 가. 늦은 밤 구의 허리에 파스를 붙여 주며 나도 모르게 그런 말이 나왔다. 구가 왜냐고 묻자 그냥, 하고 얼버무렸지만 최근에 본 영상들 때문이었다. 유튜브에는 해파리 빛에 홀린 사람들을 찍은 영상이 간간이 올라왔다. 연기일지도 모르겠으나 그들은 주저 없이 해파리를 향해 다가갔으며, 자신을 막아서는 이들을 거칠게 뿌리쳤다. 무엇보다 그들은 사랑에 빠진 듯한 얼굴을 하고 있었다.

그 장면을 보다 보면 나도 모르게 부러워졌다. 수없이 많은 오디션에 참가했지만, 단 한 번도 저런 눈빛을 받아 본 적이 없었다. 어떤 빛이 나기에 저렇게 모두를 홀릴 수 있을까. 관심받지 못한 무대가 어떻게 수치로 변하는지, 아무도 듣지 않는 곡들이 어떻게 사그라지는지를 떠올리면 나는 아직도 몸이 움츠러들었다.

지원서 넣은 곳에서는 연락 없어? 파스를 다 붙이자 구가 물었다. 응. 내가 대답했다. 애초에 지원할 수 있는 자리도 나오지 않은 지 오래였다. 동료한테 들었는데 요즘에는 해파리로 변하고 싶은 사람들을 도와주는 회사가 있대. 자살방조죄에 걸리지 않나? 자살이 아니잖아. 해파리로 살아갈 수 있게 바다로 보내 주는 거지. 구는 동료 어머니가 그 일을 하고 계신다면서 원한다면 나를 그 회사에 추천해 줄 수 있다고 했다.

집에 방문해서 고객이 해파리가 될 때까지 기다려 주는 일인데, 하고 구는 잠시 머뭇거리더니 덧붙였다. 아까 네가 말한 해파리 종교에서 운영하는 곳이야. 해파리를 신이라고 믿는 사람들? 응. 동료 어머니도 그런 거 안 믿으셔. 다 돈 벌려고 하는 거지. 나는 구에게 하겠다고 대답했다. 지금 돈을 모으지 못한다면 영영 음악을 할 수 없을지도 몰랐다. 그것을 생각하면 이보다 더한 일이라도 할 수 있었다.

할게, 하고 입이 떨어진 다음부터 일은 순식간에 진행되었다. 나는 구의 동료 어머님 추천을 받았고, 의례적인 면접을 보았고, 정신 차려 보니 교육을 받기 위해 강당에 앉아 있었다. 커다란 강당에 앉아 고객을 해파리로 만드는 방법에 대해 배웠다.

교육을 맡은 강사는 첫째 날 고객이 해파리 촉수로 만든 알약을 삼키면 피부가 붉어지다가 물집이 생기고, 둘째 날 투명한 물집이 온몸으로 퍼지면서, 셋째 날 아침이 되면 완전한 해파리로 바뀐다고 설명했다. 강사는 100시간이면 건장한 성인 남성도 해파리가 될 수 있다고 했다. 그 과정에서 우리가 할 일은 계약서에 사인을 받고, 수조에 물이 제대로 잡혔는지 확인하고, 변신 과정이 매우 고통스러우니 고객에게 진통제와 수면제를 투여하는 것이었다.

강사가 강조한 것은 계약서였다. 만일의 경우에 우리를 지켜 줄 것은 계약서뿐이라고 했다. 예상대로 계약서는 고객에게 불리한 내용이었는데, 비밀 유지 조항을 비롯해 변신 과정에서 나타나는 그 어떠한 부작용도 고객이 감수해야 된다고 쓰여 있었다.

교육이 끝난 다음 회사는 도우미들에게 가방을 나눠 주었다. 가방 안에는 해파리 촉수 알약, 물의 염도를 맞추는 데 쓰는 해수염, 고객이 해파리가 된 후에 식사로 지급할 플랑크톤, 그리고 해파리 빛으로부터 눈을 보호하는 선글라스가 들어 있었다. 선글라스는 영화관에서 나눠 주는 3D 안경이 연상되는 조악한 모양새였다.

내가 처음으로 파견된 집은 삼대가 사는 아파트였다. '이경순, 82세, 병환으로 인한 고통에서 벗어나 바다로 가고 싶음.' 고객 정보란에는 간략하게 적혀 있었다. 초인종을 누르자 이경순 씨 딸이 문을 열어 주었다. 그를 따라 안방으로 들어가 보니 전날 기사가 와서 설치하고 간 욕조 높이의 낮은 수조와 이경순 씨가 있었다. 내가 인사를 건네자 이경순 씨는 나에게 누구냐고 물었다. 도우미라고 대답하자 그는 또다시 내게 누구냐고 물었다. 할머니께서 해파리가 되실 수 있도록 도와드릴 거예요, 설명했지만 그는 계속해서 내가 누구인지 물었다.

지금 엄마 상태가 좋지 않으셔서요. 조용하던 딸이 입을 열었다.

나는 상황을 파악하고 양해를 구한 다음 집 밖으로 나가 매니저에게 전화를 걸었다. 계약서는 본인 동의가 필요하다면서요? 치매 노인이 본인 의사를 어떻게 밝혀요? 정신이 돌아오셨을 때 본인이 직접 신청하셨어요. 매니저가 대답했다. 나는 전화를 끊고 나서도 복도에 한참 서 있다가, 이경순 씨에게 돌아가 수조의 온도를 확인했다.

첫째 날 내가 해야 할 일은 계약서를 작성하고, 고객이 해파리 촉수 알약을 복용하도록 돕는 것이었다. 딸은 계약서에 사인한 다음 능숙한 솜씨로 자신의 어머니를 탈의시켜 수조로 들어가게 했다. 이경순 씨는 지금의 상황을 목욕 시간으로 이해한 듯했다. 엄마는 자유롭게 바다를 헤엄치고 싶다고 하셨어요. 거동 못 하신 지 5년이 넘었거든요. 수조에 몸을 담근 이경순 씨를 바라보며, 딸은 내가 의심했다는 사실을 안다는 듯 그렇게 말했다.

잠시 뒤 딸은 군고구마 속에 알약을 집어넣어 이경순 씨에게 건넸다. 이경순 씨는 고구마를 덥석 집어 들어 씹지도 않고 삼켰고, 얼마 지나지 않아 비명을 지르며 목과 가슴께를 긁어 대기 시작했다. 이경순 씨 목 주변이 불에 덴 듯 새빨갛게 부풀어올랐다. 딸이 놀라 엄마, 하고 부르자 그는 손을 뻗어 딸의 팔을 세게 움켜쥐었다. 이런 반응이 정상인가요? 딸이 다급하게 물었다. 나는 그렇다고 대답하며 딸을 진정시킨 다음, 이경순 씨의 가는 팔에 마약성 진통제를 주사했다.

불을 켜도 어두운 방 안에서, 딸과 나는 고통스러운 신음과 욕설과 저주가 잦아들기만을 기다렸다. 이경순 씨의 붉은 자국 위로 투명한 물집이 잡히고, 그것이 서서히 온몸으로 번지는 과정을 우리는 지켜보았다. 시간이 지나 진통제가 온몸에 퍼지자 이경순 씨는 비로소 조용해졌다. 잠잠해진 틈을 타 나는 딸에게 주의사항을 설명했다.

딸을 안심시키기 위해 덤덤한 척했지만 나 또한 가슴이 뛰었다. 해파리로 변하는 인간을 직접 본 것은 이번이 처음이었다. 나는 식사도 건너뛴 채 오후 내내 수조 옆을 지켰다. 수시로 이경순 씨의 상태를 확인했고, 퇴근 시간이 가까워졌을 때는 진통제와 수면제를 한 번 더 주사했다.

어땠어? 집에 돌아오자 구가 물었다. 나는 대답하는 대신 구에게 해파리를 치우면서 무슨 생각을 하는지 되물었다. 그냥, 하고 구가 내 어깨를 주무르던 손을 멈추고는 말했다. 어떻게 하면 빨리 치우지. 덜 번거롭게 치우지. 그게 다야? 응. 처음에는 해파리한테 욕도 하고 침도 뱉었는데 이제는 아무것도 안 해. 그게 진짜 무서운 건데. 내가 말하자 구는 그런가, 했다. 나도 나중에는 해파리로 변하는 사람을 보고도 아무 생각 하지 않게 되려나. 그럴 수도 있지. 정말? 그렇지 않을 수도 있지. 나는 양말을 벗어 구에게 집어던졌다.

둘째 날 방문했을 때 이경순 씨의 몸은 물집으로 뒤덮여 있었다. 이제는 본격적인 변형이 시작될 차례였다. 인간이 해파리가 되려면 모든 것이 생략되는 과정을 거쳐야 했다. 뇌가 사라지고 신경이 사라지고 혈액 한 방울마저 남김없이 사라져야 했다. 해파리 촉수에 닿은 인간은 가장 먼저 이목구비가 녹아내리듯 뭉그러졌고, 그 다음에는 상체가 덩어리지고 하체가 수십 수백 가닥으로 갈라졌다.

다시 말해 오늘은 이경순 씨의 정신이 마지막으로 남아 있는 날이었다. 내일이면 이경순 씨는 모든 것을 잊은 채 해파리로 변할 것이다. 이날은 딸과 사위, 두 아이까지 모두 집에 있었다. 그들이 이경순 씨에게 마지막 말을 전하는 동안 나는 거실에 앉아 기다렸고, 그들이 나온 뒤 방 안으로 들어갔다.

이경순 씨의 얼굴이 사라진 것을 확인한 다음 밖으로 나왔을 때, 가족들은 나에게 같이 점심을 먹길 권했다. 두 번이나 거절했지만 소용없었다. 식탁에는 갈비찜에 더덕구이까지 음식이 한가득 차려져 있었다. 엄마가 좋아하는 음식들이에요. 딸이 말했다. 식사 중에는 아무도 입을 열지 않았다. 아이들은 밥을 반도 넘게 남긴 채 각자 방으로 들어갔다.

저희가 어머님을 막지 않는 것이 냉정해 보일지 몰라도요, 하고 그동안 한마디도 하지 않던 사위가 입을 열었다. 이게 우리의 최선이었어요. 이해합니다. 내가 대답했다. 매뉴얼에 나와 있는 대답이었지만, 실제로도 나는 그들을 이해할 수 있었다. 무언가를 사랑하다가 그만두는 사람들에 대해서는 모르는 바가 아니었다.

다음 날 방에 들어섰을 때 수조에는 해파리 한 마리만이 남아 있었다. 나는 운동성과 먹이 반응 등 몇 가지 확인 작업을 거쳤다. 마지막으로는 가족들에게 선글라스를 나눠 준 뒤 커튼을 쳐서 방 안을 깜깜하게 만들었다. 10분 정도 지나자 선글라스 너머로 희끄무레한 빛이 보였다. 이경순 씨는 마침내 완전한 해파리가 된 것이다. 나는 기사를 불렀고, 한 시간 뒤에 도착한 기사는 활어차를 개조한 트럭에 이경순 씨였던 해파리를 싣고 떠났다.

퇴근해서 집으로 돌아오자마자 나는 쪽마루에 누워 꼼짝도 하지 않았다. 인간은 아무것도 아닌 것 같아. 나는 누운 채 구에게 말을 쏟아 냈다. 너무 하찮아. 너무 비겁하고 너무 아무것도 아니야. 구는 고생했다며 내 머리를 쓸어 넘겨 주었다. 그 순간 알람이 울렸다. 휴대폰을 꺼내어 확인해 보니 35만 원이 입금되어 있었다. 나는 해파리를 만들고 너는 해파리를 치우고, 이대로라면 우리 둘 다 영원히 실직하지 않겠네. 내 말에 구가 웃었다. 그런데 구, 사람들이 울지 않더라. 할머니가 해파리가 되었는데 아무도 울지 않았어. 쓸쓸하다, 내가 말하자 쓸쓸하다, 하고 구의 말이 메아리치듯 돌아왔다.

*

이러나저러나 구와 내가 남들만큼 살 수 있게 된 것은 순전히 해파리들 덕분이었다. 더는 공과금이 밀릴 일도, 지인들에게 아쉬운 소리를 해야 할 일도 없었다. 구와 나는 부지런히 출퇴근했다. 기록적인 장마가 이어졌고, 해파리들은 끝도 없이 해변으로 떠밀려 왔다. 구는 주말에도 연락을 받고 나가는 일이 잦았다.

나로 말하자면 3일에 한 명꼴로 해파리를 만들어 내는 중이었다. 살기에는 지쳤고 죽기에는 억울한 사람들은 해파리만큼이나 많았다. 구가 예상했던 대로 나는 고객들의 변신에 점차 무뎌졌다. 무슨 일이든 처음보다는 두 번째가, 두 번째보다는 열 번째가 쉬운 법이었다. 고객과 도우미는 같은 성별이 배정되어서 나는 다양한 연령대의 여성들이 해파리가 되는 과정을 도왔다.

휴일을 최소한으로 챙겼을 때 내가 이번 달에 벌어

들일 수 있는 금액은 대략 300만 원. 관리비와 생활비를 보태고도 저축이 가능한 돈이었고, 어느 정도 금액이 모이면 구와 함께 서울로 돌아갈 것이다. 죄책감이 밀려들 때면 오직 그 사실만을 생각했다.

구와 내가 돈을 벌고 나서 각자 산 물건들도 있었다. 구는 향수, 나는 도시락 통이었다. 고객의 가족들과 식사하는 자리는 매번 어색했고, 고객이 독신인 경우에는 집을 비우기가 힘들었기에 나는 도시락을 싸기 시작했다. 구는 자신의 몸에 밴 냄새가 신경 쓰였는지 생전 뿌리지 않던 향수를 한 병 샀다. 바다와는 거리가 먼, 푸른 숲이 연상되는 향이었다. 구는 수시로 향수를 뿌렸으나 한밤중에 구를 끌어안으면 어김없이 소금과 모래, 썩은 해파리 냄새가 났다.

구와 내 휴일이 겹친 주말, 우리는 빗속에 버스를 타고 나가 마트에서 장을 봤다. 간장과 참깨, 대파와 시금치 한 단, 계란 같은 것들로 장바구니를 가득 채웠다. 서울에서는 음식을 해 먹은 적이 없었기에 모든 것이 낯설었다. 돌아오는 버스 안에서 나는 차창에 머리를 기댄 채 바깥을 구경했다. 세상은 점점 이상해져 가는데, 우리는 집에서 시금치를 무쳐 먹을 계획을 세우고 있다는 사실이 이상하게 느껴졌다.

외출한 시이 대야는 빗물로 가득 차 있었다. 빗물이

점점 끈적끈적해지는 것 같아. 구가 대야에 손가락을 담 갔다 빼면서 말했다. 말도 안 돼. 정말이야. 가서 만져 보니 기분 탓인가, 끈적끈적한 것 같기도 했다. 해파리 때문인가? 내가 물었다. 글쎄. 구는 마당을 지나서 바깥 에 물을 버리고 왔다.

저녁에는 내가 무친 시금치에 구가 끓인 된장국을 먹 었다. 아무 일도 일어나지 않는 것이 꼭 슬픈 일만은 아 니구나, 생각하며 밥그릇을 비웠다. 설거지를 미뤄 둔 채 거실 텔레비전을 켜자 해파리로 변한 아이를 폐관 한 수영장에서 키우다가 적발된 부부가 뉴스에 나왔 다. 수영장에 있는 해파리는 내가 일하면서 보던 크기보 다 훨씬 컸다.

해파리가 되어도 계속 성장하는구나. 그 사실에 안 심하던 찰나, 구가 미친 새끼들, 하고 중얼거렸다. 말 을 왜 그렇게 해. 내가 말했다. 뭐가. 사람한테 말을 왜 그런 식으로 하냐고. 오늘은 내가 미성년자 고객 을 바다로 보낸 다음 날이었다. 구는 대답하지 않은 채 입을 다물어 버렸다.

구와의 냉전은 이번이 처음이 아니었다. 유튜브에 는 해파리를 응징하겠다는 명목으로 해파리를 죽이 는 영상들이 늘 인기 동영상에 올라와 있었다. 더 잔 인하게 죽일수록 조회 수는 올라갔다. 잠들기 전마다 그 영상들을 보는 구에게 보지 말라고 하면 구는 기분이 상한 듯 휴대폰을 내려놓고는 했다. 구와 나는 잠시 냉전을 가졌으나, 저녁이 되자 으레 그래 왔듯 아무렇지 않게 대화했고 새벽에는 대야에 물 떨어지는 소리를 들으며 같이 잠들었다.

*

이번에 맡게 된 고객은 김지선 씨였다. 고객 정보란에는 서비스직 종사자, 51세, 3년 전에 이혼했다고 적혀 있었다. 변신 이유를 적는 칸에는 해파리가 되고 싶어서, 라고 적힌 것이 전부였다. 낡고 을씨년스러워 보이는 빌라 초인종을 누르자 작고 마른 여자가 문을 열어 주었다.

김지선 씨는 수조가 방에 들어가지 않아서 거실에 설치했다고 했다. 안내를 받고 거실 소파에 앉아 있자, 김지선 씨가 커피를 대접해 주었다. 너무 친절한 나머지 잠시 내가 고객이 된 듯했다. 나는 가방에서 계약서를 꺼내 김지선 씨에게 보여 주었다. 계약서를 작성하는 도중에 포기하는 사람들도 많죠? 나는 그렇다고 대답했다. 혹시 포기하려는 건가 싶었지만 그는 사인을 마친 뒤 망설임 없이 알약을 삼켰다. 냉장고에 음료를 준비해 두었어요. 언제든지 편하게 꺼내 드세요. 김지선 씨가 수조에 들어가기 전 마지막으로 한 말이었다.

보통은 약을 복용하고 10분 내로 악을 지르며 고통

스러워하지만 김지선 씨는 조용했다. 잇새로 흘러나오는 신음 외에 거실에는 침묵만이 감돌았다. 나는 평소보다 자주 고객에게 괜찮은지 물었고, 그때마다 괜찮다는 대답이 돌아왔다.

진통제를 주사하고 나서 천천히 집 안을 둘러보았다. 거실에는 수조 외에 내가 앉아 있던 2인용 가죽 소파 하나가 전부였다. 독신인 고객들은 미리 짐 정리를 해 놓는 경우가 많았다. 텅 빈 듯한 집 안과 달리 냉장고에는 김지선 씨가 나를 위해 준비한 커피와 주스가 종류별로 진열되어 있었다. 나는 오렌지주스 하나를 꺼내 마셨다. 그동안에도 김지선 씨의 몸은 조금씩 투명해지고 있었다.

퇴근길에 구에게서 전화가 왔다. 구는 동료가 해파리로 변했다고 했다. 잠깐 장갑을 벗은 사이 해파리 잔해가 동료의 손등에 튀었다고 했다. 병원에 실려 갔는데 그 모습이 마지막이겠지. 친한 동료는 아니었어, 그래도. 구가 낮은 목소리로 말했다. 구는 일을 마치고 남은 동료들끼리 모여 술을 마시러 왔다고 했다.

나는 밤중에 버스정류장으로 구를 마중 나갔다. 술에 취한 구를 부축하고 집을 향해 걸었다. 언제나처럼 구에게서는 향수와 술 냄새로도 가려지지 않는 해파리 냄새가 났다. 구, 너도 나랑 같은 일을 하면 안 돼? 비틀거리는 구를 붙잡으며 내가 물었다. 이 일은 그렇게 위험하지 않아. 그런 이유가 아니잖아. 구가 멈춰서더니 말했다. 너는 내가 하는 일이 나쁘다고 생각하잖아. 인간이었을지도 모르는 해파리를 아무렇지도 않게 죽이고 치우니까 끔찍하다고 생각하잖아.

구의 말에 나는 입을 다물었다. 해변 미화원들은 그저 맡은 일을 하는 것뿐이고, 해파리가 사람이었을 수도 있다는 상상을 하는 순간 그들이 견딜 수 없을 거라는 것을 아는데도, 뉴스에서 그들이 삽으로 해파리를 내려치거나 청소차로 옮기는 영상이 나올 때마다 나는 인상이 찌푸려졌다. 그런 마음이 구에게 상처가 되었다는 사실을 부정할 수 없었다. 구에게 미안하다고 말했지만, 구는 내 사과도 부축도 받지 않은 채 앞서 걸어갔다.

둘째 날 나는 해파리로 변해 가는 김지선 씨를 바라보며 생각에 잠겼다. 김지선 씨는 언제부터 김지선 씨가 아니게 되는 것일까. 인간에서 해파리로 넘어가는 정확한 시점은 언제일까. 얼굴이 지워지는 순간? 심장이 사라지는 순간? 아니면 뇌? 해파리로 변한 인간에게서 인간의 흔적을 찾는 것은 바보 같은 일일까?

오늘 아침에도 구와 나는 아무 일 없었다는 듯 서로를 대했다. 이런 식으로 넘어가는 것이 편하다고는 생각했지만, 언제까지 이럴 수 있는 걸까. 나는 우리가 묻을 수 있는 이야기가 어디까지일지, 우리가 사랑하기 위해서는 서로를 어디까지 견딜 수 있을지가 늘 궁금했다. 수온을 확인한 다음에는 김지선 씨와 마지막일지도 모르는 대화를 나눴다. 불편하신 곳은 없으세요? 물속에서 희미하게 네, 라는 대답이 돌아왔다. 퇴근하기 전에는 수조에 수면제 가루를 풀었다. 그가 아무 생각 없이 푹 잠들길 바라는 마음으로.

다음 날 와 보니 김지선 씨는 완전한 해파리의 모양새를 갖추고 있었다. 거실 커튼을 치고 해파리 빛을 확인하려는데 어둠 속에서 웅얼거리는 소리가 들렸다. 수조 가까이 귀를 갖다 대 보니 정말로 사람 목소리가 들렸다. 지금 고객님께서 말씀하고 계신 건가요? 묻자 네, 라는 대답이 돌아왔다. 제 말씀이 들리세요? 네. 제가 보이시나요? 네.

겉모습은 분명 해파리인데 김지선 씨의 목소리가 흘러나오고 있었다. 게다가 커튼을 치고 오래도록 기다렸지만 해파리는 아무런 빛이 나지 않았다. 저에게 무슨 문제가 생긴 건가요? 내가 당황한 것을 느꼈는지 김지선 씨가 불안한 목소리로 물었다. 나는 아무것도 아니라며 그를 안심시킨 뒤, 밖으로 나가 매니저에게 전화했다.

간혹 변신이 오래 걸리는 분들이 계세요. 매니저는 대수롭지 않다는 듯 대답했다. 저는 순서가 바뀌는 경우는 처음 봐서요. 겉모습은 해파리인데 사고 능력이 남아 있고 대화도 가능해요. 내가 설명하자 매니저의 목소리가 달라졌다. 그런 경우는 보고된 적이 없는데요. 확인해 보고 다시 연락드릴게요.

고객님, 몸 상태는 괜찮으신가요? 나는 집으로 돌아와 수조에 대고 물었다. 괜찮아요. 물속에서 대답이 돌아왔다. 물 온도는 괜찮으세요? 그는 이번에도 역시 괜찮다고 대답한 다음 물었다. 저에게 빛이 나나요? 나는 아직은 아니라고 대답했다. 내일까지 기다려 봐야 할 것 같아요.

그날은 조용한 거실에서 일단은 해파리 모습을 하게 된 김지선 씨와 오후를 보냈다. 빛이 나지 않는다는 사실을 제외하면 겉모습이 완전한 해파리가 된 것은 맞았다. 퇴근할 때까지 매니저에게서는 다시 연락이 오지 않았다.

매니저에게서 연락이 온 것은 다음 날 아침이었다. 나는 출근길에 전화를 받았다. 일주일만 더 기다려 보죠. 드물지만 변화가 느리게 진행되는 경우도 있다고 해서요. 매니저가 말했고, 통화는 별 소득 없이 끊어졌다. 첫날 받았던 열쇠로 현관문을 열고 들어가자 김지선 씨는 기다렸다는 듯 내게 물었다. 저 뭔가 잘못된 건가요? 제가 듣기로는 3일이 지나면 해파리가 된다고 했는데, 저는 보시다시피 내면은 그대로여서요. 나는 변신에 시간이 조금 더 걸리는 경우가 있다고, 매니저에게 들은 말로 그를 안심시켰다. 최대 일주일까지 걸린다고 했어요.

그러나 나로서도 손 놓고 있을 수만은 없었다. 지난 며칠간 나는 김지선 씨를 해파리로 만들기 위해 다양한 시도를 했다. 촉수 알약을 두 개나 더 복용시켰고, 바흐의 「마태수난곡」을 함께 감상했고(교육받을 때 영상 배경 음악으로 흘러나왔던 곡이었다.) 마음의 안정을 가져다준다는 478 호흡법도 실시해 보았다.

숨을 깊게 들이마시고 내쉬기를 반복하던 김지선 씨의 움직임이 서서히 느려졌다. 변화가 일어나는 건가 싶어서 고객님, 하고 부르자 김지선 씨는 소스라치며 놀랐다. 깜빡 잠들었어요. 김지선 씨가 말했다. 갑자기 주무시면 어떡해요……. 죄송해요. 아닙니다. 죄송할 일은 아니죠. 나는 기운이 빠져 수조 옆에 드러누웠다. 매니저가 말한 일주일이 되었는데도 김지선 씨는 여전히 나와 대화를 나눌 수 있었고 빛도 나지 않았다.

김지선 씨의 이러한 상황에 대해 의견을 나눌 만한 사람 또한 없었다. 김지선 씨는 3년 전 남편과 이혼했으며, 가족과는 결혼 전에 연을 끊은 상태였다. 나는 일주일간 매일 출근해서 김지선 씨가 해파리가 되기만을 기다렸다. 오늘은 냉장고에 있던 마지막 포도주스를 꺼내 마셨다. 내가 오렌지주스보다 포도주스를 더 좋아한다는 사실을 처음 알게 되었다.

*

    일주일이 지나자 매니저에게서 방문하겠다는 연락
이 왔다. 매니저는 두 명의 직원과 함께 점심시간에 찾
아왔다. 직원들은 수조로 다가가 김지선 씨에게 인사했
는데, 물속에서 김지선 씨의 인사가 돌아오자 당혹스러
운 눈빛을 주고받았다. 그들은 내가 지난 일주일간 확인
했던 김지선 씨의 상태를 한 번 더 확인했다. 변신이 멈
춘 것 같은데요. 한참 뒤에 한 직원이 말했다.

    매니저는 변신 도중 사망해서 변신이 멈추는 경우
는 있어도, 김지선 씨 같은 경우는 처음이라고 했다. 내
부 회의를 거친 결과 고객님께서 선택하실 수 있는 경
우의 수는 세 가지입니다. 매니저가 김지선 씨에게 말
했다. 이대로 바다에 가시거나, 원하신다면 조력 자살
을 선택하실 수 있습니다. 그 순간 나는 수조에 있는 김
지선 씨를 바라보았지만, 김지선 씨는 아까와 같이 둥둥
떠다니고 있을 뿐이었다.

    마지막으로 매니저는 김지선 씨가 사옥에 있는 수조
에서 지낼 수도 있다고 했다. 부작용에 대한 책임은 본
래 고객에게 있으나 김지선 씨에게만큼은 회사가 최대
한의 편의를 제공하겠다는 것이었다. 지금 당장 선택
해야 하는 건가요? 가만있던 김지선 씨가 물었다. 아닙
니다. 회사로 이동하시면 고민할 수 있는 시간을 충분

히 드리겠습니다. 매니저가 말했다. 저는 제 집을 떠나고 싶지 않아요. 김지선 씨 말에 침묵이 흘렀고, 오랜 침묵을 견디다 못한 내가 말했다. 제가 조금 더 지켜보다가 연락을 드리겠습니다. 매니저는 고민 끝에 그러자고 대답했다.

그들이 떠날 채비를 마쳤을 때, 나는 현관문 밖으로 따라 나가 매니저에게 물었다. 그동안 급여를 받을 수는 없나요? 김지선 씨가 해파리로 변하지 않아 일주일째 급여를 받지 못한 상태였다. 매니저는 특별 수당을 지급하겠다고 했다.

다시 수조로 돌아오자 분위기는 무거워져 있었다. 나는 분위기도 전환할 겸 매니저가 남기고 간 용품들로 수조를 환수하기로 했다. 탁해진 물을 빼내고 깨끗한 해수를 수조 안으로 조금씩 흘려보내며 나는 입을 열었다. 얘기 듣고 놀라셨죠. 예상했던 일이에요. 김지선 씨는 예상외로 담담하게 말했다. 한 가지 확실한 건 제가 수조에서 평생 살게 되는 일은 없을 거예요. 저도 그 방법은 영 아니다 싶었어요. 내가 말했다.

김지선 씨는 문득 해파리가 빛나는 모습을 맨눈으로 본 적이 있느냐고 물었다. 없다고 대답하자, 그는 자신이 해파리를 처음 봤던 순간을 얘기해 주었다. 김지선 씨는 해파리가 나타났다는 뉴스를 들은 첫날 바닷가를 찾아갔다고 했다. 해변에 들어갈 수는 없어도 횟

집 2층에 앉아 있으니까 바다가 내려다보였어요. 해파리 때문에 문을 닫게 된 횟집 주인은 해파리를 보러 왔다는 김지선 씨에게 찐 감자를 내주었고, 김지선 씨는 감자를 소금에 찍어 먹으면서 날이 어두워지기만을 기다렸다.

그때는 해파리 빛이 사람도 유인할 수 있다는 사실이 알려지기 전이었는데도 횟집 주인은 김지선 씨에게 해파리 빛이 사람도 홀린다며 경고했다. 그 말을 들은 김지선 씨는 더욱 가슴이 뛰었다. 마침내 해가 지자 바다가 서서히 빛나기 시작했다. 수백 수천 마리의 해파리 떼가 모여든 바다는 어둠이 깊어질수록 불을 켠 듯 환하게 빛났다.

빛, 현실에서는 절대 닿을 수 없을 만큼 환하고 아름다운 빛이 거기에 있었어요. 김지선 씨가 말했다. 인터넷에서는 인간이 해파리 빛을 보면 좀비처럼 달려드는 것으로 묘사하잖아요. 실제로는 전혀 그렇지 않았어요. 저는 그날 한없이 바다를 바라보았어요. 단 한 번만이라도 저렇게 환하고 아름답게 빛날 수만 있다면, 삶에 미련이 없을 것 같았어요.

얘기를 듣자 김지선 씨가 지난 일주일 동안 자신에게 빛이 나는지 끊임없이 물어 왔던 것이 이해가 되었다. 같이 조금만 더 기다려 봐요. 깨끗하고 투명해진 물에 담긴 지선 씨를 바라보며 내가 말했다. 지선 씨는 내 말에 대답하는 대신 천천히 물속을 떠다녔다.

퇴근하고 오니 집이 고요했다. 구는 오늘 휴일이었
고, 슬리퍼가 없는 걸 보니 근처에 외출한 모양이었다.
나는 구가 돌아오길 기다리면서 선글라스를 쓰고 마
당을 바라보았다. 저녁에 선글라스를 쓰자 보이던 것
들도 보이지 않았다. 마당에 놓인 장독대들도, 빨랫줄
도 어둠에 가려졌다. 선글라스를 쓴 채로 빛나는 해파
리를 보면, 환한 빛 대신에 희끄무레한 형체만이 보였다.
사람들은 역시 겁이 많다. 어쩌면 해파리들에게 신,
좀비, 세계 멸망 같은 의도 따위는 없을지도 모른다. 그
들은 그저 최선을 다해 반짝이고 있을 뿐일지도. 문제
는 해파리가 아니라 사람들이다. 누구에게나 어둠은 무
서우니까, 자신의 어둠조차 견딜 수 없는 이들이 빛에
다가서려는 것일지도 모른다. 이런 생각을 하는 나 역
시 선글라스를 벗고 해파리를 바라본 적은 없었다.
그 빛에 넘어가지 않을 자신이 없었다.
쪽마루에 앉아 어둠을 들여다보고 있다 보니 구
가 왔다. 나는 선글라스를 쓴 채 구를 맞이했다. 구는
밤 산책을 다녀왔다고 했다. 최근에 쉬는 걸 못 본 것 같
아. 구가 내 옆에 앉으며 말했다. 변신이 오래 걸리는 분
이 있어서. 내가 대답했다. 고생이 많네, 하고 구는 내
손을 잡더니 말했다. 나 이번 달부터 적금 들까 생각 중

이야.

구, 요즘 행복해? 나는 구를 바라보며 물었다. 구는 내 질문에 답하는 대신, 여기서는 내일이 오는 게 무섭지 않다고 말했다. 오늘 낮에 거실 천장도 수리했어. 이제는 비가 와도 물이 새지 않을 거야. 나는 구의 어깨에 머리를 기댔다. 기댄 채로 구의 어깨는 단단하구나, 생각하다가 문득 천장이 수리되었다는 사실이 전혀 기쁘지 않다는 것을 깨달았다. 이 집에 오래 머무를 수도 있겠다는 생각에 오히려 마음이 가라앉았다. 선글라스를 쓰고 있어 구가 내 표정을 볼 수 없는 것이 다행이었다. 분명한 건 구, 나는 한 번도 서울을, 음악을 떠난 적이 없어. 이곳까지 떠밀려 왔을 뿐. 나는 아직도 내일이 온다는 사실이 두려웠다. 그러나 나는 구에게 천장이 고쳐져서 좋다고, 적금을 들 생각을 하다니 대단하다고 말했다. 구가 잘 지내는 것 같아 기쁘다고도 말했다. 마지막 말은 진심이었다.

*

회사에서는 도우미들이 고객과 거리를 둬야 한다고 했지만, 그것이 매번 성공하는 것은 아니었다. 더군다나 이렇게 오랜 시간을 한집에서 머무르는 경우 더더욱 불가능했다. 매니저가 방문한 뒤로 일주일이 지났고,

두 번째 환수를 하면서부터 나는 고객님이라는 호칭 대신 지선 씨라고 부르게 되었다.

최근 들어 나는 지선 씨 상태가 걱정되었는데, 식사로 플랑크톤을 매일 급여하는데도 지선 씨 몸이 점점 작아졌기 때문이었다. 넓은 바다로 가야 할 해파리가(나는 문득 나의 첫 번째 고객이었던 이경순 씨가 잘 지내고 있을지 궁금했다.) 작은 수조에서 오랫동안 지내는 것이 무리가 가는 모양이었다. 지선 씨는 보름 전과 비교해 움직임이 줄어들었고 말수도 적어졌다.

가망 없겠죠? 어느 날 지선 씨가 물었을 때, 나는 쉽게 대답하지 못했다. 매니저는 지선 씨가 마음을 정리할 수 있도록 옆에서 도우라고 했지만, 나는 빛이 나길 바라는 지선 씨의 간절한 마음을 어쩐지 알 것도 같아서, 지난 일주일 동안 기다려 보자는 말만 반복했다. 그러나 오늘만큼은 그 말을 꺼내기가 어려웠다.

생각해 봤는데요, 하고 지선 씨가 다시 입을 열었다. 저는 해파리가 되지 않으려고 저도 모르게 버틴 것 같아요. 제가 제일 자신 있는 게 버티는 일이거든요. 결혼 생활도 20년 넘도록 버텼고, 남들이 한 달이면 그만둘 일도 저는 끝까지 했어요. 나는 지선 씨 말을 들으며 곰곰이 생각하다가 물었다. 지선 씨가 사람으로 남기 위해 버틴 거라면, 버틴 이유가 있지 않을까요. 그러자 지선 씨도 생각에 잠겼고, 한참 뒤에 설마, 하고 말을 내뱉었다. 머뭇거리던 지선 씨가 꺼낸 얘기는 보고 싶은 사람이 있다는 것이었다. 1년 전부터 좋아한 사람이 있어요. 해파리가 되기 전에도, 되고 나서도 계속해서 보고 싶었어요.

그날 퇴근길에 매니저에게서 연락이 왔다. 며칠째 매일같이 오는 연락이었고, 나는 매번 조금만 더 기다려 달라고 부탁했다. 오늘도 같은 대화가 오가던 끝에 매니저는 말했다. 계속 이러시면 도우미님만 힘들어지세요.

틀린 말은 아니었다. 나는 이번 달 생활비를 내지 못할 것 같다고 구에게 말했다. 회사 측에서 지급한 특별 수당은 터무니없이 적은 금액이었다. 괜찮아, 내가 낼 수 있어. 구가 말했다. 아직도 그분이야? 응, 변신 중에 문제가 생겼어. 회사에서는 뭐래? 그대로 바다에 보내거나 자살을 돕겠대. 그렇게 해야지. 말처럼 쉬운 일이 아니야. 그럼 네가 평생 책임지게? 벌써 보름째 급여도 못 받고 있잖아. 구는 잠시 말을 멈췄다가 말했다. 계속 이렇게 살 거라면, 음악을 그만둔 의미가 없잖아. 그 말을 끝으로 구는 밖으로 나가 버렸다.

담배를 피우러 나간 줄 알았던 구가 돌아온 것은 새벽이 다 되어서였다. 해변에 다녀온 것도 아닐 텐데 구가 옆에 눕자 해파리 냄새가 났다. 그 냄새에 오늘따라 속이 울렁거렸고, 나는 울렁이는 속을 끌어안은 채 가만히 누워 있었다. 구가 음악을 그만뒀다는 사실을 믿을 수가 없었다. 나는 한 번도 그만둔 적 없는데, 구는 언제 그만둔 것일까. 나는 우리가 예전으로 돌아가길 바랐는데, 구는 언제부터 새로운 미래를 그린 것일까. 구와 내가 매일 함께 있으면서도 아무것도 나누지 않는 사이가 된 것은 언제부터였을까.

　다음 날 나는 지선 씨 집으로 출근하는 대신 지선 씨 동네 근처 죽집으로 갔다. 테이블이 세 개뿐인 작은 가게였다. 나는 아침으로 야채죽을 먹다가 손님이 뜸해지자 카운터를 지키고 있던 사장에게 말을 걸어 지선 씨를 아느냐고 물었다.
　사장은 김지선 씨라고 하면 몰랐지만, 매일 저녁 들러 죽을 먹고 가던 여자라고 하니 단박에 알아차렸다. 그분 보름 전부터 안 보이시던데 무슨 일 있으신가요? 그게요, 지선 씨는 지금 해파리가 되셨습니다. 최대한 아무렇지 않게 대답했지만, 사장은 놀라 말을 잇지 못했다.
　나는 서둘러 김지선 씨가 살아 있다고 덧붙였다. 김지선 씨는 지금 집에 계십니다. 해파리인 상태로 집에 계신다고요? 네. 겉모습만 해파리이고 나머지는 김지선 씨 그대로입니다. 사장은 내 말을 이해하지 못하는 눈치였지만, 나는 꿋꿋이 말을 이어 갔다. 김지선 씨가 사장님을 뵙고 싶다고 하셨어요. 저를요? 네. 왜요? 사장은 뜻밖의 초대에 놀란 듯했다. 나는 잠시 생각하다가 마지막이니까요, 하고 대답했다. 사장은 한동안의 고민 끝에 가겠다고 했다. 그분과 딱 한 번, 이곳에서 저녁 식사를 같이 한 적이 있어요. 좋은 분이셨는데 마음이 안 좋네요.

같은 날 오후 나는 지선 씨에게 죽집 사장이 수요일에 올 거라고 전했다. 그날 죽집이 쉬거든요. 지선 씨가 대답했다. 수요일은 오늘로부터 이틀 뒤였다. 그러니까 지선 씨와 나는 해 볼 수 있는 데까지 해 보기로 한 것이다. 지선 씨가 빛나지 못한 것이 그 사람을 향한 미련 때문이라면, 미련을 없애기 위해 상대를 마주해야만 했다.

무엇보다 나는 요즘 마음이 조급해지고 있었다. 지선 씨 몸은 이제 너무 작아져 수조가 넓어 보일 지경이었다. 아픈 곳은 없으세요? 내가 물었고 지선 씨는 기운이 없을 뿐이라고 대답했다. 나는 수조에 몸을 기댔다. 히터가 켜진 수조는 따뜻했다. 죽은 먹어 봤어요? 네. 맛있었어요. 지선 씨는 뜸을 들이더니 다시 물었다. 그 사람은 어땠어요? 좋은 분 같으셨어요. 눈치는 없는 사람이에요. 지선 씨는 그렇게 말한 다음 덧붙였다, 그래서 다행이에요.

일부러 동네를 서성이다 집에 들어가니 구는 잠들어 있었다. 오늘 아침 구는 평소처럼 지나가는 대신 나에게 간밤의 일을 사과했다. 그럼에도 구와 내 사이는 전과 같지 않았는데, 우리가 서로를 이해하지 못하게 된 것에는 변함이 없었기 때문이었다. 구는 내가 지선 씨를 보러 가는 일을 여전히 이해하지 못했고, 나는 지금의 생활을 지속하려는 구의 마음을 이해할 수 없었다.

나는 잠든 구의 옆에 누워 구에게 반했던 순간을 떠올려 보려 했다. 한참 생각했지만 기억나지 않았다. 대신에 수많은 장면들이 떠올랐다. 기타를 조율하는 구, 대야에 떨어지는 빗물을 신기한 듯 구경하는 구, 긴장하면 목덜미를 긁적이는 구. 기억 속의 구는 정말로 반짝반짝 빛이 났다.

지선 씨가 죽집 사장에게 반한 순간은 언제였을까. 처음 죽집 문을 열고 들어간 순간부터였을까, 단 한 번의 식사 자리에서였을까. 곰곰 생각하다 보니 알 것도 같았다. 둥근 그릇에서 마지막 숟갈을 뜰 때까지 식지 않았던 따뜻한 죽. 죽집 사장은 그러한 따뜻함이 있는 사람이었고, 지선 씨는 빛과도 같은 그 따뜻함을 단번에 알아보았을 것이다. 그럼에도 지선 씨가 그를 포기할 수밖에 없던 이유는 사장의 네 번째 손가락에 끼워져 있던 반지를 보면 알 수 있었다.

*

　어김없이 비가 내리던 수요일 아침, 낡은 빌라의 초인
종이 울렸다. 비가 많이 쏟아지는지 죽집 사장의 왼쪽
어깨가 빗물에 젖어 있었다. 나는 그를 거실로 안내했
고, 미리 준비해 둔 따뜻한 차를 내주었다. 소파에 앉길
권했으나 사장은 조심스럽게 사양한 뒤 수조 옆에 다가
가 바닥에 앉았다.

　좋아하시던 죽을 싸 왔는데 드실 수 있을지 모르겠어
요. 사장이 지선 씨에게 말했다. 마음만으로도 감사해
요. 지선 씨가 대답했다. 전부터 감사했다는 인사를 드
리고 싶었어요. 왜냐하면, 하고 지선 씨는 망설이다가
말했다, 죽이 너무 맛있었거든요. 다시 사람으로 돌아
올 수는 없는 건가요? 사장이 물었다. 네, 아마도요. 우
리 그냥 편하게 얘기해요. 지선 씨가 말했다. 무슨 얘기
를 할까요. 식당에서 같이 밥 먹었던 날 기억나세요? 그
럼요. 나는 그들이 대화를 나눌 수 있도록 자리를 비켜
주었다. 오랫동안 동네를 걷다가 돌아왔을 때, 그들은
대화를 나누며 웃고 있었다.

　저는 이만 가 봐야 할 것 같아요. 계속 여기서 지내신
다면 다음에 또 들를게요. 사장이 자리에서 일어나며
말했다. 고마워요. 그렇지만 저는 다음 주에 바다로 떠
날 거예요. 지선 씨가 대답했다. 사장은 떠나기 전 지선

씨의 수조 앞에 서서 짧게 기도했다. 바다에서 부디 자유롭고 안전하길 바란다는 말도 덧붙였다.

사장이 돌아가고 나서 나는 지선 씨에게 정말로 바다로 갈 생각인지 물었다. 아니요. 지선 씨가 대답했다. 그러면 다음 주에도 오라고 하시지 그러셨어요. 내가 말하자 지선 씨는 이것으로 충분하다고 했다. 그런 다음 조심스럽게 덧붙였다. 그 사람은 앞으로 바다를 보면 제 생각을 하지 않을까요. 나는 분명 그럴 거라고 대답했다. 사장이 떠난 집에서 지선 씨와 나는 커튼을 치고 빛을 기다렸다. 마음속으로 밴드 1집에 실렸던 전곡을 완창했지만, 지선 씨는 여전히 빛나지 않았다. 빛이 나지 않아요. 내가 말했다. 네. 지선 씨가 대답했다.

실은 지선 씨가 빛나지 않으리라는 사실을 예상하고 있었다. 죽집 사장이 들어서고, 집 안의 공기가 달라지는 순간, 나는 내가 잘못 생각했다는 사실을 깨달았다. 사장을 본 지선 씨는 미련을 버리는 대신 그를 계속해서 사랑하기로 선택한 것이다. 누군가를 사랑하는 지선 씨는 너무나도 인간적이었고, 조심스럽다가 능청스럽다가 웃음을 터뜨리는 지선 씨는 그 어느 때보다도 지선 씨여서, 나는 지선 씨가 영원히 해파리가 아닌 지선 씨로 남게 될 것이라고 짐작했다. 동시에 나는 이 일을 더는 할 수 없겠다는 생각이 들었다.

내일은 비가 그칠까요. 조용하던 지선 씨가 나에

게 물었다. 비가 창문을 두드리는 소리만이 적막을 채우고 있었다. 네. 내일은 맑을 거예요. 내가 대답했다. 내일의 날씨를 알지 못했지만, 무슨 말이든 좋은 말을 해 주고 싶었다.

다음 날 아침 눈을 떴을 때 다행히도 비는 그쳐 있었다. 오늘은 날이 좋네요. 지선 씨가 말했다. 내가 정말 그렇다고 대답하자, 지선 씨는 나에게 자신을 물 밖으로 꺼내 줄 수 있는지 물었다. 날씨 이야기를 할 때와 똑같은 말투여서, 나는 하마터면 그러겠다고 대답할 뻔했다. 갑자기 왜 그런 생각을 하세요. 어제 만남 때문에 그러세요? 내가 놀라서 물었다. 아니에요. 제 마지막은 수조 안이 아니었으면 해서요. 제 몸이 더는 버티지 못할 거라는 걸 알아요. 지선 씨가 대답했다.

계약상 나는 고객과의 그 어떠한 접촉도 금지되어 있었으며, 내가 지선 씨를 물 밖으로 꺼내는 것은 명백한 살인이었다. 그렇지만, 하고 나는 수조 바닥에 힘없이 가라앉은 지선 씨를 바라보았다. 마음이 바뀌시면 언제든 말씀해 주셔야 해요. 오랜 고민 끝에 내가 말했다. 그럴게요. 지선 씨는 햇빛이 잘 들어오는 자리에 자신을 놓아 달라고 부탁했다. 나는 보호 장갑을 착용한 뒤, 조심스레 지선 씨를 물 밖으로 꺼내 마룻바닥에 놓인 방석 위로 옮겼다.

햇빛이 커다란 거실 유리창을 통과해 지선 씨 몸에 닿았다. 햇볕이 따뜻해서 좋아요. 지선 씨가 말했다. 햇볕에 지선 씨 몸이 점점 녹아 가는 것이 보였다. 나는 마른 수건으로 방석 주변에 고이는 물을 닦아 내다 문득 깨달았다. 지선 씨가 울고 있구나.

몸이 나른해지고.

잠이 들 것 같아요.

지선 씨는 그렇게 말했다. 고맙다거나 미안하다는 말을 나누는 대신 우리는 오래도록 햇빛 아래 앉아 있었고, 그것으로 충분했다. 시간이 지나 해가 기울고 어둑해질 무렵이었다. 조용하던 지선 씨가 감탄하듯 소리쳤다. 빛이 나요.

그 말을 듣고 지선 씨를 바라보았지만 지선 씨는 그대로였다. 지선 씨, 나는 지난 3주간 100번도 넘게 불렀을 그 이름을 다시 불러 보았다. 처음으로 대답이 돌아오지 않았다. 나는 눈을 감고 지선 씨에게 마지막 인사를 전했다. 방석 주변의 물기를 닦았고, 수조의 물을 비웠다. 정리가 끝난 다음에는 거실 소파에 앉았다. 2인용 가죽 소파는 지선 씨가 늘 오른쪽에 앉아 왔는지, 왼쪽보다 오른쪽 가죽이 좀 더 부드러웠다.

나는 오른쪽 자리에 앉아 있다가 매니저에게 전화를 걸었다. 김지선 님께서 오늘 돌아가셨습니다. 자세한 내용을 물어볼 줄 알았던 매니저는 기사를 보내겠다고 할 뿐 나에게 아무것도 묻지 않았다. 지선 씨는 어디로 가게 되는지 묻자 똑같이 바다로 간다는 대답이 돌아왔다. 나는 다행이라고 생각했다. 지선 씨가 바다로 가게 되어서 정말로 다행이라고. 통화 마지막에 나는 일을 그만두겠다고 말했다. 매니저는 이번에도 자세한 이유를 묻지 않았다. 전화를 끊기 무섭게 통장에 300만 원이 입금되었다.

퇴직금인지 입막음 비용인지 모를 그 금액을 들여다보다가 고개 들어 집 안을 둘러보았다. 이 집에는 지선 씨가 견뎠던 시간이 수조 안의 물처럼 고여 있는 듯했고, 나는 버티는 삶에 대해 생각하기 시작했다. 그러자 마음이 깊고 어두워져서, 나는 다시 눈을 감고 지선 씨가 봤을 빛에 대해 생각했다. 지선 씨가 본 빛은 어디에서 나타난 빛이었을까. 그 빛은 지선 씨가 오래전 바닷가에서 본 것처럼 환하고 아름다웠을까.

나는 휴대폰을 집어 들어 이번에는 구에게 전화를 걸었다. 구, 나는 구의 이름을 불러 보았다. 응. 구가 대답했고 나는 아무 말도 하지 않았다. 침묵에 전화가 끊어지려던 찰나 나는 다시 구, 하고 불렀다. 나 다시 노래하려고. 오늘 서울로 돌아갈 거야. 이번에는 구가 침묵했다. 나는 휴대폰을 세게 움켜쥐었다. 한참 만에 구는 대답했다. 그렇게 해. 그 말을 끝으로 전화는 끊어졌다. 나는 빈 수조를 바라보며 앞으로의 일을 생각했다. 나는 오늘 밤 구를 떠날 것이고 심야 버스에 오를 것이다. 다시 노래를 부르고 다시 망하거나 망하지 않을 것이다. 그러나 해변에서 멀어지는 동안에는 지선 씨가 보았을 빛, 단 한 번의 빛만을 생각할 것이다.

여름은 물빛처럼

우울한 망고들을 사 온 초저녁이었다. 나는 퇴근길 횡단보도 신호가 바뀌길 기다리고 있었는데 신호는 지루할 정도로 바뀌지 않았고, 눈앞의 과일 트럭이나 구경할까 하다가 트럭이 사과나 배나 대추가 아닌 망고를 팔고 있다는 사실을 깨달았다.

　평소에 나는 사과는 대책 없어 보이고 대추는 고약해 보인다는 이유로 그다지 좋아하지 않았다. 그러나 망고들은 어쩐지 생각에 잠긴 듯한 모습이었고, 생각 때문인지는 몰라도 적잖이 울적해 보였다. 나는 첫눈에 망고들이 마음에 들었다. 그중 가장 점잖아 보이는 것으로 두 개를 골라 집으로 돌아가자 처음 보는 남자가 집 안에 있었다.

*

    열아홉 살 때 겪은 일 이후로 세상에는 무슨 일이든 일어날 수 있다고 생각했다. 원룸의 침입자도 예상치 못했던 일은 아니었다. 그대로 현관문을 닫고 나와 경찰에 신고하려는 순간 남자가 소리쳤다. 도와줘. 나는 얼떨결에 남자를 바라보았다. 남자는 얼굴을 숨긴 채 뒤돌아서 있었다.

    누구세요. 내가 묻자 남자는 여기 선영이 집이 아니냐고 되물었다. 선영이? 나는 잠깐 생각하다가 아, 하고 소리를 냈다. 저 사람은 아마도 선영 언니의 남자 친구일 것이다. 선영 언니는 내가 지금 사는 원룸의 전 세입자였다. 이 집을 보러 왔던 날 나는 그 자리에서 계약을 결심했고, 언제부터 입주할 수 있는지 중개인에게 물었다. 보름은 지나야 한다는 말에 나는 보름씩이나요? 하고 되물었다. 내 질문 아닌 질문에 혹시 그동안 지낼 곳이 없냐고 물어봐 준 사람은 중개인이 아니라 선영 언니였다. 그렇다고 대답하자 언니는 그럼 자신과 같이 지내지 않겠냐고 물었다.

    처음 보는 사람과 같이, 그것도 원룸에서 지내는 게 괜찮을까 걱정했지만 기우였다. 선영 언니는 일하느라 바빠 집에 있을 시간이 없었다. 덕분에 나는 집을 혼자 쓰다시피 했다. 그래도 우리는 두어 번의 나른한 주말 오후와 몇 번의 밤을 함께 보냈고, 그중 어느 날 언니는 동거하던 남자 친구가 군대에 가 있다고 말해 주었다. 스치듯 지나갔던 말이라 잊고 있었다.

선영 언니 남자 친구세요? 남자는 여전히 뒤돌아선 채 그렇다고 대답했다. 언니는 한 달 전에 집 계약이 끝나서 나갔어요. 어쩐지, 아무리 선영이 취향이 변했어도 이건 좀 아니다 싶었어요. 그 말을 듣자 나는 안 그래도 나빴던 기분이 더욱 상했고, 남자에게 이만 나가 달라고 부탁했다. 저도 정말 그러고 싶은데요, 하고 남자가 머뭇거리며 말했다. 몸이 움직이질 않아요.

장난치지 말고 나가 주세요. 처음에는 웃으면서 말했다. 제가 지금 정말 피곤하거든요. 나중에는 화도 내 보았다. 그러다 결국 참지 못하고 남자의 손목을 움켜쥔 순간 나는 깜짝 놀랐다. 남자의 손목은 석고상처럼 딱딱했다. 뼈나 근육의 단단함과는 완전히 다른, 차가운 거북이 등딱지를 만지는 듯한 느낌이었다. 뜻밖의 촉감에 나는 계속해서 손목을 만졌고, 잠시 뒤에 남자는 정중하게 그만 만져 달라고 했다.

하나만 확인해 주시겠어요. 지금 제 발이 어떤가요? 남자의 부탁에 아래를 보았다가 끔찍한 모습을 보게 되었다. 남자의 두 발에서는 생전 처음 보는 굵고 기다란 선들이 튀어나와 장판을 움켜쥐고 있었다. 119 불러 드릴게요. 바닥에 발이…… 박혀 버린 것 같아요. 내가 휴대폰에 찍혀 있던 112를 지우고 119를 누르며 말했다. 그러자 남자는 잠시만요, 하고 나를 막았다. 저한테 무슨 일이 일어났는지 알 것 같습니다. 무슨 일인데요. 아무래도 제가 나무가 된 것 같습니다. 남자가 나를 바라보며 말했다. 나도 남자를 바라보았다. 우리는 서로를 바라보았다.

실은 제가 일주일 전에 군대에서 편지로 이별 통보를 받았거든요. 남자가 정적을 깨고 입을 열었다. 헤어졌는데 집 안으로 들어오신 거예요? 여기 원래 제 집이에요. 보증금도 반씩 냈어요. 나는 입을 다물었고 남자는 말을 이어 갔다. 마지막으로 선영이를 보고 싶어서, 선영이가 올 때까지 여기서 나가지 말자, 그러느니 아주 뿌리를 내리자, 속으로 생각했는데 정말 뿌리가 나 버렸어요. 여긴 이제 제 집이란 말이에요. 얘기를 듣던 중 내가 말했다. 그래서 저도 취소하고 싶은데 그게 잘 안 되네요. 남자가 말했다.

나는 남자의 발을 다시 내려다보았다. 그러고 보니 나무뿌리와 모양이 비슷했다. 이걸 파내면 어떨까요? 나는 가장 가느다란 뿌리를 손으로 살짝 건드려 보았다. 아파요! 만지지 마세요! 남자가 소리쳤다. 고통은 잠깐일 거예요. 남 일이라고 조금 함부로 말씀하시네요. 119도 못 부르면 그쪽 집으로 옮겨 심기라도 해야죠. 그러자 남자는 집이 없다고 했다. 어제 제대했고, 반쪽짜리 보증금으로 구할 수 있는 집은 어디에도 없었다고. 그럼 어떻게 해요? 답답해진 내가 물었다. 선영이를 불러 주시면 안 될까요? 선영이를 보면 움직일 수 있을 것 같아요.

울적한 망고들을 먹고 평화롭게 잠들 계획이었는데 어쩌다 보니 선영 언니에게 다섯 번째 전화를 걸고 있었다. 언니는 전화를 받지 않았다. 어쩌면 내 번호를 지웠을 수도 있을 것이다. 내가 이번에도 말없이 전화를 끊자 남자가 초조한 얼굴로 말했다. 제가 잠시 생각해 보았습니다. 선영이랑 연락이 될 때까지만 당분간만이라도 여기서 지내면 안 될까요? 당연히 안 되죠. 내가 대답했다.

제발요, 저는 지금 창문을 보고 있어서 방 안은 보이지도 않아요. 남자가 말했다. 원룸에서 어떻게 같이 지내요. 나는 이불 위에 던져 두었던 휴대폰을 다시 집어 들었다. 이번에는 정말로 119에 전화를 걸 작정이었다. 그러자 남자가 애원하기 시작했다. 부탁이에요. 저 좀 살려 주세요. 순간 나는 조금 당황했는데 남자가 울고 있었기 때문이었다. 휴지로 눈물을 닦아 주려 했지만 남자의 눈물은 일반적인 눈물과 달리 송진처럼 끈적끈적했고, 나는 따뜻한 물수건을 가져와 닦아 주어야만 했다. 하필이면 나는 슬픔에 잠긴 사람들에게 약했다.

열아홉 살 때 일어났던 일은 내가 지구에서 유일하게 사랑하는 인간인 수진이 죽은 것이었다. 수진은 말수가 적었지만 어쩌다 한 번씩 내뱉는 말들은 전부 아름다웠다. 방 안에서 홀로 곱씹으면 조금씩 아파지던 아름다운 말들. 나는 수진의 섬세함과 위태로움, 낮은 음성을 사랑했고, 나 자신보다도 수진을 사랑했지만.

2년 전의 일이었다. 그것은 아주 오래전 일 같다가도 눈을 감으면 바로 어제의 일처럼 느껴졌다. 누군가를 지키는 상황 같은 것은 만들고 싶지 않았지만, 그렇지만, 역시 세상에는 무슨 일이든 일어나기 마련이다. 나는 나무가 되어 버린 남자를 바라보며 수진을 생각했다. 지속되고 축적되는 슬픔에 대해 생각했다. 아니, 실은 아무것도 생각하지 않았다.

서 있는 게 힘들지는 않아요? 내가 물었다. 남자는 괜찮다고 했다. 배도 고프지 않고 화장실에 갈 필요도 없다고. 다만 갈증이 난다고 했다. 나는 컵에 물을 따라 남자의 입에 갖다 대 주었다. 입안으로 천천히 물을 부어 주어도 자꾸만 밖으로 흘러나왔다. 이게 아닌 것 같아요……. 그러면요?

나는 남자가 부탁한 대로 물을 천천히 발치에 부어 주었다. 이제 살 것 같네요. 남자가 편안한 듯 눈을 감으며 말했다. 그 모습이 보기 좋지 않았지만 나는 남자를 잠시만 받아들이기로 했다. 선영 언니가 나를 받아 줬던 보름을 생각하면서.

그날 밤에는 어수선한 꿈을 꾸었다. 집 안에 모르는 사람들을 끝도 없이 초대하는 꿈이었다. 일어나 보니 내 방에는 초대되지 않은 한 사람인지 나무인지가 서 있었고, 나는 꿈과 현실 중 어느 쪽이 더 나쁜지 생각하다가 그만두었다. 나는 다시 선영 언니에게 전화를 걸었다. 언니는 이번에도 전화를 받지 않았다. 화장실에 들어가서 옷을 갈아입느라 새로 산 티셔츠가 눅눅해졌다. 나가기 전에는 커튼을 열어 두었다. 남자의 발치로 환한 빛이 쏟아졌다. 저 출근해요. 내가 말했다. 다녀와요. 남자가 인사했다.

*

출근한 곳은 지하에 있는 작은 독립영화관이다. 상영관은 하나. 좌석은 쉰아홉 석. 그마저 만석이 된 적은 한 번도 없었다. 코로나 이후로는 관객이 더 줄어 하루에 다섯 편 상영하던 영화를 세 편으로 줄였다. 세 편의 영화가 흘러가는 동안 나는 매표소 겸 매점 겸 안내 데스크인 작은 책상에 앉아 있다. 지하 극장은 어둡고 사시사철 서늘하다. 두꺼운 문 너머로 들려오는 영화 소리, 부유하는 먼지, 싸구려 방향제 냄새가 나는 좋다.

그리고 은색 철제 벤치들. 내 자리에 앉으면 보이는 것은 길게 이어 붙여진 벤치들이다. 그곳에서 관객들은 영화 상영 시간을 기다리며 앉아 있었고, 그 모습을 보면 횟대에 앉은 비둘기들이 떠올랐다. 그들은 일렬로 앉아 지하 극장의 서늘함에 몸을 웅크리거나 졸거나 조용한 목소리로 웅얼거리다 때가 되면 상영관 안으로 날아갔다. 잠시 뒤면 새로운 무리가 횟대로 날아들었다.

눈치챘겠지만 나는 이곳에서 하는 일이 별로 없다. 그래서 사람들을 비둘기라고 생각하는 것 외에도 많은 것을 생각했다. 내 집에서 나무가 된 남자, 극장 창고에서 자라는 버섯들, 정확히 같은 모양으로 튀겨지는 팝콘이 존재하는가에 대한 의문, 그리고 수진.

수진.

수진.

수진을 생각하는 일은 슬프거나 아프지 않았다. 그것은 비둘기들이 때가 되면 날아들고 날아가듯 자연스러운 일이었다. 처음에는 밥을 먹다가도 신발을 신다가도 수진에게 하고 싶은 말이 떠올랐고, 참을 수가 없었다. 그때마다 나는 휴대폰을 귀에 갖다 댔다. 사람들은 내가 다정한 연인, 친구, 혹은 원수와 통화하는 줄 알았다.

전화가 울렸다. 선영 언니였다. 무슨 일이야? 부재중 전화가 엄청 많이 찍혔던데. 나는 집에 언니의 전 남자 친구가 와 있다고 말했다. 언니를 보기 전까지는 움직일 수 없다고 해서요. 그럼 움직이지 말라고 해. 그게 아니라, 하고 나는 망설이다가 말했다. 정말 나무가 되어 버

82

렸어요.

그래도 나는 못 가. 선영 언니가 말했다. 지금 절에 들어와 있거든. 절이요? 응. 교육을 받고 있어. 전화를 끊고 나서는 선영 언니에게 문자가 한 통 왔다.

— 진짜 나무가 되었다면 베어 버려.

나는 언니가 받는다는 교육이 무엇인지 궁금해졌다.

퇴근하고 돌아오자 남자는 여전히 내 방에 차렷 자세로 있었다. 남자와 어색하게 인사를 주고받은 다음 나는 편의점에서 사 온 도시락을 두 개를 냉장고에 넣고, 하나는 전자레인지에 돌렸다. 남자는 도시락을 거절했다. 나무가 된 이후로 배고픔을 전혀 느끼지 못한다고 했다.

선영 언니랑 연락이 됐어요. 도시락이 데워지는 동안 내가 말했다. 저를 보러 온대요? 아니요. 지금 절에 들어가서 못 나온대요. 선영이가 스님이 되었다는 말인가요? 그건 아닐걸요. 내가 선영 언니의 문자를 떠올리며 말했다. 제가 나무가 된 건 얘기했어요? 네. 그런데도 안 온대요? 네.

도시락이 데워졌다. 나는 남자 옆에 소반을 펴고 앉아 밥을 먹기 시작했다. 선영이 걔가 그렇게 피도 눈물도 없어요. 그쪽이랑 같이 지낸 것도 자기가 보름치 방값 안 내려고 그런 거예요. 모르셨죠? 남자의 말을 듣고 보니 정말로 방세는 내가 냈었다. 어쩐지 지나치게 다정하더라. 나는 밥을 씹으며 생각했다.

내가 별 반응이 없자 남자는 조심스러운 목소리로 어떻게든 움직여 볼 테니 며칠만 시간을 달라고 했다. 오늘 하루 동안 어떻게 하면 움직일 수 있을지도 생각해 보았다는 것이다. 해결책을 찾았어요? 내가 물었다. 선영이를 잊으면 움직일 수 있을 것 같아요. 남자가 대답했다. 그게 다예요? 네. 나는 묵묵히 밥을 먹었고, 다 먹었을 때는 잊고 있던 망고들이 떠올랐다. 나는 검은 비닐봉지에서 망고를 하나 꺼냈다. 그게 뭐예요? 남자가 곁눈질로 보더니 물었다. 망고요.

남자가 망고에 관심을 보여서 나는 남자가 볼 수 있도록 서서 망고를 잘랐다. 후숙되어 어제보다도 울적해 보이는 망고를 반으로 가르자 씨앗이 나왔다. 그런데 씨앗은 무엇인가 잘못되었다는 인상을 줄 만큼 지나치게 커다랬고, 나는 비로소 망고의 울적한 모습을 이해할 수 있었다. 이렇게 괴상한 씨앗을 품고 있으면 아무래도 침울해질 수밖에 없을 것이다.

어쨌거나 망고 과육은 아주 달았고, 먹으면서 다시 생각해 보니 이 방이 우울한 망고들로 가득 채워져도 좋을 것 같았다. 그러기 위해서는 망고 씨앗을 심어야 했지만 당장은 귀찮아서 나는 씨앗을 싱크대 안에 넣어 두었다. 남자가 목마르다고 해서 물도 한 컵 떴다. 천천히 발치에 물을 따라 주며, 우리는 통성명을 했다. 남자의 이름은 산이었다.

망고를 먹으며 나는 산에게 일주일을 주겠다고 했다. 일주일이 지나면 119를 부를 거예요. 일주일이면 충분합니다. 산이 한결 편안해진 목소리로 대답했다. 일주일이면 잊을 사람 때문에 이렇게 된 거예요? 그게 아니고, 일주일 안에 선영이가 올 테니까요. 언니는 절에 있다니까요. 제가 아는 선영이라면 내일쯤 연락 와요.

나는 앵무새처럼 말하는 산을 바라보았다. 몸이 굳으면서 머리도 굳어 버린 걸까. 그렇지만 잠자리에 누웠을 때 나는 식물 또한 고통을 느낀다는 사실을 기억해 냈다.

이른 새벽 팔에 간지러운 느낌이 들어 깼다가 머리맡에 꼿꼿하게 서 있는 산을 보고 놀라서 잠이 달아났다. 잠결에 귀신인 줄 알았어요. 산은 완전히 틀린 말은 아니라고 했다. 저도 제가 살아 있는 게 맞는지 의심스럽던 참입니다. 그 상태로 잠은 와요? 잠은 아닌데 그 비슷한 걸 해요.

나는 다시 잠들기를 포기한 채 가만히 누워 있었다. 서 있기만 하면 심심하지 않아요? 내가 물었다. 괜찮아요. 기다리는 일은 잘해요. 산이 대답했다. 그런데 무슨 일을 하세요? 영화관에서 일해요. 거기서 어떤 일을 하는데요? 그쪽이 지금 하는 거랑 비슷해요.

정오가 지나면 방 안에 어지러울 정도로 강한 햇빛이

쏟아진다는 거 알고 있어요? 산이 물었다. 말하지 그랬어요. 오늘은 커튼을 치고 나갈게요. 그러지 마요. 빛이 바뀌길 기다리고 있으면 뭔가를 하고 있는 것 같아서 마음이 좋아요. 산의 말을 듣다가 간지러운 쪽을 더듬어 보니 모기에 물려 있었다.

방에 모기가 있다고 말하자 산은 안다고 했다. 지금 제 종아리에 앉아 있습니다. 나는 조심스레 일어나 불을 켰다. 정말로 산의 왼쪽 종아리에 모기가 있었다. 재빨리 손바닥으로 내리쳤지만 모기는 산의 반대편 허벅지로 날아갔고, 나는 허벅지 역시 내리쳤다. 잡았어요? 아니요.

그래도 종아리를 얻어맞으니까 정신이 차려지네요. 그래요? 그러면 몸이 좀 움직여져요? 아니요. 나는 일어난 김에 커튼을 열었다. 맞은편 담벼락에 반사된 옅은 빛이 방 안으로 들어왔다. 출근 시간 전까지 나는 산과 같이 빛을 받으며 누워 있다가, 모기 물린 곳을 긁다가, 남은 망고 하나를 아침으로 먹었고, 나가기 전에는 예전에 쓰던 핸드폰을 꺼내어 라디오를 틀어 주었다. 산에게 물 주는 것 또한 잊지 않았다.

*

긴 영화가 상영되는 동안에는 몰래 짧은 산책을 다녀

오기도 한다. 영화관에서 걸어서 10분 거리에 조용하고 작은 수로가 있다. 수로는 얕고 좁아서 겨울에 자주 얼었고 건조할 때는 자주 말라붙었다. 그러나 여름은 물이 많아지는 계절. 한 계절만큼은 물이 내내 반짝이며 흘러간다.

나는 몸을 기울여 물을 바라보기도 하고, 수진이 선물해 준 MP3로 노래를 듣기도 한다. 작년에는 기계가 고장 나서 용산전자상가에 수리를 맡기기도 했다. 가게 주인은 MP3를 분해하면서 곧 있으면 이 건물도 허물어질 거라고 알려 주었다. 나는 흐르는 물줄기를 바라보았다. 지금은 물빛이 예쁘다는 것 이외에 아무것도 생각하고 싶지 않은데도.

수진, 미안하지만 지금 나오는 이 노래는 내 취향이 아니야. 중얼거리게 된다. 그리고 수진, 나는 이제 슬픔이 자꾸만 사람들을 우스꽝스럽게 만든다는 걸 알아. 한때는 수진이 주방 가위로 머리를 자르고 나타났던 이유를, 다섯 시간 넘게 산책하던 이유를, 제일 아끼던 MP3를 나에게 선물했던 이유를 알지 못했다.

영화관으로 돌아가는 길에는 편의점에 들러 아이스크림을 사 먹었다. 편의점 앞에 파란색 줄무늬 파라솔 두 개가 펼쳐져 있었다. 그중 한 테이블에 초등학생으로 보이는 아이 두 명이 앉아 무언가를 집중해서 바라보고 있었다. 가까이 가 보니 애벌레가 테이블 위에서 똥을 싸고 있었다. 애벌레는 똥을 싸다가, 잠시 기다가, 다시 똥을 싸길 반복했다. 그래서 테이블 위로 벌레의 똥이 모스부호처럼 남았다. 어쩌면 저 애벌레는 똥으로 인간에게 말을 걸고 있는 걸지도 몰랐다. 안타깝게도 나는 모스부호를 해독할 줄 몰랐고, 아이들에게 물어봤지만 아이들 또한 몰랐다. 벌레는 허무해졌는지 똥 싸는 것을 멈췄다. 그와 동시에 우리는 흥미를 잃었고, 서로에게 인사도 없이 각자 갈 길을 갔다.

땡땡이를 치고 돌아가는 길에는 늘 나쁜 일들을 상상한다. 그사이 누군가 카운터에서 돈을 훔쳐 갔다거나, 영화관이 난장판이 되어 있다거나, 가물에 콩 나듯 얼굴을 비치는 극장 주인이 나를 기다리고 있다거나 하는 식의 일들. 그러나 영화관은 언제나 그랬듯이 무사했고, 나는 실망하며 자리에 앉았다. 잠깐 나갔다 왔는데도 이마에 땀이 흘렀다. 손등으로 땀을 훔치며 나는 선영 언니에게 산을 베어 내지 못했으니 보러 와 달라고 문자 메시지를 보냈다.

누구세요. 현관문을 열자 산이 물었다. 여긴 제 집입니다. 내가 대답했다. 선영이는요? 없어요. 그 순간 라디오 디제이가 박장대소를 하는 바람에 나는 신발을 벗자마자 라디오부터 꺼야 했다.

라디오가 시끄럽지는 않았어요? 말도 마세요. 한 시

간 만에 후회했으니까. 그러면서도 산은 자신이 들었던 라디오 사연들을 줄줄이 말해 주었다. 나는 편의점 도시락을 먹는 내내 얼굴도 모르는 사람들의 이야기를 들어야 했다. 어떤 사람은 아파트 계단에 앉아서 술 마시는 게 취미래요. 어떤 사람은 청양고추를 가방에 넣고 다닌대요. 어떤 사람은 화장실에서 프러포즈를 받았대요. 어떤 사람은, 어떤 사람은…….

사람들은 자기 얘기를 하고 싶어 하는구나. 나는 아직 그런 마음이 어떤 것인지 잘 모르겠다. 수진이 떠났을 때는 아무와도 얘기하고 싶지 않았다. 한여름에도 이불을 덮고 누워 있었다. 마음속에서 자꾸만 펑펑 눈이 내렸다. 모든 것이 얼어붙고 덮일 때까지 계속해서. 어떤 기후는 그치기까지 몇 개의 계절이 걸리기도 한다.

제 말 듣고 있어요? 산이 물었다. 나는 말없이 산의 얼굴을 바라봤다. 왜 항상 편의점 도시락만 먹냐니까요? 편하니까요. 맛도 있고. 그러자 산은 매일 요리하는 즐거움에 빠진 사람의 이야기를 또 들려주었다……. 그러는 사이 나는 허벅지를 모기에 물렸고, 이번에도 역시 잡지 못했다.

찬물로 씻고 나왔을 때 산은 에어컨을 꺼 줄 수 있는지 물었다. 내가 더울까 봐 오랫동안 참았던 말이라고 했다. 다시 보니 산은 하필 에어컨 바람을 온몸으로 맞는 자리에 서 있었다. 너무 미안해하지 않아도 돼요. 선풍기 바람으로 머리를 말리면서 내가 말했다. 정말로 나를 여기서 지내게 해 줄 줄은 몰랐어요. 산이 말했다. 그러게요, 하고 나는 속으로 대답했다. 스무 살이 되자마자 집을 떠난 것도, 지하 영화관에서 일하는 것도, 수로를 찾아가는 것도, 인간 나무를 집 안에 두는 것도 전부 내가 한 선택 같지가 않았다. 가끔은 불안이 나를 대신해서 인생을 살아 주는 것만 같다. 나는 머리를 넘겨 빗으면서 너무 고마워하지는 마세요, 6일이 지나면 정말로 파낼 거니까, 라고 말했다.

그러나 잠시 뒤에는 산이 너무 미안해하고 너무 고마워해야겠다는 생각이 들었다. 에어컨 없는 원룸은 작은 찜통이나 다름없었다. 나는 선풍기를 중풍에서 강풍으로 바꾸려다가 실수로 옆에 있던 산의 뿌리를 건드렸다. 미안하다고 사과하고 산의 뿌리를 들여다보았다. 기분 탓인지 어제보다 더 자란 것 같았다. 뿌리, 자란다, 생장점, 속으로 중얼거리다 보니 싱크대에 넣어 두었던 망고 씨앗들이 생각났다. 나는 빌라 앞 화단으로 나가서 반찬통에 흙을 담아 왔다. 집에 돌아와 망고 씨앗을 심자 산은 무럭무럭 자라라, 하고 덕담을 해 주었다.

그런데 정말 산의 뿌리도 자라고 있을까? 불을 끄고 누웠을 때 나는 문득 걱정이 되었다. 그러면 어떻게 되는 걸까? 나중에는 빌라 지하실도, 아니 빌라 전체가 산의 뿌리로 뒤덮일지 몰랐다. 산이 빌라 그 자체가 되어 버리면 나는 월세를 내지 않고도 이곳에서 살 수 있을 것이다. 그런 생각을 하다가 잠이 들었다.

눈을 떴을 때는 방 안에서 생소한 향이 나고 있었다. 가만 생각해 보니 어디선가 맡아 본 향이었다. 어디서 산 냄새가 나요. 내가 말했다. 저한테서 냄새나요? 산이 물었다. 아니 그쪽 말고 진짜 산이요. 나는 어젯밤 망고 씨앗을 심은 통의 냄새를 맡아 보았다. 흙냄새가 나긴 했지만 방 안에 은은하게 퍼진 냄새와는 달랐다. 혹시 저 아닌가요? 산이 물었다. 산에게 가까이 다가가 냄새를 맡아 보자 정말로 산에게서 푸릇푸릇한 냄새가 나고 있었다.

진짜 나무랑 흙냄새가 나요. 산의 얼굴을 보고 말하려는데 지난밤 울었는지 산의 얼굴에 끈적끈적한 눈물 자국이 남아 있었다. 나는 물수건을 가져와 얼굴을 닦아 주었다. 출근 안 해요? 민망했는지 산이 물었다. 오늘은 쉬는 날이에요. 일주일에 한 번 쉬거든요. 내가 대답했다.

우리는 커튼을 열고 바깥을 내다보았다. 집이 1층이라 맞은편에 세워진 흰 담벼락 외에는 아무것도 보이지 않았다. 사생활 보호를 위해 세운 벽이라는데 벽에다가 몰래 쓰레기를 버리고 노상 방뇨를 하는 사람들이 자꾸만 나타나서 사생활을 침해했다. 선영 언니가 집주인에

게 불만을 말하자 그는 담벼락에 거울을 하나 매달아
주었다. 붉은색 글씨로 양심의 거울이라고 적힌 둥그런
거울이었다. 저딴 게 도움이 될 리가 없잖아. 선영 언니
는 짜증 난다는 듯이 말했었다. 실제로 거울은 별 도움
이 되지 않았다.

산도 선영 언니에게 거울 얘기를 들은 적이 있을까?
궁금했지만 묻지 않았다. 선영 언니에게서는 아직 답장
이 없었다. 고민하다가 문자를 한 통 더 보냈다.

— 집에 언니가 놓고 간 청바지도 있어요.

그 순간 산이 저기, 하고 말을 걸었다. 저도 라디오에
사연을 보내 보려고요. 사은품으로 전기밥솥도 준대요.
그거 타면 집에서 밥을 해 먹을 수도 있잖아요. 밥솥이
생긴다고 밥을 해 먹지는 않겠지만 나는 그러면 좋겠다
고 대답해 주었다.

어떤 사연을 보내려고요? 나무가 된 거요. 산이 진지
한 얼굴로 말해서 나도 그냥 알겠다고 대답했다. 산이
사연을 말하면 내가 휴대폰으로 받아 적어 라디오 사연
코너에 올리기로 했다. 산은 진심을 담아 자신이 나무가
된 사연을 말했다. 실연당하고 발에서 뿌리가 자란 이
야기. 밥 먹는 대신에 광합성을 한다는 이야기. 밤에는
꿈을 꾸는 대신에 생각이 아주 느리게 흘러간다는 이야
기. 그중에는 내가 처음 듣는 이야기도 있었다. 마지막
에 산은 몸을 움직일 수 있게 되어도 언니를 찾아가지

않을 거라고 했다. 잠시 뒤에 산이 말했다. 아니, 그건 지워 주세요. 잠시 뒤에 산이 또다시 말했다. 아니, 그냥 써 주세요.

사연을 다 쓰고 난 다음에는 진이 빠져 아이스커피를 타서 마셨다. 산에게도 부어 주고, 어제 심은 망고나무에도 주었다. 셋이서 커피를 나눠 마시자 방 안이 커피 향으로 가득 찼다. 선영이가 라디오를 들었으면 좋겠어요. 산이 말했다. 절에서도 라디오를 들을까요? 내가 물었다. 불교 방송은 듣지 않을까요? 불교 방송에서 연애 사연도 받아 줘요? 고민 끝에 우리는 산이 좋아하는 가수가 진행하는 오후 라디오 프로그램에 사연을 보냈다. 사연이 뽑히면 디제이가 사연에 어울리는 노래도 추천해 준다고 했다.

그날 저녁 도시락과 아이스크림을 사러 간 편의점에서 처음으로 서비스를 받았다. 새로 나온 게살크로켓이라고 했다. 폐기이긴 한데 30분밖에 안 지났어요. 단골이니 드릴게요. 눈썹 피어싱을 한 알바생이 말했다. 나는 고맙지만 괜찮다고 했다. 게 알레르기가 있어서요. 게살볶음밥은 드셨잖아요. 그건 게살 맛이 나는 어묵이라서 괜찮아요. 마찬가지 아닐까요? 편의점 빵에 진짜 게살을 넣었을 리 없잖아요.

게살이 맞았다. 알바생 말이 일리 있다고 생각한 나

는 집으로 가는 길에 크로켓을 한 입 먹었고, 삼키는 순간 목구멍이 간지러웠다. 입가도 붉게 부풀어 올랐다. 나는 걸음을 재촉해서 집으로 돌아왔다.

어디서 맞았어요? 그런 거 아니거든요. 나는 약통을 뒤져 알레르기 약을 찾았다. 제가 움직이게 된다면 복수해 줄게요. 산이 말했다. 월세나 내세요. 내가 대답했다. 목소리도 염소 같은데요? 그냥 아무 말도 마세요.

사 온 음식들은 냉장고에 그대로 넣어 둔 채 약을 먹고 자리에 누웠다. 선풍기 바람을 맞으니 부었던 얼굴이 천천히 가라앉았다. 별명은 선영이가 잘 지었어요. 산이 말했다. 사귀기 전에 선영이가 나한테 지어 줬던 별명이 오이였어요. 왜요? 선영이는 내가 싫었는데 어딜 가도 내가 끼어 있었다는 거예요. 과방에도, 동아리에도, 술자리에도. 짜장면이나 김밥처럼 좋아하는 음식에 자꾸만 오이가 들어 있는 것처럼. 그래도 친해진 다음에는 오이라고 했던 걸 취소해 줬어요. 나는 태어나서 그렇게 슬픈 별명은 처음 들어 보았다.

선영 언니가 나에게 지어 준 별명은 간첩이었다. 수진의 MP3로만 노래를 듣던 때라 나는 언니가 들려주는 최근 노래들을 하나도 알지 못했다. 혹시 간첩이야? 선영 언니는 몇 번이나 그렇게 물었다. 그 뒤로 선영 언니는 나를 간첩이라고 불렀다. 나는 그 별명이 마음에 들었다. 이곳 너머 내가 속한 다른 세계가 있을 거라는 생각을 하면 기분이 좋았다. 간첩처럼 살아 보자고 다짐도 했었다.

문제는 넘길 만한 정보들이 없었다. 내가 아는 건 사람은 편의점 음식만 먹고도 살 수 있다는 것, 작은 수로는 여름마다 물이 반짝이며 흐른다는 것, 빈 전화기에 대고 말하면 가끔은 대답이 들려온다는 것. 그런 것을 궁금해하는 사람이 있을까? 아무리 생각해도 없을 듯해서 나는 간첩을 그만두었고, 새로운 별명이 생기기도 전에 선영 언니는 이사를 나갔다.

잠이 막 들려고 할 때 산이 조용한 목소리로 말했다. 선영이는 오지 않을 건가 봐. 나는 무슨 말이라도 해 주려다가 까무룩 잠이 들어 버렸다. 다음 날 아침에 보니 알레르기는 흔적도 없이 가라앉아 있었다.

*

오늘의 두 번째 영화 「패왕별희 디 오리지널」이 상영 중일 때 나는 지난밤 비가 와서 물이 불어난 수로 앞에서 있었다. 지금쯤 장국영은 어떤 표정을 짓고 있을지 생각하다가 문득 오늘로써 산이 내 집에서 지낸 지 일주일이 되었다는 사실을 깨달았다.

편의점 도시락을 먹고, 산과 망고에게 물을 주고, 가끔 엉망이 되는 산의 얼굴을 닦아 주다 보니 시간이 금세 지나갔다. 산은 요즘도 울 때마다 푸르른 냄새가 났다. 울음과 푸르른 냄새는 어떤 연관성을 가지는 걸까, 생각해 봤지만 알 수 없었다.

물이 불어난 수로에서는 콰콰콰콰, 하는 소리가 났다. 그 소리를 들으며 계속해서 산을 생각했다. 일주일이 지나도 선영 언니에게서는 아무런 연락이 없었다. 라디오 사연도 채택되지 않았다. 산은 혹시나 하는 마음에 매일 방송을 챙겨 들었다. 그럴수록 산은 혼잣말만 늘어 갔다. 왜 안 뽑히는 걸까? 묻다가도 잘됐어, 선영이가 그걸 들어서 좋을 게 뭐가 있겠어, 하는 식이었다. 생각난 김에 선영 언니에게 전화를 걸어 보았다. 지금 거신 번호는 없는 번호라는 안내가 흘러나왔다. 나는 전화를 그대로 귀에 갖다 댄 채 물었다. 수진아, 어쩌지. 수진 또한 대답이 없었다.

세 번째 영화가 끝날 때까지 산에게 어떻게 말할지 정하지 못했다. 결국 끝까지 정하지 못한 채 현관문을 열자, 산은 인사도 생략한 채 잔뜩 흥분한 목소리로 내게 재밌는 얘기를 들려주겠다고 했다. 조금 전에 어떤 아저씨가 담벼락에 오줌을 쌌어요. 나는 하나도 재미있지 않다고 말했다. 그런데 아저씨가 양심의 거울을 보면서 쌌어요. 그 말을 듣자 웃음이 터졌는데 뭐가 그렇게 웃긴지는 나도 알 수가 없었다. 산도 웃었고, 그렇게 같이 웃게 되자 오늘은 나가라는 얘기를 꺼낼 수 없겠다는 생각이 들었다. 나는 조금만 나중에 얘기하기로 마음먹었다.

제 친구 중에 오줌 누면서 콧노래 부르는 애가 있었어요. 내가 말했다. 같이 화장실에 갈 때마다 콧노래를 들었는데, 나중에는 그 콧노래를 들어야만 저도 오줌이 나오더라고요. 그러자 산이 놀란 목소리로 물었다. 친구랑 화장실을 같이 가요? 학교 다닐 때는 종종 같이 가잖아요. 몰랐어요. 친구가 많지 않았거든요. 그 말을 듣자 나는 산의 별명이 오이였다는 게 생각나서 조금 미안해졌다.

산은 일주일이 지났다는 사실을 알까? 내심 궁금했던 마음은 그날 새벽에 풀렸다. 불을 끄고도 한참이 더 지나서 산이 조용한 목소리로 내게 고맙다고 말했기 때문이었다.

*

과일 트럭은 참외를 팔기 시작했고, 영화관에서 여름 방학 특선 애니메이션이 상영되었다. 본격적인 무더위가 시작되었다는 뜻이었다. 영화관을 찾는 아이들은 비둘기가 아니라 날다람쥐들 같았다. 오래간만의 외출에 들떴는지 얼굴에 마스크를 쓰고도 좁은 공간을 휘젓고 다녔다. 나는 그 아이들을 한 명씩 붙잡아 체온을 잰 다음 상영관 안으로 들여보내 주었다.

오늘은 산에게 찬물을 두 컵 따라 주었다. 에어컨도 산과 합의해서 조금씩 틀었다. 산과는 이제 열흘 넘게 같이 지내는 중이었다. 산에게 고맙다는 말을 듣자 내쫓기가 애매해진 데다가, 최근 들어 부쩍 말수가 줄어든 산이 걱정되었기 때문이었다.

일주일이 지난 다음 날부터 산은 조용히 눈을 감고 있는 시간이 길어졌다. 사연을 보낸 라디오 프로그램은 여전히 챙겨 듣지만 그 밖의 시간에는 가만히 침묵을 견뎠다. 눈 감은 산을 바라보고 있으면 이렇게 영영 입을 닫고 나무가 되어 버리면 어떡하나 걱정이 들 정도였다. 산은 심지어 모기에 물리지도 않았다. 내가 집 안에서 주기적으로 물어뜯기는 동안에도 산은 멀쩡했다.

모기를 생각하자 물린 곳들이 다시 간지러워졌다. 나는 팔과 종아리, 손등을 긁어 댔다. 우리 집에 들어온 모기는 특이하게도 이틀에 한 번, 딱 한 군데만 물고 매번 감쪽같이 사라졌다. 매우 계획적인 데다 자제력을 갖춘 모기였다. 한번은 새벽에 불을 켜고 세 시간 동안 기다린 적도 있었지만 모기는 끝내 나타나지 않았다. 모기는 여름 내내 내 피를 빨아 먹기로 작정한 것 같았다. 이대로 가다가는 여름이 지나고 나면 가죽만 남게 될지도 몰랐다. 그때가 되면 선영 언니가 돌아온다고 해도 방 안에 나무와 가죽, 물을 주지 않아 시든 망고나무와 계획적인 모기 한 마리만이 남아 있을 것이다.

영화관에서 돌아오는 길에는 일부러 빌라 뒤편으로 걸어갔다. 그동안 산이 바깥에서 어떻게 보이는지 한 번도 본 적 없다는 사실이 생각나서였다. 그렇게 처음으로 밖에서 보게 된 산은 그동안 민원이 들어오지 않은 것이 신기할 만큼 눈에 띄었다. 내가 창문을 가볍게 두드리자 산은 눈을 크게 떴다. 나는 잠그지 않았던 창문을 옆으로 밀었다. 왜 거기 있어요? 산이 물었다. 그냥요.

나는 담벼락 앞에 서서 산을 바라보다가 옆에 있던 양심의 거울을 두 손으로 들어 보았다. 거울은 내 생각보다 훨씬 더 무거웠다. 나는 온 힘을 다해 거울을 들어 창문 가까이 가지고 갔다. 나는 산 앞에 서서 거울의 각도를 천천히 틀어 주었다. 산이 빌라 외벽에 쓰인 낙서들과 가로등, 이름 모를 잡풀들을 볼 수 있도록. 산은 거울에 반사된 풍경을 유심히 바라보았다. 빌라 골목을 꺾으면 나오는 길도 보여 주고 싶었지만 어떤 각도로 움직여도 거울에 담기지 않았다. 괜찮아요, 충분히 봤어요. 산이 말했다.

산은 자신도 보여 줄 게 있다고 했다. 뭔데요? 가까이 와 봐요. 창가에 놓여 있던 반찬통에 망고나무 새싹들이 올라와 있었다.

잠들기 전 아이스크림을 하나 꺼내 먹던 중 산은 오

늘 라디오에 우리가 보낸 사연이 나왔다고 말했다. 그걸 왜 이제 말해요? 너무 짧게 나왔더라고요. 나는 휴대폰으로 라디오 다시 듣기를 찾아서 틀었다. 이 부분 다음에 나와요. 산이 말했다. 우리는 볼륨을 최대로 높이고 숨을 죽였다. 다음은 0623님의 사연입니다. 여자 친구와 이별을 하고 난 뒤로 나무가 되어 버렸습니다. 하루종일 가만히 서서 연락을 기다리고 있네요. 가슴 아픈 첫 이별을 경험하신 0623님에게 힘내시라고 노래 한 곡 들어 드리겠습니다. 이게 다예요? 네.

우리는 말없이 디제이가 추천한 곡을 들었다. 숱한 밤들이여 안녕, 숱한 밤들이여 안녕. 반복되는 구절을 듣다 보니 숱한 밤들이 숯 탄 밤들이라고 들렸다. 그러자 나무가 되어 버린 산이 까맣게 타서 작은 숯이 되는 모습이 떠올랐다.

그런데 첫 이별 아닌데. 작은 숯이 말했다. 고등학교 때 일주일 사귄 애가 있었어요. 1년 넘도록 혼자 좋아했는데 막상 사귀니까 좋아하는 감정이 사라진 거예요. 한동안 그 애를 피해서 도망 다녔어요. 벌 받으셨네요. 내가 말했다. 아니, 벌은 그때 바로 받았어요. 어느 날 게임에 접속했는데 캐릭터가 헐벗은 채로 시장 바닥에 서 있더라고요. 멋진 모자랑 뾰족구두, 망토까지 벗겨진 채로. 걔가 해킹해서 내 아이템들을 헐값에 다 팔아넘긴 거예요. 나무가 된 뒤로는 자꾸만 그때의 내 캐릭터 모습이 떠올라요. 이상하죠? 나는 하나도 이상하지 않다고 생각했다. 그리고 산이 말한 여자와는 친구가 되고 싶었다.

그 뒤로도 라디오에서는 짧은 사연들이 지나갔다. 슬프지도 재밌지도 않은 사연들을 산과 나는 계속해서 들었다. 어느 순간에는 푸르른 냄새가 방 안을 가득 채웠는데 산을 쳐다봤을 때 산은 울고 있지 않았다. 산은 이제 울지 않고도 푸르른 냄새가 나는구나. 그 냄새를 맡고 있으니 수로 앞에 서 있는 듯한 기분이 들었다. 흐르는 물을 보지 않아도 시간이 지나가고 있다는 것을 알 것 같은 기분. 산과 나는 이제 슬픈 마음 없이도 누군가를 그리워할 수 있었다.

*

조금 전 나는 영화관 매표소 겸 매점 겸 안내 데스크에 엎드려 있다가 이대로 죽어 버려 시체로 발견되는 상상을 꽤 오랫동안 이어 갔다. 책상에 엎드린 채 죽은 나를 잠든 것으로 착각한 불운한 관람객은 철제 벤치에 앉아 내가 깨어나기를 기다리다가 영화 상영 시간이 다가오자 더는 기다리지 못하고 나를 흔들어 깨울 것이다. 미동도 없는 나를 이상하다고 여겨 머리카락을 넘겨 보는 순간 그는 짧게 비명을 지를 것이다. 곧이이 나는 구급차에 실릴 것이다. 이미 숨이 멎은 나를 두고 구급차는 사이렌을 울리지 않은 채 조용히 움직일 것이고, 나는 그날부터 최초 발견자의 악몽에 등장하게 되겠지.

영화관은 비로소 주목받게 될 것이다. 유령이 나오는 독립영화관으로 사람들 입에 오르내릴 것이다. 그런데 다시 생각해 보니 내가 죽어서 유령으로 나타난다 한들 사람들이 독립영화관을 찾지는 않을 것 같았다. 독립영화관들은 코로나 이전에도 계속해서 사라졌고, 언제 사라져도 이상하지 않았고, 오히려 유지되는 것이 사람들에게는 의문인 곳이었다.

나는 아직까지 멀쩡히 살아 있었고, 높은 확률로 영화관이 나보다 먼저 사라질 듯했다. 그러면 나는 어디로 가야 할까? 정말로 영화관이 사라진다면 다음에는 햇볕이 들고 바람이 드는 곳에 일자리를 구할 것이다. 원룸 보증금을 빼고 푸드 트럭을 한 대 사서 핫도그를 팔아도 좋겠지. 산도 트럭에 싣고. 그렇게 된다면 산은 가만히 서서도 온 세상을 구경할 수 있을 것이다. 저녁에 돌아와 산과 망고나무에게 물을 주며 그 얘기를 꺼내자 산은 거절했다. 차멀미를 한다고 했다.

영화관이 사라지는 상상을 해서인지 다음 날 아침 영화관에는 아무도 오지 않았다. 관객이 단 한 명도 오지 않은 적은 이번이 처음이었다. 알고 보니 근처 병원에서

확진자가 나왔다고 했다. 그래서 내가 영화를 보기로 했다. 영화는 「패트와 매트」 극장판이었다.

영화 속에서 패트와 매트는 바비큐를 해 먹으려다 집을 태웠고 준비한 닭고기는 환풍구로 빨려 들어가 사라졌다. 흔들의자에 앉아 있다가 창문 밖으로 날아가기도 했다. 그때마다 나는 웃었다. 울어도 될 법한 상황들이었지만 자꾸만 웃음이 났다. 집이 불탔어도 바비큐가 구워져서 행복한 패트처럼. 부서진 침대로 해먹을 만든 매트처럼. 엔딩 크레디트가 올라가고 나서도 나는 한동안 자리에 앉아 있었다. 다행히 두 번째 영화가 시작되기 전에는 서너 명의 관객들이 들어왔다.

퇴근하고 돌아왔을 때는 한동안 집 안으로 들어가지 못하고 신발장 앞에 서 있었다. 방이 평소보다 넓어 보였다. 나는 천천히 신발을 벗은 다음 산이 서 있던 자리로 가 보았다. 산이 해냈구나. 뜯기고 눌린 장판을 보자 오늘 봤던 영화가 떠올랐다. 그러자 웃음이 날 것 같기도 했다. 망고나무 옆에 작은 쪽지가 남겨져 있었다. 나는 쪽지를 읽은 다음 망고나무에 물을 주었다. 산이 떠났다고 해서 에어컨을 마음대로 틀게 된 것은 아니었다. 열대에서 자라는 망고나무가 아직 내 방에 남아 있었으니까.

나는 산이 서 있던 자리에 서 보았다. 눈에 들어오는 것은 색이 바랜 벽지와 창밖의 담벼락뿐이었다. 이렇게

나 밋밋한 풍경을 버틴 산이 대단하게 느껴졌다. 나는 차렷 자세로 움직이지 않아 보았다. 창밖이 어두워지고 가로등이 켜질 때까지. 어둠이 짙어지자 나는 마법에서 풀려난 듯 몸을 움직였고, 집 밖으로 나가서 양심의 거울을 훔쳐 왔다.

나는 훔친 거울을 벽에 기대어 세워 두었다. 그러자 밤에 자려고 누웠을 때 발치에 놓인 거울 속에서 또 다른 여자가 나와 발을 맞대고 누워 있는 것처럼 보였다. 나는 어둠 속에서 몸을 일으켜 여자를 가만히 들여다보았다. 몸을 눕히자 이번에는 여자가 나를 들여다보는 듯했다. 나는 기왕 이렇게 된 거 오늘 밤에 모기가 나타난다면 내가 아닌 저 여자를 물게 해 달라고 속으로 빌었다. 여자는 오래도록 뒤척였고, 그 바람에 나도 잠들기가 힘들었지만, 막상 잠이 들자 방 안 가득 망고가 열리는 꿈을 꾸었고, 다음 날 일어났을 때는 몸이 어느 때보다도 가벼웠다. 모기에 물린 자국도 없었다.

오후에 초인종 소리가 나서 문을 여니 택배 상자 하나가 놓여 있었다. 라디오 방송국에서 보낸 사은품이었다. 안에는 무시무시하게 생긴 지압 슬리퍼 한 켤레가 들어 있었다. 이별한 사람한테 지압 슬리퍼를 왜 주는지 알 수 없다고 생각했는데 신는 순간 깨닫게 되었다. 발바닥이 너무 아파서 정신이 번쩍 들었다. 나는 냉장고까지 기다시피 걸어가서 아이스크림을 하나 꺼낸 다음 커튼을 열었다. 창밖에 교복을 입은 여자애가 서 있었다.

여자애는 담벼락 앞에서 담배를 피우고 있었다. 눈이 마주치자 나에게 뭐라고 말을 했지만 창문이 닫혀 들리지 않았다. 나는 창문을 열었다. 여기 있던 아저씨 어디 갔어요? 여자애가 물었다. 아저씨가 여기서 피워도 된다고 했는데. 나는 여자애한테 여기서 피워도 된다고 말해 주었다. 그 아저씨 이제 움직여요? 자기가 나무가 됐다고 하던데. 나는 나무 상태의 산을 아는 사람이 나 말고도 있었다는 사실에 놀랐다. 산은 여자애 얘기를 한 적이 없었다.

이제는 나무가 아닌가 봐. 내가 대답했다. 그 아저씨 재밌었는데 아쉽다. 맞아, 재밌었어. 또 온대요? 응. 거짓말이 아니었다. 산이 남긴 쪽지에는 장판을 고치러 돌아오겠다고 쓰여 있었다. 그런데 언니는 왜 그렇게 굳어 있어요? 이번에는 언니가 나무예요? 여자애가 물었다. 아니. 지압 슬리퍼를 신고 있어. 여자애는 고개를 끄덕인 다음 다시 담배를 피웠다. 아이는 마스크를 벗은 맨얼굴이었고, 담배를 깊게 빨아들이는 모습이 내가 알던 사람과 똑같아서 눈을 뗄 수가 없었다. 나는 아이를 바라보며 아이스크림을 먹었다. 아주 잠깐, 시간이 물빛처럼 반짝이며 흘러가는 듯한 기분이 들었다.

거울은 또 어디 갔어요? 담배를 다 피운 여자애가 주위를 두리번거리며 물었다. 내가 훔쳤어. 나는 지압 슬리퍼를 벗은 다음 거울을 창가로 들고 왔다. 언니도 정상은 아니네. 여자애는 거울을 보며 긴 머리를 매만졌다. 머리 정돈이 끝난 다음 여자애는 내게 인사했다. 다음에 또 봐요.

낯선 밤에 우리는

금옥을 다시 만난 것은 신촌역 4번 출구 앞에서였다. 단번에 금옥임을 알아차리지는 못했다. 그저 저 여자 어디서 본 것 같은데…… 하고 말았을 뿐.

처음 눈에 들어온 것은 거대한 십자가였다. 지하철 에스컬레이터를 타고 올라오자, 바쁘게 걸어가는 사람들 틈에서 십자가 하나가 미동도 없이 우뚝 서 있었다. 그것을 쳐다보다가 그만 밑에 선 여자와 눈이 마주쳤다.

여자는 자기 몸만 한 십자가를 등에 지고서, 지나가는 사람들을 향해 큰 소리로 외치고 있었다. 새로운 믿음으로 새롭게 태어나세요. 목소리를 듣자 누구인지 생각났다. 금옥이었다. 최대한 빠르게 그를 지나쳐 갔지만 잠시 뒤에 목소리가 들렸다. 희애니?

20년 만에 본 금옥은 아주 작았다. 중학교 때도 작은 키였는데, 그때 키가 그대로 멈춘 듯했다. 금옥은 내 손목을 덥석 움켜쥐었다. 희애 맞구나. 정말 너구나. 아버지께서 내 기도를 들어주셨나 봐. 아주 잠깐, 나는 금옥의 아버지를 떠올려 보았다. 그러고는 금옥이 그 사람을 지칭하는 건 아닐 거라고 생각했다.

　어떻게 여기서 보게 되지. 내가 말했다. 서울 온 지 몇 년 됐어. 금옥이 대답했다. 그러더니 숨도 쉬지 않고 말했다. 있잖아, 희애야. 나 아버지께 구원받았어. 그때 그 개들 말이야. 젖먹이 새끼들까지 내가 다 구원받게 했어. 말하는 동안 금옥은 조금씩 손을 떨었다. 나도 모르게 금옥에게 잡힌 손을 빼내었다. 금옥아, 내가 지금 급하게 가 봐야 할 데가 있어서. 나는 변명하듯 말했다. 그러자 금옥은 바지 뒷주머니에서 무언가를 꺼내 내게 쥐여 주었다. 내 명함이야. 여기로 전화해 줘.

*

　파란색 수건 다음 흰색 수건. 흰색 수건 다음에는 파란색 수건. 나는 소파에 앉아 수건을 갰다. 결혼 전, 동거하던 시절부터 남편에게 당부한 것은 딱 하나였다. 수건만은 각자 쓰자. 남편은 대놓고 서운해했다. 그렇지만 오랜 기숙사 생활로 생겨난 결벽증은 쉽게 고쳐지지 않았다.

남편과 수건을 같이 쓰기 시작한 것은 불과 1년 전, 난임에 대해 인지하고 난 다음부터였다. 4년의 결혼 생활 동안 2년간은 피임했고, 지난 2년은 임신을 시도했으나 뜻대로 되지 않았다. 아이는 부부가 준비됐을 때 찾아온다고 했다. 남편과 나는 재작년에 방 세 개짜리 아파트를 무리해서 분양받았다. 배란일에 맞춰 관계를 가졌다. 아이는 그래도 오지 않았다. 시간이 지날수록 준비는 점점 더 사소한 영역을 침범해 나갔고, 지난해부터 나는 누구의 강요도 없이 남편의 수건으로 몸을 닦기 시작했다.

시아버지가 병원을 권유해 온 것도 그 무렵이었다. 서른다섯만 넘어가도 힘들어진다는데 너는 곧 있으면 마흔 아니냐. 아버님 아들도 마찬가지예요, 나는 속으로 대답했다. 그렇지만 이제는 그가 추천하는 병원을 받아들일 수밖에 없었다.

2년간의 준비가 공공연하게 알려진 다음부터 시아버지의 호의 아닌 호의를 거절하는 일은 점점 더 어려워졌다. 나는 그가 구해다 주는 이름 모를 약재들을 먹으면서, 때마다 날아드는 좋은 소식 기다리겠다는 문자에 일일이 답장해야 했다. 생각하다 보니 수건 각이 흐트러졌다. 나는 수건을 펼친 다음 다시 접었다. 그러자 이번에는 금옥이 떠올랐다. 시아버지가 추천한 병원이 아니었다면 금옥을 마주치는 일도 없었겠지.

나는 가방 안에서 금옥이 줬던 명함을 찾아 꺼내 들었다. 하늘색 원 안에 예수가 양팔을 벌리고 있는 그림이 그려져 있었다. 원 안에 그려진 예수. 뉴스에도 몇 번 등장했던 사이비 종교였다. 새로운 믿음으로 새롭게 태어나야 합니다. 금옥이 역 앞에서 외치던 구호 또한 명함에 그대로 적혀 있었다.

명함 오른쪽 하단에는 흰 네모 칸이 공백으로 남겨져 있었는데, 금옥은 그곳에 자신의 이름과 연락처를 검은색 볼펜으로 적어 놓았다. 이런 식의 명함을 나는 처음 보았다. 낯선 느낌이 들어, 최금옥이라고 쓰여 있는 글씨를 손가락으로 천천히 문질러 보았다.

금옥 하면 떠오르는 것은 트럭. 어렸을 적 내 기억 속에서 트럭은 점점 더 거대해졌고, 나중에는 집채만 해지기까지 했는데, 성인이 되고 나서야 나는 그것이 내가 죄책감을 덜기 위해 만들어 낸 상상이라는 것을 인정했다.

중학교 마지막 사생대회가 열리던 날이었다. 학교 근처 저수지에서 아이들은 흩어졌고, 그중 몇몇은 담배를 피우기 위해 공터로 향하다가 우연히 그 트럭을 발견했다. 잠시 트럭을 살피던 그들은 이 광경을 모두가 봐야 한다고 생각했다. 그래서 모두를 큰 소리로 불러 모았다.

처음에 우리가 본 것은 그저 낡은 트럭 한 대였다. 도로 옆 진흙탕 속에 앞바퀴가 처박힌 채였다. 아이들이 꽤 모이자, 한 아이가 바닥에 있던 나뭇가지로 트럭 짐칸의 천막을 걷어 냈다. 그제야 나는 그들이 흥분하던 이유를 알 수 있었다. 트럭 안에는 개들, 고온을 견디지 못하고 죽어 버린 60마리의 작은 새끼 개들이 있었다. 벌써 부패가 진행됐는지 악취가 코를 찔렀다.

그다음 일은 순식간에 진행되었다. 트럭 주인이 개 축사를 운영하던 금옥의 아버지였다는 사실이 알려졌고, 아이들에게 금옥은 있으면서도 없는 사람이 되었다. 아이들이라는 말에는 금옥과 가장 친했던 나도 포함되어 있었다.

인터넷에서 막대 아이스크림이 만들어지는 과정을 담은 영상을 본 적이 있다. 기계 속에서 액체는 막대가 꽂히고, 얼고, 돌아가고, 포장되었다. 금옥이 혼자가 되는 과정은 그처럼 매끄럽게 진행되었다. 열여섯 살 금옥은 수군거림과 욕설, 배척의 순서를 착실하게 밟아 나갔다. 예쁜 포장지가 싸이는 것으로 끝나는 영상에서처럼, 졸업 이후 금옥과의 기억은 내게 오랫동안 밀봉되어 있었다.

생각할수록 복잡한 마음이 되어 나는 휴대폰을 집어 들었다. 재작년을 마지막으로 연락이 끊어졌던 중학교 동창 두 명에게 문자를 보냈다. 나 오늘 금옥을 만났어.

금옥이 기억나니. 전송 버튼을 누르기 직전, 나는 '만났어'를 '마주쳤어'로 고쳐 보냈다.

*

금옥을 마주친 다음부터 나는 다른 출구를 이용했다. 5분 더 돌아가야 했지만 상관없었다. 십자가를 지고 있는 금옥을 다시 볼 엄두가 나지 않았다. 그날, 동창들에게 보냈던 문자의 답은 느리게 도착했다. 금옥이 누구였지? 한 명은 기억하지 못했다. 어머. 서울에서 마주친 거야? 한 명은 기억했지만 금옥에 대해 나보다도 알지 못했다.

나는 신경 쓰지 않기로 했다. 처음 시도하는 인공수정 때문에 정신도 없었다. 이틀에 한 번씩 스스로 배에 주삿바늘을 찔러 넣어야 했다. 생리 중에 초음파를 하기도 했다. 그런 일상에 금옥까지 끼워 넣을 여유가 없었다. 어제부터는 오른쪽 옆구리가 결리듯 아팠다. 남편에게 말했더니 좋은 증상인 것 같다고 했다. 손으로 만져 보니 배가 살짝 부풀어 있었고, 생리 예정일도 이틀이나 지나 있었다.

피검사 하는 날 아침 나는 평소보다 한 시간 일찍 일어났다. 남편은 출근하기 위해 나가려던 참이었다. 그는 내 손을 감싸 쥐고는 잠시 기도했다. 나는 회사나 잘 다녀오라고 했다. 남편이 출근한 다음, 나는 오래도록 찬물로 세수했다. 그래도 밖에 나오자마자 더위에 숨이 막혔다. 지난주까지만 해도 이렇게 덥지는 않았는데.

지하철을 타자 상황은 더했다. 하필이면 내가 탄 열차 칸이 약냉방 칸이었다. 사람이 너무 많아서 칸을 옮길 수도 없었다. 자꾸 옆 사람들과 부딪히자 나는 팔로 배를 감쌌다. 우스운 행동을 하고 있어. 그렇게 생각하면서도 팔을 내리지 않았다.

8.5라고 적혀 있었다. 나는 검사지에 적힌 8과 5를 한참 쳐다보았다. 수치가 100 이상은 나와야 임신 가능성이 있다고 했다. 나는 의사에게 생리가 미뤄졌고, 옆구리 통증도 있다고 말했다. 의사는 과배란으로 인한 통증일 거라고 했다. 병원 밖으로 나와 몇 발자국 떼는 순간 아랫배가 묵직하게 아파 왔다. 설마. 나는 병원 건물 1층에 있는 화장실로 들어갔다. 속옷에 생리혈이 선명하게 묻어 있었다. 부정 탄다는 생각에 생리대도 챙겨 오지 않았다. 나는 다시 병원으로 올라갔다. 간호사는 중형 생리대를 한 장 챙겨 주었다.

생리대를 하러 들어간 화장실 칸에서 나는 울고 싶었다. 그런데 눈물이 나오지 않았다. 대신 통증 때문에 바닥에 한참 동안 쪼그려 앉아 있어야 했다. 시간이 지나도 통증은 가라앉지 않았고, 종아리에 쥐만 났다. 결국 나는 일어나서 가까운 지하철 입구로 걸어갔다. 멀리서

부터 금옥이 보였지만 돌아갈 여유가 없었다. 더위와 통증 때문에 시야가 자꾸만 흐릿해졌다.

희애야, 너 쓰러질 것 같아. 바로 앞에 서 있는 금옥의 목소리가 멀리서 들리는 것만 같았다. 금옥이 내 어깨를 붙잡고 나를 살피는 것이 느껴졌다. 당장 병원에 가야겠어. 금옥이 말했다. 나는 병원에서 돌아오는 길이라고 했다. 생리통이야. 내가 말했다. 그러자 금옥은 옆 사람에게 뭐라고 말하더니, 나를 부축하고 어디론가 향했다.

어디 가. 내가 물었다. 금옥은 이 근처에 자신의 집이 있다며 잠깐이라도 누워 있으라고 했다. 우리는 골목으로 꺾어 들어간 다음, 작은 언덕 하나를 올라갔다. 그러고는 한 슈퍼 앞에서 걸음을 멈췄다. 금옥은 슈퍼 옆에 있는 녹색 철문에 열쇠를 꽂았다. 문을 열자 돌계단이 나왔다. 내려가서 문을 하나 더 열었다. 거기에 금옥의 집이 있었다.

금옥의 집은 집이라기보다는 방이었고, 방이라기보다는 창고에 가까웠다. 방 하나에 싱크대 하나 놓인 것이 전부였다. 금옥은 들어가자마자 이불을 펴 주었다. 거기에 눕자 섬유유연제 냄새가 났다. 방이 비좁아서 금옥이 움직이는 게 한눈에 들어왔다.

금옥은 우선 등에 지고 있던 십자가를 내려놓았다.

십자가 위에는 고리 모양의 끈이 달려 있었는데, 금옥이 그것을 벽에 박힌 못에다 걸자 벽면 전체가 십자가로 채워졌다. 이러고 있으니 꼭 제물이 된 것 같아. 생각만 한다는 게 입 밖으로 나와 버렸다. 예상외로 금옥은 크게 웃었다. 희애 너, 아주 아픈 건 아니구나.

금옥은 따뜻한 국물을 먹는 게 좋을 거라고 했다. 괜찮다고 말려도 금옥은 어차피 밥을 먹어야 한다고 했다. 금옥은 손을 씻고 감자를 깎기 시작했다. 나는 그런 금옥을 가만 쳐다보았다. 감자를 깎고, 애호박과 양파를 써는 금옥은 길거리에서 봤던 금옥과 전혀 다른 사람 같아 보였다. 꼭 중학생 때의 금옥 같아. 그렇게 생각하다가 나는 깜빡 잠이 들었다.

눈을 떴을 때는 이미 한 상이 차려져 있었다. 깨우지 그랬어. 내가 말했다. 딱 맞게 일어난 거야. 금옥이 수저를 놓으며 말했다. 몸은 좀 어떠냐고 금옥이 물었고 나는 훨씬 나아졌다고 대답했다.

방금 끓인 고추장찌개에서 김이 올라오고 있었다. 나는 한 입 떠먹어 보았다. 놀랄 만큼 맛있었다. 찌개 속 감자도 파근파근하고 따뜻했다. 반찬은 김과 감자볶음 두 가지였는데, 채로 썰어져 소금 간이 된 감자볶음에 자꾸만 손이 갔다. 맛있다. 금옥아. 나는 자꾸만 말했다. 결국 나는 밥을 두 그릇이나 먹었다. 밥상을 치운 다음에도 우리는 소반을 사이에 두고 마주 앉았다. 금옥은 내게 따뜻한 음료를 주었다. 커피인 줄 알고 받았는데 숭늉이었다.

금옥은 5년 전, 아버지 장례를 치른 다음 서울에 왔다고 했다. 처음에는 여인숙을 전전했지만 얼마 안 가 신월동에 있는 미용실 보조로 취직할 수 있었다. 미용실 주인은 월급을 아주 적게 주는 대신 금옥이 비품실에서 잘 수 있게 해 주었다. 금옥은 미용실에서 한 발자국도 나가지 않고 열흘간 지내 본 적도 있다고 했다. 종일 파마약 냄새를 맡으니 속이 메스꺼워서 몸무게가 8킬로그램이나 빠졌다. 그때 만난 사람이 수희였다. 수희는 미용실에서 유일하게 커트를 할 줄 알았고, 또 유일하게 금옥을 이름으로 불러 주는 사람이었다. 단지 그 이유만으로 금옥은 수희가 좋아졌고, 얼마 지나지 않아 수희를 부모처럼 따르게 되었다.

그다음 얘기는 내 짐작대로였다. 금옥은 어느 주말, 수희를 따라간 곳에서 수희처럼 웃고, 수희와 같은 어조로 말하고, 서로의 이름을 다정하게 불러 주는 사람들에게 둘러싸였다. 너무나도 진부한 흐름에 내심 다행이라는 생각이 들 정도였다.

아주 오랜 시간 동안, 하고 조용했던 금옥이 다시 입을 열었다. 어디서부터 잘못된 걸까, 생각했었거든. 그런데 마침내 알게 된 거야. 나에게는 원죄가 있었다는 거. 희애야, 믿음이 오면 힘든 건 힘든 게 아니게 돼. 그 말을 끝으로 금옥은 나를 가만 바라보았다. 나는 식어 버린 숭늉을 한 번에 들이켰다.

성관계는 숙제가 되고 생리는 실패가 되는 일상이 지속되었다. 병원에서는 성관계를 숙제라고 했다. 이 날짜에 맞춰서 숙제하시면 되고요. 의사는 웃지도 않고 그렇게 말했다. 1차 인공수정에 실패하고 나서는 나 또한 그 표현에 웃지 않게 되었다. 우리는 곧바로 2차 인공수정을 진행했다. 남편에게는 시댁에 2차 얘기는 꺼내지도 말라고 당부했다.

호르몬 주사를 맞으면서 신경이 갈수록 예민해졌다. 어제는 물을 마시려다가 컵에 얼룩을 발견하고는 던져 버릴 뻔했다. 자꾸만 빈 교실에 앉아 있는 꿈을 꾸기도 했다. 교실 정중앙에 앉아, 누군가 문을 열고 들어서는 순간 죽을 거라는 두려움에 떨었다. 상태가 안 좋을 때면 매번 꾸는 꿈이었다. 그래서 초음파 검사를 마치고 나왔을 때, 누군가 뒤에서 어깨를 붙잡자 나는 그만 소리를 지를 뻔했다.

내가 너무 놀라자 내 어깨를 붙잡았던 여자애는 연신 사과했다. 나는 괜찮다고, 누구시냐고 물었다. 금옥 님 친구분이시죠? 대학생 같아 보이는 여자가 말했다. 자신은 금옥과 함께 포교 활동을 하는 사람인데, 금옥과 내가 인사 나누는 모습을 종종 보았다고 했다. 금옥과 밥을 먹은 이후로 나는 금옥이 서 있는 출구를 이용했다. 그때 금옥 주변에 있던 사람들 중 하나인 듯했다.

여자애는 나와 이야기를 나눠 보고 싶었다고 했다. 근처 카페에서 커피 한잔하실래요? 나는 대답 대신 눈으로 금옥을 찾았다. 조금 떨어진 곳에서, 사람들 머리 위로 우뚝 서 있는 십자가가 보였다. 나는 우선 금옥과 얘기해 보겠다고 했다. 금옥은 가까이에서 우리를 보고는 뛰어왔다.

여자애는 금옥에게 다 같이 시원한 데 들어가서 얘기 좀 나누자고 했다. 여긴 너무 덥잖아요. 나는 난감하다는 표정을 지었다. 금옥은 내 눈치를 보더니, 희애는 오늘 나랑 둘이 약속이 있다고 했다. 여자애는 자신도 따라가면 안 되냐고 물었다. 다음에. 금옥이 말했다.

고마워. 내가 말했다. 우리는 여자애를 피해서 돌다가 어느새 금옥의 집으로 향하고 있었다. 이렇게 된 거 밥이나 한 번 더 먹자. 김치전 해 줄게. 금옥이 말했고, 나는 거절하지 않았다. 저 십자가를 진 상태로 음식점에 갈 수도 없는 노릇이었다. 금옥의 집에 도착했을 때 나는 화장실을 써도 되는지 물었다. 그런데 방을 둘러봐도 화장실이 보이지 않았다. 금옥은 건물 2층에 화장실이 있다고 했다. 그러고는 두루마리 휴지를 챙겨 주었다.

집이라기에는 부족한 점이 많아. 원래는 1층에 있는

슈퍼 창고로 쓰이던 곳이거든. 볼일을 보고 돌아오자 금옥이 말했다. 그래도 여기가 서울에서 처음으로 구한 내 집이야. 금옥은 서울에 와서 세 번 거처를 옮겼다. 미용실, 청년 숙소, 그리고 이 집이었다. 금옥은 믿음을 갖게 된 뒤로 청년 숙소에서 생활했다고 했다. 그러다 처음으로 혼자만의 집을 구해 나오게 된 것이라고.

금옥은 기름이 튄다며 떨어져 있으라고 했다. 나는 소반을 놓고 앉아 전 부치는 금옥을 바라보았다. 신촌에는 무슨 볼일이 있어서 이렇게 자주 와? 금옥이 물었다. 시댁이 이 근처야. 그러자 금옥이 뒤돌아서 나를 봤다. 내 정신 좀 봐. 나는 네가 혼자일 거라고 생각했어. 나는 결혼한 지 4년 되었다고 했다. 드레스 입은 모습이 근사했겠다. 연락처를 알 수 없어 결혼식에 부르지 못했다고, 나는 둘러댔다. 금옥은 고개를 끄덕였다. 서울 오면서 핸드폰을 처음 만들었어. 그 전까지는 쓸 일이 없었거든.

금옥은 순식간에 김치전 세 장을 부쳤다. 어떻게 하면 이렇게 바삭하게 부칠 수 있는 거지? 금옥이 부친 전은 모든 면이 바삭했다. 금옥은 반죽에도 기름을 조금 넣으면 된다고 알려 주었다. 우리는 사이다와 함께 김치전을 먹었다. 의외로 잘 어울렸다. 내가 맛있다고 하자 금옥이 거짓말, 하고 중얼거렸다. 너는 진짜 맛있으면 수저로 박수 치잖아.

무슨 말인지 생각하다가 놀랐다. 금옥은 내 중학교 때 버릇을 기억하고 있었다. 그거 고등학교 기숙사에서 고쳤어. 사감 선생님이 무서웠거든. 금옥은 내가 숟가락과 젓가락을 부딪치며 내는 소리가 듣기 좋았다고 했다. 그 소리를 듣고 나면 방금까지 먹던 음식도 더 맛있어지는 기분이 들어서.

김치전을 두 장째 먹던 중, 나는 금옥에게 청년 숙소는 어땠는지 물었다. 좁았지. 금옥이 대답했다. 지금 같은 방에서 여덟 명씩 자고 그랬어. 신발을 신발 위에 얹어 놓아야 할 정도였으니까. 금옥은 자기 손등에 손바닥을 얹으며 말했다. 지금 이곳보다 더 좁은 공간을 상상하기는 힘들었다. 그래도 거기 있을 때 좋았던 건 자는 시간이었어. 양옆에 누운 사람들이랑 손을 잡고 잤거든. 손을 잡고 다 같이 취침 기도를 드렸어. 그러면 무서웠던 마음이 가라앉았어.

그날 밤 나는 집에 돌아와 잠든 남편의 손을 가만 쥐어 보았다. 땀이 찰 때까지 쥐었다. 그래도 불안한 마음이 가시질 않았다. 영영, 영원히 같은 단어들이 자꾸만 머릿속을 맴돌았다. 나는 배란 주사액을 넣은 배를 문지르며 눈을 감았다. 손을 빼려고 했는데, 남편이 잠결에 손을 놓지 않으려고 꽉 쥐는 것이 느껴졌다. 그러자 금옥이 말했던 게 뭔지 조금 알 것도 같았다.

금옥은 청년 숙소에서 나오고 나서 한 달 동안은 잠

을 이루지 못했다고 했다. 손이 너무 허전했다고. 그래서 양손을 깍지 끼고 자는 버릇이 생겼다고 했다. 그래도 여긴 좀 쓸쓸하네. 혹시 이렇게 시간이 맞을 때면 나랑 밥 한 끼 같이 먹어 줄래? 잠깐 고민한 다음, 나는 알겠다고 대답했다.

그 뒤로 병원에 가는 날마다 금옥과 밥을 먹었다. 보통은 일주일에 한 번, 어떤 때는 두세 번씩일 때도 있었다. 약속하고 만난 적은 한 번도 없었다. 병원에서 나오면 금옥은 언제나 그 자리에 있었다. 나는 금옥에게 다가가 알은체를 한 다음, 근처 맥도날드로 들어가 천 원짜리 커피를 시켰다. 그러면 30분 이내로 금옥이 찾아오는 식이었다.

내가 매번 금옥과 마주칠 수밖에 없었던 이유도 알게 되었다. 금옥은 월요일부터 토요일, 아침 9시부터 저녁 6시까지 신촌역 4번 출구 앞에서 전도를 했다. 교대로 주어지는 점심시간을 제외하고는 온종일 그곳에 있는 거나 마찬가지였다. 금옥의 집에 자주 가다 보니 자연스럽게 규칙도 생겼다. 요리는 금옥이, 설거지는 내가. 먹고 싶은 음식이 있으면 식자재를 사 와도 되지만 금액이 만 원을 넘지 않을 것. 만 원? 내가 되묻자 금옥은 그이상은 부담스러워서 안 된다며 단호하게 거절했다.

내가 거절한 것도 있었다. 나한테 전도하지는 마. 금

옥은 그렇지만, 하고는 오랫동안 입을 떼지 못했다. 네가 그러면 여기 오는 게 불편해져. 내가 다시 말하자 금옥은 안 할게, 하며 아이처럼 대답했다. 그렇다고 금옥이 종교 얘기를 아예 꺼내지 않은 것은 아니었다. 아버지께서 너를 보내 주신 게 틀림없어. 오징어볶음에 넣을 파를 썰며 금옥은 말했다. 구원이 없었다면 나는 죽었을 거야. 미역을 불리며 금옥은 말했다. 모두가 믿음을 갖게 된다면 법도 필요 없는 세상이 될 거야. 콩나물을 무치며 금옥은 또 말했다.

그때마다 나는 아무렇지 않게 대답했다. 콩나물무침에 고춧가루도 넣어 줘. 그러면 금옥은 말을 하다 말고 고춧가루를 찾았다. 이 정도면 나쁘지 않다고 생각했다. 무엇보다, 이 다섯 평짜리 방 안에서만큼은 아이에 대한 집착에서 잠시나마 벗어날 수 있었다. 그저 요리가 완성되어 가는 과정을 설렘을 갖고 지켜보다가 맛있게 먹는 것. 그것이 이 방에서 일어나는 일의 전부였다.

숨 쉴 틈이 생겨서인지 2차 인공수정이 실패했을 때, 나는 1차 때보다 덤덤하게 사실을 받아들였다. 난리가 난 것은 주변이었다. 병원에서는 시험관 시술을 적극 권하기 시작했고, 남편은 눈에 띄게 조급해했다. 실패 소식을 들은 날 남편은 저녁도 걸렀다. 그러고는 주말 내내 컴퓨터 앞에 앉아 새로운 병원을 검색했다.

약간의 다툼도 있었다. 내가 시험관은 싫다고 했기

때문이었다. 최선을 다해 봐야 포기도 할 수 있는 거야. 남편이 말했다. 시술받는 건 내 몸이잖아. 하거나 하지 않는 건 내 선택이야. 내가 말했고 남편은 담배를 피우러 나갔다. 2년 전 끊은 이후로 처음이었다. 다음 날, 나는 병원 상담을 마치고 나와 떡과 청양고추를 샀다. 오늘은 아주 매운 떡볶이를 먹고 싶어. 내가 말했다. 금옥은 마침 자신도 매운 게 먹고 싶었다고 했다. 우리는 청양고추를 다섯 개 넣기로 합의를 보았다.

양념을 졸이던 중, 나는 못 참고 창문을 열었다. 매운 냄새에 자꾸만 콧물이 났다. 그거 나이 들어서 그렇다. 매운 거 먹을 때는 코 닦느라 정신없어. 금옥이 냄비째로 떡볶이를 내려놓으며 말했다. 우리는 떡볶이 한 입을 먹을 때마다 물도 한 입씩 마셨다. 한참을 그러고 있는데, 금옥이 벌떡 자리에서 일어났다. 그러더니 냉장고에서 소주를 꺼내왔다. 자세히 보니 반병은 이미 비워진 상태였다.

딱 한 잔씩만 하자. 우리는 마시고 있던 컵을 비우고 소주를 따랐다. 하도 오랜만에 마셔서 그런가. 입술만 축였는데도 취기가 올랐다. 나는 금옥에게 시댁과 사이가 안 좋아져서 당분간 못 올 수도 있다고 했다. 금옥은 자신도 이번 달에는 꼴찌를 하는 바람에 바빠질 거라고 했다. 무슨 꼴찌? 그냥 꼴찌. 우리 둘 다 엉망이네. 그러네. 건배하자. 건배하기 전에 희애야, 시댁이랑 화해하지

않더라도 가끔은 들러 줘. 그래. 그럼 이제 진짜 건배하
자. 응.

*

창문을 열자 선선한 바람이 들어왔다. 생각보다 이르
게 가을이 찾아왔다. 가을은 추석의 계절이기도 했다.
시댁에 갈 생각을 하니 벌써 머리가 지끈거렸다. 추석
전날부터 가서 음식을 하고, 당일 아침 일찍 차례상을
올려야 했다. 결혼하고 나서 한 해도 빠짐없이 해 온 일
이었다.

거실로 나가자 식탁 위에 남편이 차려 놓은 밥상과
함께 쪽지가 남겨져 있었다. 오늘 병원 잘 다녀와. 미안
해. 당근과 햄을 잘게 다져 넣은 계란말이가 예쁜 직사
각형 모양으로 접시에 담겨 있었다. 나는 일어선 채로
계란말이를 잘라 입안에 넣었다. 당근이 익지 않아서
서걱거렸다. 계란말이 맛있다. 고마워. 남편에게 문자를
보내고 남은 계란말이를 냉장고에 집어넣었다. 긴장한
탓에 더 먹을 수가 없었다.

오늘은 시험관 시술을 하기로 한 첫날이었다. 며칠 전
본 텔레비전 프로그램에서는 출산 후 3년 만에 복귀한
코미디언이 집을 공개하고 있었다. 식탁에 앉아 인터뷰
를 하는데, 식탁 모서리마다 붙여진 보호대가 눈에 들

어왔다. 원목 식탁에 붙은 샛노랗고 동그란 보호대들. 나는 인터뷰가 다 끝날 때까지 그것들을 뚫어지게 쳐다보았다. 그러고는 생각한 것이다. 저런 것들이 있는 삶이라면 조금 더 감수할 수 있을 것 같다고.

병원에서 나오는 길에는 금옥의 집 생각이 간절했다. 주의 사항과 부작용에 대해 온종일 듣다 보니 당장 내일 어떻게 돼도 이상하지 않을 것만 같았다. 그래서 역 앞에 있는 금옥을 발견했을 때, 나는 평소와 달리 양손을 크게 흔들었다. 원숭인 줄 알았어. 집으로 같이 걸어가며 금옥이 말했다. 나는 웃었다. 먹고 싶은 거 있어? 아무거나. 집에 어묵 있는데. 그럼 그거 먹자. 응.

그런데 어묵조림 맛이 이상했다. 금옥도 맛을 보더니 인상을 찌푸렸다. 맛술 대신 식초를 넣었나 봐. 괜찮다고 했지만 금옥은 기어코 짜장면 두 그릇을 배달시켰다. 짜장면은 빠른 속도로 도착했다. 나는 이 어묵조림은 짜장면이랑 기가 막히게 어울릴 거라고 했다. 짜장면을 비빈 다음, 나는 단무지 대신 어묵 조림을 얹어 먹어보았다. 기가 막히게 어울리지 않았다.

금옥은 짜장면도 입에 잘 대지 않았다. 왜 안 먹어? 묻자 금옥은 어묵조림을 입에 넣었다가 중간에 뱉어 버렸다. 그러더니 이건 도저히 못 먹겠다며 개수대에 넣었다. 원숭이도 나무에서 떨어질 때가 있는데, 괜찮아. 내가 말했다. 그게 아니야. 금옥이 대답했다. 금옥은 싱크대를 잡고 선 채 잠깐 움직이지 않았다. 나는 짜장면을 먹다 말고 금옥을 올려다보았다.

멀리 가게 될 것 같아. 금옥이 입을 열었다. 지난주 예배를 마치고 나오는 길에, 총회 선교사는 금옥을 따로 불러냈다. 그러고는 이달 안으로 정리해서 교단 소유의 농지로 이사하길 제안했다. 몇 달째 한 명도 전도하지 못했거든. 농사를 통해 새 일꾼으로 거듭날 기회를 주겠다고 하셨어.

문제는, 하고 금옥이 잠시 뜸을 들였다. 그곳에 가면 아무것도 없어. 전화도 잘 안 터진대. 요즘에도 그런 곳이 있어? 내가 물었다. 그러게. 금옥이 대답했다. 금옥은 자리로 돌아와 나를 마주 보고 앉았다. 가는 게 좋을까? 금옥이 물었다. 갑작스러운 질문에 나는 글쎄, 하며 얼버무렸지만 금옥은 끈질기게 내 대답을 기다렸다. 네가 원한다면 가는 게 맞지 않을까? 나는 겨우 대답했다.

금옥은 오늘 설거지하지 않아도 된다고 했다. 요리를 망쳤으니 설거지도 안 하는 게 맞다는 것이었다. 나는 금옥의 눈치를 보다가 알겠다고 했다. 이사 얘기를 꺼낸 다음부터 금옥은 급격하게 말수가 줄었다. 오후 전도도 빠지겠다고 했다. 이런 날 일찍 자리를 피해 주는 것이 내가 해야 할 일이었다. 나는 금옥에게 나오지 말라고 했다.

녹색 철문 밑에 짜장면 그릇을 내려놓다가, 검정 사인펜으로 그려진 작은 낙서를 발견했다. 자세히 들여다보니 달팽이 그림이었다. 다음에 금옥에게도 보여 줘야지. 금옥은 분명 좋아할 것이다. 중학교 때 선생님 눈을 피해 전달된 금옥의 쪽지는 막상 펴 보면 의미 없는 경우가 대부분이었으니까. 긴장하며 펼쳐 본 쪽지에 도토리 한 알이 달랑 그려져 있어 웃음이 터졌던 적도 있었다. 별일 아닐 거야. 금옥이가 알아서 잘하겠지. 그렇게 생각하며 언덕을 내려갔다.

*

잘 자라고 있네요. 의사가 초음파 사진을 보며 말했다. 오른쪽에 세 개, 왼쪽에 다섯 개의 난포가 자라고 있었다. 나는 의사의 손가락을 따라 여덟 개의 검고 둥근 원들을 쳐다보았다. 원들의 지름이 2센티미터가 넘기를 기다려야 한다고 했다. 이틀 뒤에 다시 오라는 말과 함께 처방받은 약을 들고 나는 지하철역으로 걸어갔다.

4번 출구에 가까워질수록 나는 걸음을 늦췄다. 출구 앞에는 한 여자가 바닥에 웅크려 껌을 팔고 있었다. 혹시나 해서 그 앞으로 다가가 얼굴을 확인해 보았다. 금옥이 아니었다. 지난번도, 지지난번에도 나는 금옥을 보지 못했다. 맥도날드에서 두 시간 넘게 기다린 적도 있었다. 그때 얘기했던 농지로 간 건가 싶어 금옥과 함께 있던 여자에게 물어봐도 모른다는 대답만 돌아왔다.

집에 돌아오자마자 안방으로 가서 서랍을 뒤졌다. 다행히 명함이 그대로 있었다. 거기에 적힌 번호로 전화를 걸었다. 신호음이 가는 동안 씹고 있던 아카시아 껌을 휴지에 뱉었다. 오는 내내 씹었는데도 뱉으니 향이 났다. 전화는 연결되지 않고 끊겼다. 나는 곧바로 문자를 남겼다. 나 희애야. 이거 보면 연락해 줘.

이틀 뒤 병원을 다시 찾을 때까지도 금옥에게서는 연락이 없었다. 순서를 기다리는 동안 나는 전화를 한 번 더 걸어 보았다. 전화가 꺼져 있었다. 간호사가 김희애 님 들어오세요, 하고 큰 소리로 불렀다. 상담실에서 의사는 난포가 잘 자랐으니 내일 남편과 함께 내원하라고 했다. 예정대로 채취를 진행하겠다고. 오늘 밤에 좋은 꿈꾸세요. 의사가 덧붙였다. 나는 그러겠다고 했다.

오늘도 금옥은 역 앞에 없었다. 나는 숨을 한 번 크게 들이마신 다음 내쉬었다. 그리고 반대편으로 걷기 시작했다. 골목으로 꺾어 들어가 작은 언덕 하나를 올라가자 익숙한 슈퍼가 눈에 들어왔다. 나는 슈퍼 옆 녹색 철문을 손으로 두드렸다. 초인종이 없어서 별다른 방법이 없었다. 금옥아. 나는 문을 두드리며 외쳤다. 금옥아, 거기

있니?

한참을 두드리자 문이 열렸다. 녹색 철문 말고 슈퍼 미닫이문이. 그쪽이 하도 두드리는 바람에 내 가게 다 무너지겠어. 새하얀 머리를 빗어 넘긴 할머니가 나와서 말했다. 금옥이 아는 동생이야? 할머니가 물었다. 나는 친구라고 했다. 거짓말 같아. 네? 놀라 되묻자, 할머니는 그쪽이 금옥이보다 10년은 더 젊어 보여, 하고 대답했다.

할머니는 안으로 들어와서 기다리라고 했다. 그는 안 그래도 금옥이 열흘 넘도록 보이지 않아 이상하다고 생각했는데 어제저녁에 마주쳤다고 했다. 어딜 갔다 돌아온 모양이던데. 오늘은 집에 돌아올 거야. 나는 할머니가 내준 자리에 앉았다가 놀랐다. 의자에 열선이 켜져 있었다. 아직 9월밖에 되지 않았는데 열선이라니. 의자가 따뜻해요. 내가 말했다. 나는 1년 내내 의자에 불을 때. 할머니가 대답했다. 한여름에도요? 응.

오래 앉아 있다 보면 더워질 줄 알았는데 아니었다. 기분 좋게 따뜻했다. 9월에도 따뜻한 의자는 좋구나. 나는 유리 너머로 밖을 내다보았다. 커다란 은행나무 한 그루 밑으로 사람들이 드물게 지나다녔다. 한참 나무를 쳐다보고 있는데, 미닫이문이 열리더니 노란 머리를 한 남자가 불쑥 들어왔다.

할머니는 남자 얼굴을 보더니 나만 들리게 속삭였다.

진라면. 남자는 정말로 진라면 다섯 개 묶음을 사 갔다. 뒤이어 들어온 키 큰 여자를 보고도 할머니는 말했다. 홈런볼이랑 박카스. 여자는 홈런볼이랑 박카스 두 병을 집었다. 턱수염이 난 남자가 미닫이문을 열었을 때, 나는 반사적으로 할머니를 바라봤다. 할머니는 고개 들어 남자를 보았다. 그런데 이번에는 아무 말도 없었다. 저 사람은요? 내가 그새를 못 참고 물었다. 몰라. 할머니가 퉁명스럽게 대답했다. 그 바람에 나도 모르게 소리 내어 웃었다. 남자는 음료수를 고르다 말고 나를 쳐다봤다. 그가 고른 것은 오렌지주스였다.

남자가 돌아가자 할머니는 내 쪽으로 몸을 약간 틀어 앉았다. 나는 금옥이가 월세도 안 내고 도망간 줄 알았어. 그래도 금옥이가 그럴 사람은 아니지. 할머니가 말했다. 나는 맞다고. 금옥이라면 절대 안 그럴 거라고 대답했다. 그런데 왜 말없이 집까지 찾아왔어. 금옥이한테 뭐 잘못한 거라도 있어? 할머니가 물었다. 그 질문을 듣자 내가 잘못했다는 생각이 들어 그렇다고 대답했다.

그러자 할머니는 나를 바라보더니 손으로 의자를 두 번 툭툭 두드렸다. 여기 앉아서 다 반성하고 금옥이 오면 미안하다고 해. 나는 그러겠다고 했다. 은행잎들의 경계가 어둠에 흐려질 때쯤, 철문 흔들리는 소리가 들렸다. 얼른 가 봐. 할머니가 내 손을 가볍게 쥐었다가 놓아주었다.

금옥아, 부르자 문을 열던 금옥이 깜짝 놀라며 뒤를 돌아봤다. 그러고는 재빨리 주변을 살폈다. 왜 그래? 내가 묻자 아무것도 아니라고 했다. 그러면서도 금옥은 내 손을 잡아끌더니 철문을 급히 잠갔다. 우리는 말없이 계단을 내려갔다. 집 안에 들어오고 나서야 나는 겨우 입을 열었다. 무슨 일 있어? 금옥은 아니라고 대답하며 불을 켰다. 그동안 어디에 있었던 거야? 나는 다시 물었다. 금옥은 잠시 침묵하더니, 옷걸이에 겉옷을 걸며 의외의 대답을 했다. 애인이랑 잠깐 여행 다녀왔어.

애인이 있었어? 응. 왜 나한테는 말한 적이 없어? 말할 기회가 없었지. 어디를 갔는데? 인천. 가서 낚시도 하고 회도 먹었어. 낚시도 할 줄 알아? 그럼. 나는 바닥에 앉아 옷 갈아입는 금옥을 올려다보았다. 정말이야? 그렇다니까. 금옥은 편한 옷으로 갈아입은 다음 나와 마주 앉았다. 그나저나 집에 먹을 거는커녕 마실 것도 없다. 어쩌니. 나는 괜찮다고 했다. 어차피 금방 가 봐야 한다고. 금옥은 그래, 하고는 입을 다물었다.

잠시 침묵이 흘렀다. 나는 말없이 바닥을 내려다보는 금옥의 얼굴을 보았다. 금옥아. 나는 황급히 이름을 불렀다. 그러니까, 인천 여행은 어땠어? 금옥이 고개 들어 나를 보았다. 좋았지. 금옥이 말했다. 낚시도 했다며. 물고기는 잡았어? 응. 물고기가 희애 네 팔뚝만 했어. 그거 들어 올리느라 지금도 팔이 저려. 금옥이 장난스레

팔을 주무르며 말했다. 먹었어? 뭘? 그 물고기. 얘는, 진
짜. 내가 먹기만 하는 줄 알아. 금옥이 소리 내어 웃었
다. 나도 덩달아 웃었다.

그렇게 웃다가, 나는 말했다. 열여섯 살 금옥이는 개
미도 못 잡았는데 말이야. 금옥은 웃음을 그치고 나를
바라보았다. 시선이 부담스러워질 때쯤 금옥이 입을 열
었다. 시간 말이야, 희애야. 내가 고개를 끄덕였다. 시간
이 많이 흘렀으니까.

오래 앉아 있다 보니 다리가 저렸다. 종아리를 주무
르다가 나는 이만 가야 한다고 했다. 바래다주지 못해
서 미안해. 금옥이 말했다. 나는 괜찮다고 했다. 그런데
금옥아, 혹시 다음에 여행이든 어디든 가게 된다면 말이
야, 하고 내가 신발을 신으며 말했다. 나한테 미리 얘기
해 줄 수 있겠니? 응. 금옥이 대답했다. 나는 신발 신느
라 굽혔던 허리를 펴고 금옥을 봤다. 어째서인지 금옥은
처음 봤을 때보다 키가 더 줄어든 것만 같았다. 인사하
는 금옥을 보다가, 나는 그제야 무언가 달라졌음을 알
수 있었다. 금옥의 등 뒤로 벽에 걸려 있어야 할 십자가
가 보이지 않았다.

*

난자를 채취한 다음 날, 나는 간단히 짐을 쌌다. 그러

는 동안 남편은 계속해서 나를 말렸다. 이번 추석은 집에서 쉬라는 것이었다. 나는 몸 상태가 괜찮으니 걱정하지 말라고 했다. 몇 번의 실랑이가 오간 끝에야 남편은 내 뜻대로 하라고 했다. 양말을 마지막으로 넣은 다음 지퍼를 잠갔다. 시댁에 가지 않을 경우 일어날 일들은 빤했다. 시아버지는 내년 추석은 물론, 5년 뒤에도 자신이 과거에 얼마나 쓸쓸한 추석을 보냈는지에 대해 털어놓을 것이었다. 그 얘기를 반복해서 들을 자신이 없었다.

우리는 저녁 시간에 맞춰 도착했다. 문이 열리자 음식 냄새가 났다. 아버님, 요리하셨어요? 내가 당황해서 물었다. 3년 전 어머님이 돌아가신 다음부터 음식을 준비하는 것은 언제나 내 몫이었다. 부엌에 가 보니 정말로 토란국이 끓여져 있었다.

나는 준비하고 나오겠다고 말한 다음, 남편을 데리고 방에 들어갔다. 아버님께 시험관 했다고 말씀드렸지? 방문을 닫고 내가 물었다. 남편은 대답하지 않았다. 언제부터 말한 거야? 남편은 어제였다고 했다. 난자를 채취한 다음 날 내가 쉬었으면 하는 마음에 말할 수밖에 없었다는 것이었다. 나는 화를 가라앉히기 위해 잠시 아무 말도 하지 않았다. 그러면 아버님이 아신다는 사실을 나는 계속 모르는 거로 해. 내가 겨우 말했다. 남편이 굳은 얼굴로 고개를 끄덕였다.

나는 꿋꿋이 모르는 척했다. 남편이 설거지하겠다고

나설 때도, 시아버지가 직접 참외를 깎을 때도 일일이 놀라고 미안해했다. 시아버지가 아이 얘기를 꺼내려다가 말을 흐릴 때도 짐짓 못 들은 척했다. 그렇게 신경을 곤두세우고 있다 보니, 시아버지가 방으로 들어갈 때쯤에는 녹초가 되었다. 세수하고 집어 든 로션 통이 무겁게 느껴질 정도였다.

저녁 시간 내내 말수가 없던 남편은 방에 들어와서도 입을 다물고 있었다. 예전부터 그는 화가 나면 침묵하는 버릇이 있었다. 상대방이 자신이 화가 난 이유를 파악하고 정확히 사과할 때까지는 절대로 입을 열지 않았다. 나는 어느 지점에서 그가 화난 건지 생각해 보려다 그만두었다. 생각할 힘조차 남아 있지 않았다. 나는 미리 처방받은 약을 먹고 자리에 누웠다. 이불에서 묵은 먼지 냄새가 났다. 오래 뒤척일 거라는 예상과 달리 나는 금세 깊은 잠에 빠져들었다.

눈을 떴을 때는 한밤중이었다. 남편은 옆에서 자고 있었다. 나는 부엌으로 가서 커피포트에 물을 가득 부었다. 난자를 채취하고 나서부터는 계속 갈증이 났다. 물이 끓기를 기다리면서 식탁에 놓인 달력을 들여다보았다. 이틀 뒤면 수정란을 이식하는 날이었다. 그런데 9월 2일에 파란 동그라미가 쳐 있었다. 동그라미 밑에는 작은 글씨로 '가족'이라고 적혀 있었다.

그날이 무슨 날이었더라. 이번 달은 추석이 있어서

따로 가족 모임이 없었다. 시댁 식구들 생일도 겨울에 몰려 있었다. 별생각 없이 달력 앞장을 넘겨 보았다. 8월에는 파란 동그라미들이 훨씬 많았다. 넷째 주와 마지막 주에는 동그라미들이 연달아 있기도 했다. 나는 그것들을 유심히 들여다보다가 천천히 앞장을 넘겼다. 또 넘겼다. 계속해서 넘겼다. 파란 동그라미는 무섭게 계속되었다. 나는 동그라미가 무슨 날들인지 알 것 같아 눈물이 났다. 그것들은 내가 인공수정을 시도하기 전부터 그려져 있었다.

택시 안에서 나는 금옥에게 전화를 걸었다. 전화는 끊어질 때쯤 연결되었다. 자고 있었니? 내가 물었다. 아니, 하고 금옥이 자다 깬 목소리로 대답했다. 금옥아, 나 지금 네 집에 가도 될까. 지금? 하고 금옥이 되물었다. 내가 그렇다고 하자, 금옥은 조심해서 오라고 했다. 전화를 끊고 나는 기사에게 도착지가 바뀌었다고 말했다.
녹색 철문은 이미 열려 있었다. 나는 문틈에 끼워져 있던 돌을 빼낸 다음, 계단을 내려가 현관문을 두드렸다. 두 번은 작게. 그다음 두 번은 좀 더 크게. 그러자 문이 열렸다. 희애야, 너 왜 잠옷을 입고 있어. 금옥이 나를 보자마자 말했다. 그 말을 듣고 내려다보니 정말로 잠옷 차림이었다.
나는 신발을 벗고 안으로 들어가 앉았다. 금옥이 웃

음기를 거두고 내게 다가왔다. 금옥은 옆에 가만히 앉아서 내가 다시 입을 열 때까지 기다려 주었다. 머리가 깨질 듯이 아파. 한참 뒤에 내가 말했다. 그러자 금옥이 자리에서 일어났다.

약을 찾으러 일어난 줄 알았는데 금옥은 갑자기 소반을 폈다. 그러더니 냄비를 들고 왔다. 금옥이 국을 끓이거나, 국수를 삶거나, 떡볶이를 만들 때에도 쓰던 낡은 냄비였다. 네가 오는 사이에 만들었어. 이거부터 먹고 약을 먹어야 속이 안 상해. 금옥이 말했다.

냄비를 열어 보자 계란찜이 있었다. 숟가락으로 뜨자 하얀 김이 올라왔다. 나는 한 입 먹어 보았다. 계란찜은 부드럽고 따뜻했다. 말없이 계란찜을 떠먹다가 나는 수저로 박수를 쳤다. 그러자 금옥이 웃었다.

같이 웃다가 우리는 천천히 얘기하기 시작했다. 이야기는 길었고, 우리는 자주 쉬어 갔다. 하나가 말하면 다른 하나는 얘기가 끝날 때까지 입을 열지 않았다. 대신 상대의 눈을 들여다보며, 온몸으로 자신이 얘기에 집중하고 있음을 드러냈다. 이야기가 진행될수록 우리는 함께 무언가를 지나가고 있었다. 더디지만 분명한 방향으로, 모난 곳 없이 부드럽게 부풀어 오르는 시간을 지나, 우리는 처음으로 우리가 그리는 목적지에 도달하고 있었다.

집에 가서 자야지

조, 못 본 사이에 새로운 버릇이 생겼네. 어떤 버릇? 조가 물었다. 자꾸 두리번거리는 거. 내가 말했다. 조는 아, 그거, 하고는 말을 아꼈다. 나는 더 묻지 않았다. 물어봤자 조는 아무렇게나 말을 지어낼 것이다. 조는 내가 아는 사람 중에서 가장 거짓말을 잘했다.

조, 왜 양말을 베개 밑에 넣어 놓는 거야? 언젠가 내가 그렇게 물었을 때도 조의 대답은 아, 그거, 였다. 답답해진 내가 되묻자 조는 화재 때문이라고 했다. 어렸을 때 잠든 사이 집에 불이 났었다고. 한겨울에 집 밖으로 뛰쳐나왔는데, 정신 차려 보니 맨발이었다고 했다.

이렇게 발가락을 잃게 되는구나, 조는 진지하게 생각했다. 그날 이후로 양말을 베개 밑에 넣어야만 마음이 안정됐어. 그 말을 듣자 나는 조의 괴상한 습관에 대해 더 따질 수 없었다. 한번은 조에게 왜 칫솔꽂이에 칫솔이 두 개인지 물었다. 그러자 조는 아, 그거? 아침용과 저녁용 따로 쓰는 거야, 하고 대답했다. 그 말을 하는 조의 모습이 하도 진지해서 나는 그렇구나, 하고 말았다.

한참이 지나고 나서야 나는 조가 화재를 경험해 본 적도 없고, 아침용 저녁용으로 칫솔을 나눠 쓰지도 않는다는 걸 알게 되었다. 대체 그런 거짓말들은 왜 하는 거야? 나는 따져 물었지만 조가 또다시 아, 그거, 하며 운을 떼는 바람에 말을 말기로 했다. 그 뒤로 나는 조가 말을 흐릴 때마다 더는 묻지 않았다. 그러면 조 역시 입을 다물어 버리곤 했다.

그런데 이번엔 조가 먼저 말을 꺼낸 것이다. 김재현이 사라졌어. 조는 그렇게 말한 다음 술잔을 비웠다. 김재현이? 나는 놀라서 조를 바라보았다. 김재현은 조가 8년째 키우고 있는 게코 도마뱀 이름이었다.

지난 주말, 너무 더웠던 조는 잠결에 창문을 열었다. 그 바람에 모기가 들어왔고, 모기는 조의 귓가에서 앵앵거렸고, 짜증이 난 조는 방 안에 모기약을 잔뜩 뿌리고 나서야 김재현이 걱정되었다. 조는 김재현을 화장실로 옮겼다. 원룸이기에 선택의 여지가 없었다. 마침 전날 화장실 청소를 했던 터라, 조는 김재현을 바닥에 풀어 줬다. 아침에 청소하고 나서 방으로 옮겨 줄게. 그렇지만 다음 날 아침 문을 열었을 때 김재현은 그곳에 없었다. 반쯤 열린 배수구 뚜껑만이 조를 기다리고 있었다.

조, 괜찮아? 하나 마나 한 질문을 던지자 조는 대답 대신 검지로 테이블 위에 선을 그려 나갔다. 뭐 하는 거야. 내가 묻자 배관, 하고 조가 대답했다. 빌라 배관 도면을 받아 왔거든. 뜯을 수 있는 배관은 전부 뜯어 봤는데 없었어. 여기에도. 여기에도. 조는 검지로 선을 긋다가 중간중간 멈춰서 몇몇 지점들을 짚어 가며 말했다. 김재현은 없었어.

조는 그 뒤로도 자꾸만 혼자만의 생각에 잠겼다. 그러다 내가 말을 걸거나, 술집 안으로 사람들이 드나들 때마다 주위를 두리번거렸다. 그럴 때마다 조는 김재현을 찾는 것처럼 보였다. 혹은 자신이 왜 이곳에 앉아 있는 건지 영문을 모르는 것처럼 보였다.

그때마다 나는 조에게 말하고 싶은 것을 참느라 견뎌야 했다. 조, 그때는 너 이러지 않았잖아. 아무렇지 않았잖아, 하는 식의 쓸모없는 말들을. 말수가 줄어들자 술병은 빨리 비워졌다. 머리가 아파질 때쯤 나는 조에게 쓸쓸하냐고 물었다. 응. 조가 대답했다. 조, 우리 집에서 자고 갈래? 내가 물었다. 그러자 조는 괜찮다고 했다. 괜찮다고, 이만 일어나자고.

*

　나는 출근하자마자 의자 높이를 낮게 조정했다. 물티
슈로 데스크를 닦고, 마시던 물을 다육식물에게도 조금
부어 줬다. 식물은 내가 근무하기 전부터 있었는데, 누
가 언제 갖다 놓은 것인지는 아무도 몰랐다. 주상복합
아파트의 보안 사원은 내가 졸업하고 나서 처음으로 구
한 일자리였다.

　일은 3조 2교대로 진행됐다. 주간 근무를 이틀 하고
하루 쉰 다음, 야간 근무를 다시 이틀 하고 하루 쉬는
식이었다. 처음에는 열두 시간 동안 가만히 앉아 있는
것이 고역이었다. 다른 일보다도 시간을 견디는 것이 가
장 힘들었다. 주간에는 잡다한 업무들이 많아 시간이
금방 지나갔다. 문제는 야간이었다. 입주민들 출입이 줄
어드는 자정부터 새벽 6시까지 시간은 물먹은 솜을 싣
고 가는 당나귀 걸음처럼 천천히 흘러갔다.

　그러다 보면 많은 일이 떠올랐다. 대부분 아주 오래
전에 일어났던 일들이. 지난번에는 택배 상자들을 정리
하다가 초등학교 때 짝 이름을 발견했다. 그 뒤로 나는
일주일 동안 그 애 생각만 하면서 시간을 보냈다. 꽤 오
랫동안 친했는데 무슨 이유로 멀어졌는지 기억나지 않
았다. 그 애 엄마가 약국을 하셔서 비타민 사탕을 얻어
먹었던 기억, 아홉 살 생일 선물로 절대 뒤집어지지 않

는 딱지를 받았던 것도 기억나는데 그 이유만은 도무지 떠오르지 않았다.

3일째 되던 날, 점심시간에 분식집에 들어가서야 생각이 났다. 떡볶이 때문이었다. 급식으로 떡볶이가 나왔던 날, 짝과 나는 어느 때보다도 열심히 밥을 먹었다. 수업을 두어 개 더 듣고 종례까지 마친 다음 교실을 나올 때였다. 입 좀 닦고 다녀라. 선생님이 짝에게 말했다. 그러고 보니 짝의 입가와 볼에 떡볶이 양념이 묻어 있었다.

짝은 손등으로 입가를 거칠게 문지르더니, 몇 걸음 가지 않아 나에게 소리쳤다. 짝인데 여태 몰랐던 거야? 내일부터 말 걸지 마. 하필이면 학교에서는 그다음 날 짝을 바꿨고, 정말로 그게 짝과의 마지막 대화가 되었다.

나흘 더 생각해 보니 짝과의 마지막은 그게 아니었다. 시간이 좀 더 흐른 다음 버스 정류장에서 짝을 마주친 적이 있었다. 정말 말을 안 걸 줄은 몰랐어. 짝이 말했다. 나는 그게 아니라, 짝을 바꾼 다음부터는 말을 걸 만한 일이 없었을 뿐이라고 했다. 그것이 정말 마지막이었다. 그러는 게 아니었는데. 지금이라도 사과하고 싶었다.

대화의 절반이 조, 그거 기억나?로 바뀌자 조는 내가 직장을 바꾸는 것이 좋을 거라고 했다. 그때는 일한 지 두 달도 안 됐을 때였다. 누가 할 소리. 그 무렵 조는 접시나 컵의 불량품을 검수하는 아르바이트를 하고 있었는데, 온 세상의 흠집들이 눈에 들어오기 시작했다며 괴로워했다. 핸드폰 스크래치나 가방 구김 같은 것을 참을 수 없다며 돈을 버는 족족 새 물건을 사는 데 써 버렸다. 다행히 얼마 안 가 조는 일을 그만뒀다.

조에게 전화가 걸려온 것은 퇴근할 무렵이었다. 김재현이 여기 있었어. 잔뜩 흥분한 목소리가 휴대폰 너머로 전해졌다. 나는 귀에 대고 있던 휴대폰을 떼어 발신인을 다시 확인해 봤다. 조가 맞았다. 김재현이 집 안에 있었다고? 내가 물었다. 아니, 아니. 빌라 안에. 윗집 사는 남자가 어제 김재현을 봤대. 그래서? 그래서 집주인한테 방역 업체를 불러 달라고 했대. 자기가 잡지도 못하고 놓쳤다면서. 나도 방금 집주인한테 방역 안내 문자 받아서 알았어. 곧장 집주인이랑 연락해 봤는데, 이미 윗집 남자랑 약속한 거라고 안 부를 수 없다는 거야. 결국 그 도마뱀이 내가 키우던 거라고 얘기했지. 그랬더니 난리가 났어.

나한테 전화한 이유가 뭐야? 나는 중간에 참지 못하고 물었다. 같이 가 줘. 조가 대답했다. 어디를? 윗집. 집주인이 나보고 윗집 남자랑 직접 얘기해 보래. 네가 같이 가 줬으면 해서. 나 지금 일하는 중이야. 나는 어쩔 수 없다는 듯 말했다. 그러자 조는 기다리겠다고 했다.

내가 잠시 망설이자 조가 덧붙였다. 부탁할게.

초인종을 누름과 동시에 501호 문이 열렸다. 501호 남자는 러닝셔츠 차림이었는데, 땀에 젖은 머리카락이 이마에 달라붙어 있었다. 누구세요. 남자는 문고리를 쥔 채 조와 나를 번갈아 쳐다보며 말했다. 어제 이 집에서 도마뱀 한 마리가 나왔다고 하셨죠? 아, 방역 업체? 남자가 문을 좀 더 활짝 열었다. 순간 퀴퀴한 냄새가 끼쳤다. 아니요. 여기는 아랫집 사는 사람인데, 나는 조의 팔을 잡으며 얘기했다. 그 도마뱀 주인이에요.

도마뱀에 주인이 있어요? 남자는 놀라운 듯 목소리를 높였다. 나는 재빨리 조를 잡은 손에 힘을 줬다. 그럼요. 이 친구한테는 가족이나 다름없어요. 과장이 아니었다. 조는 누군가에게 가족을 소개할 때 아버지, 자신, 그리고 김재현이라고 했다. 김재현이요? 누가 물어보면 조는 있어요, 하고 대답했고 조의 성격을 아는 이들은 대부분 그러려니 하고 넘어갔다.

혹시 도마뱀이 나온 곳을 확인해 볼 수 있을까요. 내가 물었다. 그건 곤란한데요. 남자가 문을 자기 쪽으로 당기며 말했다. 지금 정리가 안 되어 있어서요. 그러자 조가 나섰다. 마침 이 친구가 청소 업체 직원이에요. 무료로 청소해 드릴게요. 그거 돈 주고 받으시려면 엄청 비싸거든요. 그러다 제가 도마뱀을 찾아서 데려가면 마음 편하실 거고요. 그러면 방역 업체 따로 부르실 필요

도 없어요. 남자는 문고리를 잡고 잠시 고민하다가 들어
오라고 했다.

신발을 벗으면서 나는 조의 옆구리를 찔렀다. 조는
모른 척했다. 남자의 원룸은 갖가지 물건들로 엉망이었
다. 배달 음식 용기들이 아무 데나 쌓여 악취가 나는 데
다가 옷가지들은 바닥에 널브러져 있었다. 이 상태로는
방역 업체를 불러도 소용없겠는데. 조가 말했다. 청소
하는 동안 나가 계시겠어요? 내가 남자에게 물었다. 남
자는 고개를 저었다. 그쪽들을 어떻게 믿고요. 그러면
위생 장갑 좀 주실래요? 조가 말했다.

남자에게 받은 일회용 비닐장갑을 끼고 나는 우선 창
문을 열었다. 그런 다음 빈 페트병들을 한곳에 모으기
시작했다. 업체면 청소 도구가 따로 있지 않아요? 남자
가 나를 보더니 물었다. 원래는 그런데, 지금은 갑작스럽
게 온 거니까요. 조가 대신 대답했다. 조는 남자가 보지
않을 때 입 모양으로 내게 미안, 하고 말했다.

김재현을 어디서 봤어요? 조가 남자에게 물었다. 남
자가 묻기 전에 나는 김재현이 도마뱀 이름이라고 알려
주었다. 개수대에서요. 남은 치즈피자를 먹고 있던데요.
김재현이 무슨 치즈피자를 먹습니까. 김재현이 좋아하
던데요. 나는 둘의 대화를 듣다가 뒤돌아 남자를 보았
다. 저렇게 단번에 김재현을 김재현이라고 부르는 사람
은 남자가 처음이었다.

조는 남자 말에 대꾸하지 않고 개수대 주변과 옷장 밑을 구석구석 살펴봤다. 수납장을 딛고 올라서서 전등 안쪽까지 확인해 보기도 했다. 그사이 나는 바닥에 있던 옷가지들을 주웠다. 한여름인데도 긴소매 옷들이 몇 벌 나왔다.

한 가지 특이했던 점은 어디선가 검은색 머리끈이 자꾸만 나왔다는 것이다. 남자의 머리는 덥수룩하긴 해도 묶일 만한 길이가 아니었다. 나는 머리끈이 나올 때마다 손목에 끼워 뒀다. 그러는 동안 남자는 벽에 기대어 앉은 채로 휴대폰 게임을 했다.

반도 치우지 못했는데 밤 10시가 되었다. 남자는 휴대폰을 내려놓더니 조와 나에게 배고프지 않냐고 물어 봤다. 라면이라도 드실래요? 조는 아직 찾아볼 곳이 남았다고 했다. 내일 다시 오세요. 제가 지금 배고파서요. 남자는 그렇게 말하고는 냄비를 꺼내 물을 받았다. 정말 내일 다시 와도 돼요? 방역 업체 안 부르실 거죠? 조가 다시 물었다. 예, 뭐. 남자는 의외로 순순히 대답했다. 조와 나는 그제야 남자의 집에 들어온 지 두 시간 만에 바닥에 앉을 수 있었다.

설거짓거리가 쌓여 있어서 우리는 일회용 종이컵을 앞접시로 사용했다. 남자가 끓인 라면은 지나치게 짰다. 냄비가 큰 게 없어서 물이 적게 들어갔나 봐요. 남자가 한 입 먹자마자 말했다. 나는 괜찮다고 했다. 남자의 이름은 정우였다. 바로 앞에 있는 학교에 다니는데, 지금은 휴학 중이라고 했다. 그렇다면 조의 후배였다. 조를 쳐다봤는데 아무 말이 없기에 나도 가만히 있었다.

라면을 먹다가 정우는 문득 내 손목에 있는 그게 뭐냐고 물어봤다. 아, 청소하다가 나온 건데 깜빡했네요. 나는 머리끈을 빼내어 정우에게 돌려주었다. 손목에 붉은 선 모양의 자국이 진하게 남았다. 정우는 머리끈을 받고 나서 젓가락을 내려놓았다. 그러고는 손등으로 코를 한번 문지르더니 얘기하기 시작했다.

제가요, 사실은 한 달 전에 여자 친구랑 헤어졌어요. 원래는 청소도 잘하는 편인데, 그날 이후로 청소는커녕 꼼짝도 하기 싫더라고요. 종일 굶다가 새벽에 배달 음식 한번 시켜 먹고. 그러다 혼자 술 마시고. 아, 얼마 전에 왓챠에 가입했거든요. 거기에서 일주일마다 제 취향에 맞는 영화 다섯 편을 추천해 줘서 다 챙겨 봤는데, 이상하게 시간이 지날수록 추천 영화들이 제 취향이랑 멀어져요. 그런데도 그냥 봐요. 그러다 어젯밤에, 처음으로 진짜 괜찮은 영화를 한 편 봤거든요. 그래서 용기를 얻고, 먹던 과자를 딱 내려놓고, 설거지부터 시작해 보자, 해서 개수대 앞에 섰어요. 그런데 거기에 그게 있었던 거예요. 기다랗고 거무스름한 게 어제 먹다 남은 피자 위에서 막 꿈틀거리는데 진짜 너무 징그러웠어요.

눈물까지 막 나더라고요. 제가 원래는 그런 사람이 아닌데.

그 대목에서 나는 조의 눈치를 살폈다. 조가 간신히 참고 있는 것이 느껴졌다. 정우는 아랑곳하지 않고 얘기를 계속했다. 아무튼 너무 힘들었는데 오랜만에 이렇게 사람들이랑 밥 먹고 떠드니까 좋네요. 왜 헤어졌는데요? 뜻밖에 조가 물었다. 그러니까 그걸 모르겠어요. 아무리 물어봐도 절대 말 안 해 줘요. 정우는 돌이라도 씹은 듯한 표정으로 대답했다.

나가기 전, 정우는 조에게 내일 언제 올 것인지 물었다. 아침 먹고 올라갈게요. 조가 대답했다. 우리는 정우의 집에서 나와 한 층을 걸어 내려갔다. 시간이 늦었으니 자고 가. 조가 말했다. 헤어진 뒤로 조의 집에 가는 것은 이번이 처음이었다. 조가 현관문 비밀번호를 누르는 동안 나는 괜히 긴장했다. 그러나 막상 문이 열리고 눈에 익은 내부가 들어오자, 금세 마음이 편안해졌다.

조의 집에서 달라진 것이라고는 김재현이 있던 사육장뿐이었다. 바닥재가 비워지고 불이 꺼진 사육장을 보는 것은 이번이 처음이었다. 나는 사육장 유리 벽면에 손을 대 봤다. 예전에 이렇게 하면 김재현은 내 손을 따라오곤 했었다. 손을 떼자 부연 자국이 남았다가 금방 사라졌다.

뒤돌아보니 조가 물을 따라 마시고 있었다. 내가 청소 업체 직원이라고? 나는 말끝을 올렸다. 그러자 조가 컵을 내려놓고는 두 손을 모아 비는 시늉을 했다. 내 눈으로 꼭 확인해야 했어. 미안해. 나는 됐으니까 물이나 달라고 했다. 조는 자기가 마시고 있던 컵을 내밀었다. 나는 남아 있던 물을 전부 마셨다. 짠 걸 먹어서인지 계속 갈증이 났다.

씻고 나왔을 때 조는 이미 바닥에 이부자리를 펴고 누워 있었다. 일어나. 내가 바닥에서 잘게. 나는 조의 어깨를 흔들었다. 자는 중이야. 깨우지 마. 조는 눈을 감은 채 얘기했다. 나는 결국 머리를 말린 다음 침대에 누웠다.

불을 끄고 얼마 지나지 않아 방 안에서 귀뚜라미 우는 소리가 들렸다. 김재현의 먹이로 쓰이는 귀뚜라미들이었다. 사귈 때도 간혹 듣던 소리였는데 이렇게 여러 마리가 동시에 우는 것은 처음이었다. 한 달 뒤에도 김재현을 못 찾으면 그때 다 풀어 줄 거야. 잠든 줄 알았던 조가 말했다.

나는 조가 있는 쪽을 내려다보았다. 조는 팔을 괴고 반대쪽으로 돌아누워 있었다. 그러고 보니 베개가 하나뿐이었다. 전에 있던 내 베개는 버린 모양이었다. 나는 다시 똑바로 누워 천장을 바라보았다. 시끄러워서 잠들지 못할 거라고 생각했는데 순식간에 잠들어 버렸다.

바스락거리는 소리에 깼다. 눈을 떠 보니 조가 어둠 속에서 시리얼 봉지를 뜯고 있었다. 불 켜도 돼. 내가 말하자 순식간에 방 안이 환해졌다. 조는 찬장에서 그릇을 하나 더 꺼내, 내 시리얼까지 말아 주었다. 콘푸로스트에 흰 우유 조금. 아침마다 시리얼을 먹는 습관도 여전했다. 나는 시리얼을 먹고 남은 우유를 그릇째 들고 마셨다. 엄청나게 달아서 잠이 다 깼다.

조는 버스 정류장까지 데려다주겠다고 했다. 윗집에 다시 간다고 하지 않았어? 같이 가자. 내가 말했다. 조는 괜찮다고 했다. 어제만으로도 충분히 고마웠다고. 오늘 휴일이고 할 일도 없어서 그래. 내가 다시 말했다. 그러면 나야 고맙지 뭐. 조가 어깨를 으쓱했다.

조와 나는 윗집으로 올라갔다. 그런데 아무리 초인종을 눌러도 기척이 없었다. 한참 뒤에야 문은 겨우 열렸다. 정우는 자다 일어난 듯했다. 머리는 까치집인 데다가 눈도 제대로 뜨지 못했다.

자는 중이었어요? 그러면 조금 이따 다시 올게요. 내가 말했다. 그러자 정우가 손을 내저으며 말했다. 아니, 지금 그게 중요한 게 아니라 아무래도 방역 업체를 불러야 할 것 같아요. 미안하게 됐어요. 갑자기 왜요. 조가 다급하게 물었다. 어제 자려고 누웠는데 풀벌레 우는 소리가 들리는 거예요. 바깥에서 나는 소리겠거니 했는데 생각해 보니까 우리 집은 5층이잖아요? 불 다 켜고 한참을 찾았는데 집 안에 진짜로 꼽등이가 있는 거예요. 그거 때문에 밤새웠어요. 진짜 미안하게 됐는데 그냥 불러야 할 것 같아요. 저기요, 하고 조가 침착하게 말했다. 우선 들어가서 얘기하죠? 정우는 머뭇거리다가 우리를 안으로 들였다.

벌레는 잡았어요? 조가 물었다. 펄쩍펄쩍 뛰어다니는 걸 어떻게 죽여요. 겨우 밖으로 쫓았어요. 정우는 생각하기도 싫은 듯했다. 어쩌다 밖에서 한 마리 들어온 걸 거예요. 지금 방역 업체 부르면 김재현이 죽어요. 해충약이 도마뱀한테도 얼마나 치명적인데요. 어제 저랑 약속도 하셨는데 이러시면 안 되죠. 나는 단호하게 말하는 조를 빤히 바라봤다. 조가 이토록 진지했던 적이 있었나. 정우는 조의 말에 당황했는지 우선 씻고 올 테니까 찾아보세요, 하는 말을 남기고 화장실로 들어갔다.

정우가 들어간 사이 나는 조에게 의미심장한 눈빛을 보냈다. 너무한 거 아니야? 내가 말했다. 귀뚜라미는 분명 어제 조가 풀어놓았을 것이다. 굶으면 안 되니까. 조가 말했다. 그러고는 얼른 덧붙였다. 말하면 안 돼.

조는 정우의 허락을 받고 책장과 찬장을 전부 들어냈다. 오늘은 정우도 조를 도와 김재현을 찾았다. 정우는 결국 방역 업체 부르는 것을 미루겠다고 했다. 둘이서 김재현을 찾는 동안 나는 걸레로 바닥을 닦았다. 절반

쯤 닦다가 걸레를 뒤집었는데 놀랄 만큼 새까맸다. 이것
좀 봐. 나는 걸레를 높이 들어 보여 줬다. 조가 그걸 보
고는 발을 들어 올려 양말을 확인해 봤다. 나도 확인해
봤지만 이미 더러워진 뒤였다.

그 뒤로도 우리는 한참 동안 온 집 안을 뒤지고 정리
하길 반복했다. 책장과 찬장은 물론이고 옷장과 화장실
까지 다 살폈지만 김재현은 보이지 않았다. 대신에 검은
색 머리끈만 두 개 더 나왔다. 어제 찾은 것까지 합치면
전부 다섯 개였다. 맨날 머리 묶을 게 없다더니. 정우는
그것들을 전부 서랍에 집어넣었다.

청소를 마친 다음 우리는 빨래를 널고 에어컨을 틀었
다. 방 한가운데 상을 펴고 자리에 앉자 세제 냄새가 은
은하게 났다. 정우가 냉장고에서 맥주를 꺼내 왔다. 안
주는 조가 제안한 대로 치즈피자였다. 어때요? 김재현
이 먹었을 만하죠? 정우가 물었다. 조는 대답하지 않았
다. 그러면서도 두 번째 조각을 집어 들었다. 나는 맛있
다고 대답했다. 저는 이사 온 뒤로 여기 피자만 시켜 먹
어요. 정우의 말을 마지막으로 침묵이 이어졌다. 피자가
오기 직전까지도 옷장 밑을 한 번 더 살펴보던 조는 입
을 거의 열지 않고 있었다.

말없이 피자를 먹던 중에 정우가 다시 입을 열었다.
밤에 술 마시고 누워 있다 보면 노래하는 소리가 들렸는

데 그게 그쪽이었구나. 조는 정우를 빤히 바라보더니 물었다. 어땠어요? 뭐가요? 제 노래요. 정우는 곰곰이 생각하더니 말했다. 나쁘지 않았어요. 박효신보다는 이소라 쪽이시던데. 나는 웃었다. 조는 웃지 말라고 했다.

조는 자기도 누워서 천장만 보던 시기가 있었다고 했다. 그때 김재현이라는 이름도 생겼어요. 조가 두 번째 맥주 캔을 따며 말했다. 김재현이 처음부터 김재현이었던 것은 아니었다. 김재현은 원래 반년이 넘도록 아무 이름도 없었다. 중학교 때 친구가 가족 여행을 가는 동안 잠시 맡아 달라고 해 놓고는 찾아가지 않는 바람에 조가 떠안다시피 키우게 된 것이었다. 조가 누워만 있던 시기는 그 친구와도 멀어진 다음이었다.

그날도 조는 침대에 누워 있었는데, 사육장에 있는 줄로만 알았던 도마뱀이 벽을 타고 천장에 기어오르다가 그만 조의 얼굴 위로 떨어졌다. 조는 코를 감싸 쥐고 화장실로 달려갔다. 코는 멀쩡했다. 그래도 아픔이나 억울한 마음이 가라앉진 않았다. 방에 돌아왔을 때 도마뱀은 다시 천장에 붙어 있었다. 조는 도마뱀을 사육장 안에 집어넣은 다음 뚫어지게 쳐다봤다. 그러고는 세상에서 제일 나쁜 이름을 붙여 주기로 다짐했다. 김재현. 그의 담임 이름이었다. 나중에는 그런 식으로 이름 지어 버린 것을 후회했지만, 그때는 이미 다른 어떤 이름도 김재현과 어울리지 않았다.

정우가 조의 얘기를 집중해서 듣는 동안 나는 치즈피자 위에 핫소스를 잔뜩 뿌린 다음 먹는 데만 집중했다. 벌써 몇 번이나 들은 얘기였다. 그때나 지금이나 내가 궁금한 것은 김재현이 아니라 조가 왜 그 시기에 천장만 보고 지냈는지에 대한 것이었다. 그렇지만 나는 이번에도 그 질문만은 하지 않았다.

우리는 피자를 남김없이 다 먹었다. 상을 치우고 나가기 전, 조는 정우에게 고맙다고 했다. 혹시라도 김재현을 보게 되면 새벽이라도 괜찮으니 언제든 연락 달라는 말도 덧붙였다. 그럼요. 한참이나 조와 김재현에 관한 얘기를 주고받은 정우가 망설임 없이 대답했다. 정우 집에서 나와 조와 나는 버스 정류장까지 함께 걸어갔다. 열대야가 시작됐는지 밤인데도 공기가 눅눅하고 더웠다. 걷는 동안 조와 나는 아무 말도 하지 않았다. 버스 정류장에 도착했을 때 조는 내게도 고맙다고 말했다. 아니야. 내가 대답했다.

버스 안내판을 보니 내가 타는 버스가 11분 뒤에 도착한다고 떠 있었다. 기다리지 말고 먼저 들어가. 내가 말했다. 같이 기다려. 조가 벤치에 앉으며 말했다. 나는 조의 옆에 앉았다. 조도 더운지 티셔츠가 등허리에 달라붙어 있었다. 그것을 보고 있는데 조가 내일은 뭐 해, 하고 물었다. 출근하지. 내가 대답했다. 딱 2년째네. 그걸 기억하고 있었어? 응. 그러고는 둘 다 말이 없었다.

버스가 도착했을 때 나는 조에게 다음에 보자고 했다.
자리에 앉아 내다보니 조가 손을 흔들고 있었다.

*

나는 2단 도시락을 열었다. 첫 번째 단에는 가지런하
게 썰어 놓은 닭가슴살, 한 입 크기로 자른 브로콜리와
방울토마토가 들어 있었다. 두 번째 단에는 현미밥이 있
었다. 지난 2년간 야간 근무를 할 때마다 먹어 온 도시
락이었다. 겨울철에는 현미밥이 고구마로 대체됐다.

처음에는 야간 근무할 때 아무것도 먹지 않았다. 대
학 시절부터 몸을 만들어 왔던 터라 야식 먹는 것이 익
숙지 않았다. 그렇지만 빈속으로 밤을 몇 번 새우고 나
자 위에 쓰라린 통증이 생겼다. 그때부터는 새벽 1시가
되면 꼭 집에서 챙겨 온 도시락을 먹었다. 그러면 살도
덜 찌고 위에도 부담이 가지 않았다. 집 냉동실에는 인
터넷으로 대량 주문해 놓은 닭가슴살이 잔뜩 쌓여 있
었다.

토마토를 집으려던 순간 아파트 출입 자동문이 열렸
다. 나는 인사하기 위해 자리에서 일어났다가 아무도 없
는 것을 보고 다시 자리에 앉았다. 안녕하세요. 그래도
인사는 빼먹지 않았다. 새벽에 아무도 없는데 자동문이
열리는 경우가 종종 있었다. 그런 날이면 문은 정확히

두 번씩만 고장이 났다. 나는 그것이 누군가 들어왔다 나가는 것이라고 믿었다. 그래서 그다음부터는 그렇게 열리는 문에다 대고 인사를 해 줬다. 처음에는 안녕하세요, 두 번째 열릴 때는 안녕히 가세요, 하고.

그러면 이상하게도 좋은 일이 생겼다. 교대 근무에 매일 5분씩 늦던 사람이 제시간에 오고, 비타500 뚜껑에 한 병 더!가 쓰여 있는 식의 사소한 행운들. 생전에 분명 좋은 사람이었을 것이다. 나는 브로콜리를 씹으며 생각했다. 그나저나 조는 잘 지내고 있을까. 아직도 김재현을 찾고 있을까. 문자를 보내 볼까 하다 시간이 늦어서 그만두었다.

문제는 야간 근무를 다 마치고, 낮잠을 자고 일어나서도 조와 김재현에 관한 생각이 멈추질 않았다는 것이다. 조, 김재현은 어떻게 됐어? 나는 결국 문자를 보냈다. 답장은 한참 뒤에 왔다. 지금 정우네야. 찬장에서 소리가 났다고 해서 왔어. 답장하려는 순간 문자가 하나 더 들어왔다. 너도 올래?

현관문을 열자마자 김치찌개 냄새가 났다. 김재현은 못 찾았어요. 정우가 신발을 벗기도 전에 말했다. 위아래 찬장을 다 들어냈는데도 없었어요. 나는 걱정되는 마음으로 조를 찾았다. 조는 구석에 쪼그려 앉아 밥을 푸고 있었다. 딱 맞춰 왔네. 조가 나를 보더니 말했다.

밥 먹을 거지? 나는 그러겠다고 대답했다. 김치찌개는
정우가 방금 끓인 거라고 했다. 엠티 가서 끓이면 레시
피 알려 달라고 다들 난리예요.

한 입 떠먹어 보니 정말로 맛있었다. 어때요? 맛있네.
조와 내가 동시에 대답했다. 우리는 밥과 찌개를 눈 깜
짝할 사이에 다 먹었다. 숨은 좀 쉬고 먹지. 조가 정우에
게 말했다. 며칠 사이 둘은 부쩍 친해진 듯했다. 조는 정
우에게 반말을 쓰기 시작했고, 정우가 가위를 찾자 조
가 꺼내 주었다. 집을 구석구석 다 뒤지고 나니까 어디
에 뭐가 있는지 다 알겠더라고. 조는 그날 이후로 매일
정우의 집에 왔다고 했다. 매일? 내가 놀라서 되묻자 조
는 김재현이 여기 있을 것 같다는 생각이 계속 들었다고
했다.

정우는 노트북으로 영화를 보자고 했다. 자신이 설거
지하는 동안 조와 내가 보고 싶은 영화를 골라 보라고
했다. 우리는 정우의 예상 별점이 5점인 영화를 선택했
다. 예상 별점이 만점인데 재밌겠지, 내가 말하자 조가
그렇겠지, 하고 맞장구를 쳤다. 노트북을 상 위에 놓고
정우, 조, 나 순서대로 벽에 기대어 앉았다. 영화는 소리
를 내는 순간 괴생물체에게 죽임을 당한다는 내용이었
다. 그 바람에 등장인물들은 내내 침묵을 유지했다. 그
들은 나뭇가지라도 잘못 밟을까 봐 숨죽이며 걸었다.

주인공이 고주파로 괴생물체들을 죽이며 영화가 끝

나자, 조는 바닥에 드러누워 소리 질렀다. 답답해 죽는 줄 알았다! 나도 조를 그대로 따라 했다. 답답해 죽는 줄 알았다! 제가 말씀드렸잖아요. 정우가 머쓱해 하며 말했다. 제 취향도 아니라니까요. 이러다 아랫집에서 올라오겠어요. 내가 그 아랫집이야. 조가 말했다. 차라리 괴물이 나온다고 겁을 주세요. 내가 말했다. 두 분 다 집에나 가세요. 정우가 말했다. 가기 전에 나는 화장실에 들렀다. 손 씻을 때 보니 바닥에 있는 수챗구멍에 덮개가 없었다. 그 옆에는 다진 바나나가 담긴 접시 하나가 놓여 있었다.

품격 있는 엘리베이터가 당신을 말해 줍니다. 나는 아파트 엘리베이터에 공고문을 붙이며 첫 문장을 소리 내어 읽어 봤다. 속으로 읽을 때는 그럴듯했는데 말로 내뱉으니 바보 같았다. 아침에 관리실에서는 엘리베이터 디자인 적용 예시 사진을 각 동 엘리베이터에 붙여 달라는 공지가 내려왔다.

디자인은 총 네 가지였다. 앞으로 일주일 동안 입주민들이 원하는 디자인에 스티커를 붙이면, 가장 많은 스티커를 얻은 엘리베이터를 채택해 디자인을 변경하겠다는 것이었다. 그중에는 뜻밖에도 부르즈 할리파에서 쓰였다는 디자인이 포함되어 있었다. 나는 그 사진을 유독 열심히 들여다보다가, 첫 번째 스티커를 그 밑에 붙여 주었다.

엘리베이터에서 나오자 문자가 하나 들어왔다. 정우
였다. 형 이따 오실 때 맥주 좀 사다 주세요. 나는 알겠
다고 답했다. 최근 들어 나는 일주일에 두세 번씩 정우
의 자취방에 갔다. 둘의 빌라가 근무지와 집 중간 지점
에 있기도 했고, 무엇보다 그곳에는 언제나 조가 있었으
니까.

자주 가다 보니 나름의 규칙도 생겼다. 술값은 돌아
가며 낼 것. 김재현 발견 즉시 모두가 도울 것. 김재현이
나타났을 때를 대비한 각자의 포지션도 있었다. 정우는
베란다 문, 조는 화장실, 나는 싱크대였다. 주량을 넘기
지 않을 것. 이건 조가 만든 규칙이었다. 한번은 정우가
술을 잔뜩 마시고 나서 전 여자 친구 얘기를 하다가 운
적이 있었다. 그때 정우를 두 시간 넘게 달랜 이후로 조
는 저 규칙을 추가했다. 마지막으로 설거지를 비롯한 뒷
정리는 가위바위보로 정할 것. 나는 여태 한 번도 걸린
적이 없었다.

형은 어떻게 이렇게 안 걸려요. 조와 2주째 번갈아 가
며 설거지를 하던 정우가 억울하다는 듯 말했다. 그러고
보니 나, 작년 여름 이후로 가위바위보에서 진 적 없어.
정우는 형까지 말도 안 되는 소리 하지 말라고 했다. 농
담이 아니었다. 아무도 없이 열리는 자동문에 대고 인
사하기 시작한 뒤로는 정말로 가위바위보에서 진 적이

없었다. 그걸 어떻게 설명해야 할지 몰라서 결국 조용히 넘어가야 했지만.

자연스레 셋의 단체 메시지 방도 생겼다. 입주민들이 드문 시간에는 정우와 메시지로 대화를 주고받았다. 대부분 정우가 말을 걸고 내가 답하는 식이었는데, 먹고 싶은 메뉴를 고르는 얘기가 대부분이었다. 조는 같은 방에 있더라도 메시지를 거의 확인하지 않았다.

가끔 정우에게서 개인 메시지로 게임 초대장이 날아오기도 했다. 커피를 만들어서 파는 게임이었다. 전 여자 친구를 카페에서 아르바이트하다 만났다고 들었는데, 게임에서도 카페 아르바이트를 하고 있다니. 빨리 오세요. 정우가 그새 메시지를 하나 더 보냈다. 나는 답장하지 않았다. 조금 뒤에 501호 사는 아이가 안녕하세요, 하고 인사했다. 저녁마다 태권도복을 입고 엘리베이터에서 달려 나오는 아이였다. 학교에 있을 시간 아니야? 내가 묻자 아이는 지난주에 방학했거든요! 소리를 지르며 뛰어나갔다. 좋겠다. 나는 닫히는 유리문을 향해 중얼거렸다.

맥주를 사서 빌라로 올라가는 길에 담배 피우러 나온 정우와 마주쳤다. 형, 왔어요? 응. 저 방금 들었어요. 형 청소 업체가 아니라 보안 업체에서 일한다면서요. 당황해서 변명할 뻔하다가, 미안하다고 사과했다. 괜찮아요. 정우는 예상과 달리 덤덤하게 반응했다. 저는 그런 거짓말 나쁘다고 생각 안 해요. 나는 들어가려다가, 왜? 물어보았다. 왜 그게 나쁜 게 아니야? 정우는 고개를 돌려 연기를 내뱉고는 대답했다. 그냥요. 김재현 찾으려고 애썼던 거 아니까. 그리고 다 떠나서, 제 방을 청소해 주신 건 진짜잖아요. 그러더니 정우는 담배를 비벼 끄고 내 손에 있던 봉투를 대신 들었다. 들어가요. 날도 더운데.

조는 오늘이 중복이라고 했다. 이런 날은 닭을 먹어 줘야지. 그래서 우리는 치킨을 시켰다. 시원한 방에서 맥주를 한 모금 마시니 살 것 같았다. 맥주 캔을 내려놓고 치킨을 집었는데 정우가 갑자기 나를 보더니 형, 진짜 좋은 사람이네요, 하고 말했다. 보통은 다들 다리나 날개부터 집잖아요. 처음부터 목을 먹는 사람은 형이 처음이에요.

나는 제일 위에 있던 게 집힌 것뿐이라고 했다. 아무튼요, 형은 좋은 사람이에요. 맞아. 조가 동의했다. 나는 대답하는 대신 치킨 목을 씹었다. 오늘따라 유난히 꺼끌꺼끌한 뼈들이 입천장을 찔러 댔다. 뼈들을 뱉은 다음 나는 말했다. 나도 그렇게 생각해. 둘은 내가 한 말을 듣지 못한 것 같았다.

형이 청소업체 직원이 아니었다는 건 아무것도 아니었어요. 치킨을 반쯤 먹어 갈 때 정우가 갑자기 큰 소리로 말했다. 전에 형이 없을 때 제가 조한테 이별해 본 적

있는지 물어봤었거든요. 그런데 조가 자기는 지금도 사진관만 보면 가슴이 아프다는 거예요.

사진관 주인을 좋아했었는데, 어느 날 아무 말도 없이 그 사람이 사라졌대요. 매일 그 앞에서 기다리고, 문틈에 편지도 써서 넣어 보고, 그러다 너무 속상하고 화가 난 나머지 사진관 유리창에 돌까지 던졌대요. 그래도 아무 소식이 없어서 잊고 살았는데, 나중에 알고 보니 그 사람이…… 시한부 환자였지, 하고 내가 말했다. 형도 속았어요? 응. 와, 지난주 추천 영화에 「8월의 크리스마스」가 떴기에 망정이지 저는 끝까지 모를 뻔했어요. 엔딩 크레디트가 올라가는데 눈물이 아니라 웃음이 나더라고요, 기가 막혀서.

속은 너희가 바보지. 가만히 듣고 있던 조가 말했다. 속은 사람이 바보면 속인 사람은 더 나쁜 놈이지. 나도 모르게 말이 나왔다. 한동안 나는 사진관을 지나칠 때마다 주인을 유심히 들여다보고는 했었다. 그래도요 형, 하고 정우가 말했다. 저는 여자 친구가 지어내서라도 저랑 헤어지는 이유를 말해 줬으면 좋겠다고 생각했어요. 그러고는 잠시 뒤에 다시 말했다. 걔가 돌아올까요? 조와 내가 동시에 대답했다. 아니.

출근 시간이 지나고 한가해지자 나는 엘리베이터 앞으로 가서 버튼을 눌렀다. 문이 열리자마자 스티커가 붙은 공고문이 눈에 들어왔다. 나는 부르즈 할리파에 붙은 스티커 수를 빠르게 세어 보았다. 서른여섯. 어제보다 다섯 개가 늘어나 있었다. 여전히 옆의 것보다 두 개 뒤처진 채였다.

지난 며칠간 나는 틈날 때마다 스티커 개수를 확인했다. 점심을 먹고 난 다음에도, 출퇴근 시간이 지나 입주민들이 뜸해질 때도, 아니면 문득 궁금해질 때마다 자리에서 일어나 엘리베이터 버튼을 눌렀다. 별거 아니라는 걸 알면서도 자꾸만 엘리베이터 생각이 났다. 그렇지만 그것도 오늘이 마지막이었다. 스티커를 붙이는 것은 내일이 마지막인데, 그날은 내 휴일이었다. 나는 내리기 전에 스티커 세 개를 떼어 부르즈 할리파 밑에 붙였다.

휴일 다음 날 관리실로 올라갈 때는 조급한 마음이 들었다. 나는 출근 카드를 찍으면서 최대한 아무렇지 않게 물었다. 엘리베이터는 어떻게 됐나요? 관리실 직원은 무슨 엘리베이터요? 하더니 나를 쳐다봤다. 어제 디자인이 정해지지 않았어요? 아, 그거요. 직원은 옆에 있던 서류를 뒤적거렸다. 손짓에서 귀찮음이 잔뜩 묻어났다. 나는 잠자코 기다렸다.

B안이 됐네요. 마침내 관련 서류를 찾아낸 직원이 말했다. B안이요? C안이 아니라? 내가 되물었다. 그건 3위였어요. B안만 엘리베이터가 금색이잖아요. 어르신들은 아무래도 그런 색을 좋아하시니까. 그러더니 직원

은 맞다, 하며 나를 불러 세웠다. 민원이 들어왔더라고요. 901호 아저씨 들어올 때 앉아서 인사했다면서요. 아무리 생각해도 앉아서 인사했던 기억이 나지 않았다. 신경 쓸게요. 내가 대답했다. 자리로 돌아오자 매운 음식이 먹고 싶어졌다. 나는 단체 메시지 방에 떡볶이가 먹고 싶다고 문자를 보냈다. 보내자마자 조에게서 답장이 왔다. 통했네.

우리는 전화로 떡볶이를 주문한 다음 상을 폈다. 김재현이 여길 떠난 것 같아. 맞은편에 앉아 있던 조가 말했다. 먹이가 줄어든 적이 없어. 그러자 정우가 말했다. 이건 긴가민가해서 말 안 했던 건데요, 가끔 불 끄면 기척이 느껴질 때가 있어요.

그래서 우리는 배달원이 도착할 때까지 불을 끄고 가만히 누워 있었다. 아무것도 느껴지지 않았다. 에어컨 소리만 희미하게 들렸다. 나는 몇 번이나 잠들 뻔했다. 배달원이 벨을 눌렀을 때는 셋 다 동시에 놀랐다. 떡볶이를 먹으면서 조는 내일 귀뚜라미들을 전부 풀어 줄 거라고 했다. 벌써? 내가 묻자 조는 한 달이 지났다고 했다. 그래도 종종 놀러 오세요. 정우가 말했다. 그래. 조가 대답했다. 오늘 설거지는 형인 거 잊지 마시고요. 정우가 덧붙였다. 떡볶이를 받자마자 우리는 가위바위보를 했었다. 오늘은 나와 정우가 보. 조는 주먹이었다.

안녕하세요. 나는 901호 아저씨에게 서서 인사했다. 민원이 들어온 뒤로 신경 써서 인사했는데 맞인사를 받아 본 적은 없었다. 자리에 앉았는데 셔츠가 몸을 꽉 조여 왔다. 최근 들어 몸무게가 많이 늘었다. 정우네서 평소 입에 대지 않는 고칼로리 음식들을 많이 먹은 탓이었다. 교대하던 경비도 나를 보더니 얼굴이 좋아졌다고 했다.

그래서 얼마 전에 헬스장을 끊었다. 조는 귀뚜라미를 풀어 준 이후로 김재현을 찾지 않았고, 나 또한 퇴근하고 정우네를 들르는 대신 헬스장을 가기 시작한 것이다. 헬스장에서 나와 휴대폰을 확인하면 열 번 중 아홉 번은 정우에게서 메시지가 남겨져 있었다. 다들 뭐 해요. 심심해요. 종종 혼자 밥 먹는 사진을 올리기도 했다. 운동을 마치고 배가 미친 듯이 고픈 날에는 사진조차 보기가 괴로웠다. 어쨌거나 정우가 꾸준히 연락하는 반면, 조는 한 번도 먼저 연락한 적이 없었다.

괘씸하다고 생각하던 중 휴대폰에 조의 이름이 떠서 깜짝 놀랐다. 나는 밖으로 나가 전화를 받았다. 메시지 봤어? 받자마자 조가 말했다. 아니, 아직. 뭔데? 정우가 오늘 아침에 눈을 떴는데 천장에 김재현이 붙어 있었대. 그래서 잡았대? 나도 덩달아 다급해졌다. 놓쳤대. 뭐?

잠깐 사이에 사라졌대. 화장실 문도 닫혀 있었고, 베란다랑 창문도 닫혀 있었고, 싱크대에도 흔적이 없대. 김재현이 우리랑 내내 같이 있었던 거야. 조는 지금 정우네 집으로 가는 중이라고 했다. 나도 저녁에 가겠다고 얘기했다. 고마워. 조가 말했다.

퇴근하고 가 보니 집은 엉망이었다. 조와 정우는 쑥대밭이 된 집 한가운데 쓰러져 있었다. 김재현은? 들어가자마자 내가 물었다. 없어요. 정우가 말했다. 조는 아무 말도 하지 않았다. 정말 집을 뒤집어엎었는데도 없어요. 이제는 모르겠어요. 정우가 다시 바닥에 드러누우며 말했다. 살아 있는 거 본 걸로 됐어. 이제는 이 짓도 그만할 거야. 조가 말했다.

나는 가만히 듣고 있다가 입을 열었다. 집 안 꼴이 이사라도 한 것 같네. 다들 밥은 먹었어? 정우는 누운 채로 고개를 저었다. 이사하니까 짜장면이 생각나긴 하네요. 나는 내가 살 테니 얼마든지 시키라고 했다. 정우는 벌떡 일어나더니 잠시만요, 하고는 서랍을 뒤적거렸다. 저 중국집 도장 모아 둔 게 있거든요. 잘하면 탕수육 공짜로 시킬 수 있어요.

정우는 한참 만에 명함만 한 쿠폰을 찾아냈다. 자금성이라고 적힌 새빨간 종이 위로는 도장 칸이 열 개였는데, 도장은 다섯 개밖에 없었다. 많을 줄 알았는데 턱도 없네요. 그런데 조가 쿠폰을 보더니 자기 집에도 같은 쿠폰이 있다며 갖고 오겠다고 했다. 잘하면 합칠 수도 있잖아.

정작 조가 들고 온 쿠폰에는 도장이 두 개밖에 안 찍혀 있었다. 우리는 포기하고 짜장면과 탕수육을 시켰다. 도장은 이제 여덟 개가 되었다. 두 분 다 어떻게 한 번도 안 올 수가 있어요. 정우가 나무젓가락을 반으로 쪼개며 말했다. 운동을 시작했거든. 내가 대답했다. 조도 아, 그게, 하며 말문을 열었고 정우와 나는 동시에 됐다고 했다. 조는 인상을 쓰더니 아팠다고 말했다. 어디 가요? 정우가 당황해서 물었다. 몸살감기. 한여름에요? 왜 저를 안 불렀어요? 바로 윗집인데. 그냥, 하고 조가 탕수육을 씹으며 대답했다, 견딜 만했어.

다 먹고 나서 우리는 가위바위보를 했다. 그릇은 밖에다 내놓으면 그만이었지만, 물잔이 남아 있었다. 조는 가위. 정우도 가위. 내가 보. 우리는 잠시 내민 손을 그대로 뒀다. 이거 형이 진 거 맞죠? 정우가 놀란 듯 말했다. 지난번에 말했던 건 역시 거짓말이었네. 나는 재빨리 손을 거두었다. 그러고는 일부러 천천히 설거지했다. 컵 속에 수세미를 넣어 빙글빙글 돌리다가 뭐가 잘못된 건지 생각났다. 이틀 전 야간 근무할 때 문이 딱 한 번만 잘못 열렸었다. 나는 힘주어 컵을 닦았다. 컵 세 개 닦다가 날 새겠다. 뒤에서 조가 말했다.

이제 아이스는 아니지. 점심 먹고 카페에서 줄을 서 있던 중 앞사람이 자신의 친구에게 말했다. 나는 그제야 여름이 지나갔다는 걸 알았다. 하기야 며칠 전부터는 저녁 근무시간에 에어컨도 나오지 않았다. 나는 데스크에 돌아와 앉아 커피를 한 모금 마신 다음에야 그 사람 말을 듣지 않은 것을 후회했다.

오늘 아침에는 엘리베이터 리모델링이 끝났다. 바뀐 엘리베이터는 전혀 내 취향이 아니었다. 문짝과 안쪽 손잡이까지 금색으로 칠해진 엘리베이터에 타고 있으면 금박지에 싸인 형편없는 선물이 된 것만 같은 기분이 들었다. 그런 생각은 말아야지, 생각할수록 더 그런 생각이 들었다.

오늘은 퇴근하고 정우 자취방에 가기로 했다. 어젯밤에 정우는 단체 메시지 방에 사진 한 장을 보내왔다. 보름 전 조가 "지금 당장 갈게."라고 보낸 문자를 마지막으로 연락이 끊겼던 메시지 방이었다. 사진에는 자금성 쿠폰 두 장이 나란히 놓여 있었다. 확대해 보니 정우의 쿠폰에는 도장 여덟 개, 조의 쿠폰에는 두 개 해서 총 열개의 도장이 모여 있었다. 형들 없는 사이에 두 번 더 시켜 먹었어요. 정우가 이어서 문자를 보냈다. 나와 조도 기여한 바가 있으니 내일 저녁에 같이 탕수육을 먹자는 것이었다. 나는 갈게, 하고 답장을 보냈다. 아침에 일어났을 때는 조에게서도 가겠다는 답장이 와 있었다.

나는 정우가 문을 열자마자 바닥에 수박부터 내려
놓았다. 5층까지 수박을 들고 걸어 올라오니 등에서 땀
이 났다. 아까 남긴 아이스커피가 간절했다. 웬 수박이
에요? 정우는 수박을 냉장고에 넣으려다가 들어가지 않
자 구석에 밀어 두었다. 수박 맛도 못 보고 여름을 지나
가게 할 수는 없지. 내가 말했다. 그런데 알고 보니 셋 중
에 올해 수박을 못 먹어 본 사람은 나밖에 없었다. 조는
지난주에 친척 결혼식에 가서 먹었고, 정우는 바로 어
제 생과일주스 가게에서 수박주스를 마셨다고 했다.

이번에도 지난번과 메뉴는 똑같았다. 짜장면 셋에 탕
수육 대자 하나. 정우가 전화하는 사이 나는 조가 하는
핸드폰 게임을 들여다봤다. 정우가 하던 것과 같은 게임
이었다. 이상한데요. 정우가 우리를 보며 말했다. 전화
를 안 받아요. 우리는 스피커폰으로 다시 전화를 걸었
다. 신호음이 계속 가다가 음성메시지로 넘어갔다. 여기
쿠폰에도 연중무휴라고 적혀 있잖아요. 정우가 답답하
다는 듯 말했다. 망한 거 아니야? 조가 말했다. 저 어제
도 여기서 시켜 먹었어요. 정우가 대답했다. 10분 뒤에
다시 걸었지만 여전히 받지 않았다. 그냥 짜파게티 끓여
먹자. 조가 제안하고 나서야 정우는 휴대폰을 손에서
놓았다.

조는 짜파게티를 다섯 봉지나 끓였다. 짜파게티는 원
래 하나로는 부족하잖아. 조의 말이 맞았다. 셋이서는

다섯 봉지도 모자랐다. 우리는 곧장 수박을 잘랐다. 제대로 된 칼이 없어서 과도와 가위로 한참을 고생했다. 얼추 틈이 생기자 나는 양손에 힘을 주어 수박을 반으로 갈랐다. 큰 소리가 나면서 파편이 사방으로 튀었다. 운동하신 보람이 있네요. 정우가 말했다. 수박을 쪼개는 데 진을 다 빼 버린 터라, 우리는 수박 반 통을 숟가락으로 같이 퍼먹었다. 그렇게 달지도 시원하지도 않았지만 그런대로 먹을 만했다.

먹으면서 나는 둘에게 새로 바뀐 엘리베이터 얘기를 해 줬다. 바닥도 금색이에요? 버튼도? 정우가 관심을 가지며 물었다. 나는 검은색 버튼을 제외하고는 전부 금색이라고 대답했다. 그 엘리베이터 한번 타러 가고 싶네요. 정우가 말하자 조가 웃었다. 살다 살다 엘리베이터 타러 어디 간다는 얘기는 처음 듣는다. 형 보러 가는 김에 타 보고 그러는 거죠. 정우가 수박을 떠먹으며 말했다. 저는 진짜 두 분한테 고마워요. 두 분 아니었으면 지금도 전 여자 친구 못 잊고 바닥에 누워 있었을 걸요. 저한테는 은인이나 다름없어요. 사람 하나 만든 셈이지, 내가 말하자 조가 웃었다.

그런데 나, 전부터 물어보고 싶은 게 있었어. 조가 입을 열었다. 마지막으로 봤을 때 김재현이 뭐하고 있었어? 그냥 가만히 저를 내려다보고 있었어요. 움직이지도 않고? 네. 눈만 깜빡깜빡하더라고요. 따라 해 줄 수 있어? 나는 그렇게 말하는 조를 쳐다봤다. 장난기 하나 없이 진지한 표정이었다.

제가 해도 비슷하지는 않을걸요. 정우가 웃으며 말했지만 조는 확고했다. 보고 싶어서 그래. 한 번만 보여 줘. 결국 정우는 숟가락을 내려놓고 눈을 빠르게 두 번 깜빡였다. 그 순간 나는 조가 왜 그런 요구를 했는지 알 수 있었다. 크레스티드 게코 도마뱀은 눈꺼풀이 없었다. 조는 자리에서 벌떡 일어났다. 언제부터야? 언제부터 김재현을 봤다고 속인 거야? 찬장에서 소리 났다는 것도 거짓말이었어? 정우는 무슨 소리냐고 했다. 조는 대답하지 않고 현관문 쪽으로 걸어갔다. 재수 없어. 그 순간 정우가 조의 등 뒤에 대고 소리쳤다. 씨발, 니들 다 재수 없다고.

나는 계단을 내려가는 조를 붙잡았다. 쟤가 거짓말하는 거 알고 있었어? 조의 목소리가 사방으로 울렸다. 아니야, 나도 방금 알았어. 조는 잠시 말없이 서 있었다. 조, 같이 있어 줄까? 밖에 나갈래? 내가 묻자 조는 고개를 저었다. 그러고는 혼자서 계단을 내려가, 비밀번호를 누르고 자신의 집 안으로 들어갔다. 문이 완전히 닫히고 난 다음에 나는 계단을 내려갔다.

버스 정류장에 도착해서 안내판을 올려다봤다. 내가 타는 버스는 8분 뒤에 도착했다. 나는 벤치에 앉아 있다가, 아무도 없기에 누워 보았다. 별 하나 없이 새까만

밤하늘이 눈에 들어왔다. 갑자기 이대로 아침까지 누워 있고 싶었다. 잠시 뒤에 버스가 서는 소리가 들렸지만 나는 무시했다. 이제는 그만 누워 있고 싶어질 때까지 누워 있어 볼 것이었다. 내일은 출근하지 않을 것이다. 도시락도 싸지 않을 것이고, 헬스장에도 가지 않을 것이다. 굳게 다짐하면서 버스를 다섯 대도 넘게 지나쳐 보냈다. 그렇게 잠들려는 순간 누군가 귓가에 대고 집에 가서 자야지, 다정한 목소리로 속삭였다. 나는 깜짝 놀라 눈을 크게 떴다. 두리번거렸지만 주위에는 아무도 없었다.

동
면
하
는　남
자

너는 지금 죽은 거야. 끽 하고 죽은 거지. 집에서, 거
실 한가운데서. 냉장고 모터 돌아가는 소리, 옆집 문이
열렸다 닫히는 소리가 들려. 그래도 닌 꼼짝 않는 거야,
죽었으니까. 그때 여자가 들어와.

　휘청거리는 여자. 악귀 같은 여자. 너를 죽인 여자. 죽
은 네 배를 깔고 앉아 진이라도 한 모금 넘길 수 있는 여
자가. 그리고 남자가 들어오지.

　부드러운 남자. 여자를 달래고 네 배 위에서 일으켜
침대에 눕혀 주는 남자. 그런 다음 문득 서러워져 부엌
에 서서 눈물 흘리는 남자. 다음 날이 되면 아무렇지 않
은 듯 여자를 부드럽게 깨우는 남자가. 둘은 아침을 먹
고 춤을 추고 쓰리 샷이 들어간 커피를 마셔. 그리고 밖

으로 나가서 다시 시작하는 거야. 살인, 방화, 강도, 끔
찍한 일들을.

그러면 제가 일어나서 복수를 하는 건가요? 과자를
먹으며 설명을 듣고 있던 내가 물었다.

아니지. 너는 죽었다니까.

그러면 저는 왜 그 여자와 그 남자의 집에 누워 있
나요?

네 역할은, 하고 감독은 잠시 생각하더니 대답했다.
분위기지, 분위기.

스물여섯 번의 연극을 하는 동안 나는 무대 바닥에
누워 있었다. 눈을 감았는데도 조명이 너무 환했다. 나
는 똑바로 누워서 악귀 같은 여자와 부드러운 남자가 오
가는 소리를 들었다. 저 여자는 구두 앞굽에 힘을 실어
걷는구나, 저 남자는 왼쪽 다리를 살짝 저는구나, 속으
로 생각하면서.

공연 중 어깨를 밟힌 적도 있었지만 크게 다치지는
않았다. 그 순간 작게 비명을 지른 것 외에 나는 한 번도
입을 열지 않았다. 하염없이 누워서 나는 감독과 했던
약속만을 되새겼다. 감독은 시체 역할을 잘 해내고 나
면 다음번에 주연을 시켜 주겠다고 했다.

*

두 달이 지나고 주연은 무슨…… 나는 사기꾼이 되었다. 지난번 공연이 완전히 망하는 바람에 극단은 파산 위기에 처했다. 어떻게든 극단을 살리고 싶었던 감독은, 대체 왜 그런 생각을 했는지 모르겠지만, 사이트를 하나 만들었다. 사이트의 메인 문구는 다음과 같았다. "고급 역할 대행. 숙련된 전문가들이 당신 앞에 나타납니다."

그러니까 감독은 우리에게 역할 대행 사업을 제안했다. 역할 대행으로 자금을 모으는 즉시 연극을 하겠다고 했지만 아무도 믿지 않았다. 주연배우들은 전부 떠났고 조명 감독과 스태프 한 명, 조연 남자 배우 한 명, 그리고 내가 남았다. 내색하지는 않았지만 다들 같은 생각이었다. 새로운 일자리를 구하기 전, 딱 그때까지만 하자고.

감독이 우리에게 준 첫 번째 미션은 김치찌개 먹기였다. 감독 어머니가 운영하는 김치찌개 집에 가서 손님인 척 먹고 오라는 것이었다. 요즘 장사가 안 되어 힘들어하신다고 했다.

감독님 어머니께서 식당을 하셨어요? 그런데 왜 여태 우리를 안 데려가셨어요? 내가 물었다. 그게, 하고 감독은 머뭇거리다가 대답했다. 내가 감독 되는 걸 반대하시거든. 내가 감독이 되었는데도 감독 되는 걸 반대하셔.

며칠 뒤 혼자서 가 본 식당에는 감독 어머니만 앉아 계셨다. 그는 나를 보더니 자리에서 부스스 일어나 주문을 받고, 주방에 들어가 김치찌개를 내왔다. 그렇게 맛본 김치찌개는 놀랍게도 맛이 없었다. 찌개에서는 말 그대로 아무런 맛도 나지 않았다. 나는 억지로 밥 한 공기를 비웠다.

나가기 전, 카운터에 놓인 박하사탕을 집게로 꺼내려는데 통에 있던 사탕들이 전부 딸려 나왔다. 어떻게든 떼어 내려고 애쓰는 나를 감독 어머니는 가만히 지켜보았다. 곧 겨울인데 사탕들은 언제부터 녹아 있었던 걸까. 나는 결국 빈손으로 가게를 나왔다.

집에 들어오자 정수가 있었다. 피자 남았는데 먹을래? 정수가 물었다. 나는 밥을 먹었다고 대답하며 남은 피자를 냉동실에 넣었다. 그러다 피자 박스에 그려진 연예인 얼굴이 찢어진 것을 발견했다. 보나마나 태준일 것이다.

정수와 내가 사는 집은 원래 배우 태준이 무명 시절 살던 원룸이었다. 계약 당시 중개인은 이 집이 배우 지망생들에게 행운의 집이라고 강조했고, 우리는 행운이라는 말에 넘어가 그날 바로 계약했다. 2년이 지난 지금 정수는 10년간 해 온 연기를 그만두었다. 그리고 텔레비전에서 태준이 나올 때마다 욕을 했다.

실의에 빠진 정수를 위로해 준 것은 다름 아닌 음식
이었다. 반년 사이 정수의 몸은 무섭게 불어났다. 셔츠
나 청바지를 입은 정수의 모습이 이제는 기억도 나지 않
았다. 얼마 전부터 살을 빼겠다고 했지만, 박스에 남아
있던 피자는 두 조각뿐이었다. 그래도 나는 아무 말도
하지 않았다. 정수와 나는 반년 전에 헤어졌으니까.

사랑이 끝났어도 보증금은 남아 있었다. 한집에 살면
서 우리는 이제 사랑하지도 싸우지도 않았다. 불 끌까?
그래. 이 말이 하루 중 유일하게 나누는 대화일 때도 많
았다. 심지어 헤어지던 날에도 나는 잠들기 전 물었다.
불 끌까? 정수는 대답 대신에 불을 껐고, 우리는 그날
깜깜한 방 안에서, 여전히 손 뻗으면 닿을 거리에 말없
이 누워 있다가 잠들었다.

*

요즘 나는 매일같이 김치찌개를 먹는다. 김치찌개는
여전히 아무 맛도 나지 않고, 박하사탕도 서로 꼭 붙어
떨어지지 않지만, 딱히 다른 할 일이 없었다. 그동안 내
게 들어온 일은 전부 전화 대행이었다. 나는 대신해서
이별을 통보하거나, 가짜 애인이 되어 남자 부모님에게
전화를 드렸다.

의외로 가장 바쁜 사람은 조명 감독이었다. 아버지

역할 대행이 가장 많이 들어왔기 때문이었다. 매일같이 상견례와 결혼식, 돌잔치까지 다니느라 그는 양복도 새로 맞췄다. 그래서 나에게 처음으로 제대로 된 의뢰가 들어왔을 때, 나도 옷부터 사야 하는 건지 고민했다.

의뢰인은 30대 후반 남성이었고 부모님에게 소개할 여자 대역을 찾고 있었다. 감독이 정한 매뉴얼대로 나는 의뢰인에게 전화부터 걸었다. 그는 전화를 받자마자 지금 당장 만날 수 있는지 물었다. 대면 상담은 추가 비용이 발생합니다. 내가 말했다. 의뢰인은 상관없다고 했다.

두 시간 뒤 의뢰인과 나는 혜화역 근처 카페에서 만났다. 남자를 처음 보는 순간 나는 당황했는데, 남자가 30대 후반은커녕 얼핏 봐도 50이 넘어 보였기 때문이었다. 자리에 앉은 그가 꺼낸 첫마디는 부모님과의 만남은 애초에 없다는 것이었다. 그는 진짜 의뢰 내용을 전화로 말하면 들어줄 것 같지 않아서 부득이하게 거짓말을 했다고 털어놓았다.

얘기를 듣는 순간 나는 재빨리 도망칠 궁리를 했다. 유흥 목적의 만남은 갖지 않는다고 공지를 띄워 놨음에도 불구하고 수를 쓰는 남자들이 있었다. 내가 자리에서 일어나려고 하자, 그는 다급하게 동면 준비를 도와달라고 했다. 동면? 겨울잠? 뜻밖의 단어에 나는 남자의 얼굴을 바라보았다. 그렇게 시작된 얘기는 다음과 같았다.

남자는 젊은 시절 냉동 창고에서 단기 아르바이트를 했다. 10킬로그램 단위로 시래기를 포장해서 냉동 창고로 옮기는 것이 그의 일이었다. 사건이 벌어진 것은 순식간이었다. 구석에 있던 그를 발견하지 못한 관리자가 그대로 창고 문을 닫아 버린 것이다.

 금방 문이 열릴 거라고 생각했지만 그런 일은 일어나지 않았다. 손끝과 발끝의 감각이 빠르게 사라졌고, 어느 시점이라고 할 것도 없이 그는 잠들어 버렸다. 쓰러져 있던 그를 사람들이 발견한 것은 보름이 지나서였다.

 그런데 제가 깨어난 겁니다. 잠든 사이 무슨 일이 일어났는지, 제 몸이 주변 온도에 따라 시시각각 변하게 된 것입니다. 쉽게 말하자면 저는 변온동물이 되었습니다. 그렇게 말하는 남자의 표정은 진지했고 양복 차림은 단정했다. 내가 대답이 없자 남자는 체온계를 꺼내 들었다. 그는 귓속에 체온계를 넣고 기다리다가 측정된 온도를 내게 보여 주었다. 28.1도였다. 나는 놀라지 않았다. 체온계 정도야 얼마든지 조작할 수 있었다. 남자는 내가 못 믿는 눈치인 걸 알아차렸는지 체온계를 가방에 넣은 다음 꼿꼿하게 자세를 고쳐 앉았다.

 저는 미치지 않았습니다. 30년 넘게 회사 생활도 했어요. 제가 부탁드리고 싶은 건 그냥 저를 잘 묻어 달라는 겁니다. 그러면 수표로 천만 원을 드리겠습니다. 경칩에 다시 찾아와 저를 꺼내 주시면 사례금도 지급하겠습니다. 천만 원이라는 말에 나는 멈칫했다. 묻어 달라는 게 어떤 건데요? 내가 물었다. 남자는 말 그대로 자신을 땅속에 묻어 달라고 했다. 얼굴만 빼고 나머지를 땅속에 묻어 달라고. 나는 기겁했다. 그건 생매장이잖아요.

남들이 하면 생매장이겠지만 저는 아닙니다. 개구리나 뱀도 흙 속에서 겨울잠을 자지 않습니까? 흙 속이 가장 온도 변화가 없기 때문에 그런 겁니다. 봄에 꺼내 드리는 걸 제가 까먹으면요? 내가 물었다. 그럴까 봐 119에 예약 문자를 걸어 놓았습니다. 남자는 여유롭게 대답했다. 그러자 할 말이 없었다. 남자는 내가 들어주지 않는다면 다른 대행 업체를 찾아보겠다고 했다. 그 바람에 나는 하겠다고 대답해 버렸다. 천만 원이라니. 내게는 거부하기 힘든 금액이었다.

다음 날 남자와 나는 정말로 야산 중턱에 서 있게 되었다. 지방으로 가야 할 거라는 내 예상과 달리 그는 홍제역 근처에 있는 야산으로 나를 안내했다. 걱정 말아요, 하고 남자가 산을 오르며 말했다. 여긴 아무도 안 옵니다. 등잔 밑이 어두운 법이니까요. 그는 나에게 길을 잘 외워 두라고 했다. 가는 길에 우리는 몇몇 나무에 색깔 끈을 묶어 두었다. 붉은 끈 다음 파란 끈. 파란 끈 다음 노란 끈. 마지막 노란 끈을 묶은 나무에서 스무 걸음만 더 왼쪽으로 걸어 들어가면 그가 말한 장소가 나왔다.

이곳은 헬기가 떠도 나무들에 가려져 보이지 않아요. 남자가 말했다. 그는 며칠 전 혼자 이곳에 와서 꼬박 다섯 시간을 땅만 팠다고 했다. 그럴 바에는 냉동 창고에 들어가는 게 훨씬 편하지 않겠어요? 내 물음에 그는 모터 소리가 시끄러워서 안 된다고 했다. 왜 하필이면 동면을 하신다는 거예요? 하룻밤 자고 일어나면 괜찮아진다는 말이 있잖아요. 저에게는 하룻밤보다 많은 밤들이 필요합니다. 남자는 의외로 차분하게 대답했다.

말을 마친 남자는 구덩이 속으로 들어갔다. 나는 그 위로 흙을 덮어 주었다. 삽질은 생각보다 쉬웠는데, 아무래도 생매장을 하는 것 같아 기분은 영 찝찝했다. 다 묻고 나자 땅 위로 남자의 머리만 올라와 있는 모습이 보기 끔찍했다.

나는 남자 머리 주변에 텐트까지 쳐 주었다. 1인용 텐트 안에서 남자와 나는 마지막으로 짧은 대화를 나누었다. 그는 텐트 안주머니를 열어 보라고 했다. 주머니를 열자 천만 원 권 수표 한 장이 들어 있었다. 그럼 내년 경칩에 봅시다. 남자가 인사했다. 흙의 무게 때문인지 말하는 것이 힘겨워 보였다. 수고하세요. 나는 인사하고 텐트 밖으로 나왔다.

혼자 산길을 내려가는데 한 사람도 마주치지 않았다. 산에서 내려와 지하철역을 향하는 내내, 나는 지금이 환한 대낮이라는 사실이 놀라웠다.

*

　남자는 지금쯤 얼어 죽었을지도 모른다. 그것이 잠에서 깬 내가 처음으로 한 생각이었다. 변온동물이니 28도니 하는 얘기는 애초부터 믿지 않았다. 남자는 새로운 방식의 자살을 시도했고, 나는 그것을 도와주는 대가로 천만 원을 받은 것이다.

　잠든 정수 옆에서 한 시간을 더 누워 있다가 나는 조용히 이를 닦고, 마찬가지로 조용히 옷을 갈아입은 다음 밖으로 나갔다. 지하철을 타고 버스를 갈아타고 붉은 끈, 파란 끈, 노란 끈, 왼쪽으로 스무 걸음. 그러고는 텐트 지퍼를 열었다.

　누구요. 남자가 소스라치게 놀라며 외쳤다. 접니다. 어제 아저씨를 묻은 사람이요. 아무리 생각해도 이건 아닌 것 같아서요. 내가 텐트 안으로 몸을 구겨 넣으며 말했다. 아저씨가 이러다 죽으면 제가 살인자가 되는 거잖아요. 나는 동면 중이었습니다. 남자가 말했다. 동면은 무슨 동면이에요. 제가 바보도 아니고 그걸 믿겠어요? 나는 목소리를 높였다. 안 믿는다면서 어제는 왜 잠자코 저를 묻은 겁니까? 천만 원에 눈이 뒤집혔어요. 오늘 아침이 되어서야 정신이 돌아왔고요. 이렇게 아저씨를 죽게 내버려 둘 수는 없습니다. 나는 구석에 있던 삽을 손에 쥐며 말했다. 다시 땅을 파야겠어요.

제발 그만둬요. 제가 이 순간을 위해서 얼마나 많은 준비를 해 온 줄 아십니까? 나는 무시하고 땅을 파기 시작했다. 남자는 안 됩니다, 안 돼, 따위의 비명을 내질렀지만 나는 멈추지 않았다. 파묻혀 있던 어깨가 드러나는 순간, 그가 낮은 목소리로 소리쳤다. 씨발년아 말 좀 들어.

다시 덮어. 그가 말했다. 다시 덮으라고. 나는 동작을 멈췄다. 다시 흙을 덮으려는데, 손이 떨리는 바람에 자꾸만 삽이 엇나갔다. 잠시 뒤 다시 턱 끝까지 땅 밑에 묻히고 나자 남자는 비로소 표정을 풀고 눈을 감았다. 이제 그만 돌아가요. 남자는 다시 존댓말을 썼다. 나는 빠르게 뛰는 심장을 애써 진정시키며 삽을 내려놓고 텐트 밖으로 나왔다. 그러고는 참았던 숨을 몰아쉬었다. 헬기가 떠도 보이지 않는 곳이었다. 서울 한복판이지만 아무리 비명을 질러도 도와줄 사람이 없는 곳. 그런 곳에 남자와 둘뿐이었다.

야산에서 내려오자 상점들이 눈에 들어왔고 공포심도 점차 가라앉았다. 그러자 수치심이 밀려왔고 마지막에는 분노가 남았다. 그러나 이것은 전에도 몇 번 경험해 본 감정의 변화였다. 겪을 때마다 약간의 무력감이 동반됐지만 결국에는 잘 극복해 왔다. 나는 분노가 사그라질 거라고 생각했다.

그래서 나는 조금 당황했는데, 밥을 먹다가도 잠을 자다가도 자꾸만 그날이 떠올랐기 때문이었다. 씨발년아, 하던 남자의 입 모양과 자꾸만 엇나가던 삽질이 며칠이 지나도 생생했다. 그러던 어느 날 새벽, 내가 흙을 덮으며 울고 있었다는 사실이 떠오른 순간 나는 참지 못하고 잠들어 있던 정수를 흔들어 깨웠다.

나랑 산에 좀 가자. 내가 말했다. 산? 정수가 꿈속을 헤매며 대답했다. 나는 정수 귀에 대고 말했다. 거기에 사람이 묻혀 있어. 어떤 사람. 나한테 욕한 사람. 정수가 눈을 떴다. 너 사람을 죽였어? 아니, 지금 산에서 자고 있어. 나는 정수에게 그동안의 일을 설명했다. 내가 역할 대행을 하게 된 것, 남자를 묻은 것, 그리고 지금 남자에게 복수하고 싶다는 것까지 전부 다.

주경아, 내가 지금 헷갈리는데 우리는 헤어지지 않았니. 정수가 몸을 일으키며 말했다. 그랬지. 내가 대답했다. 그런데 갑자기 이게 다 무슨 말이야. 나는 그렇게 말하는 정수를 가만히 바라보았다. 177센티미터에 100킬로그램이 넘어가기 시작한 정수를. 10만 원 줄게. 같이 가 줘. 내가 말했다. 그 정도면 시세에 맞는 금액이었다.

그 남자는 자연인이야? 정수가 야산에 오르기 전 물었다. 나는 그런 건 아니라고 했다. 산에서 겨울잠을 자

190

고 싶대. 그래서 지금 몸이 땅에 묻혀 있어. 정수는 그게 무슨 소리냐며 나를 쳐다보았다. 그러니까…… 김장독을 생각하면 쉬워. 내가 말했다. 그리고 더는 묻지 말라고 했다.

붉은 끈이 묶인 나무를 발견했을 때, 나는 정수에게 조용히 하라고 했다. 우리는 낙엽 밟는 소리가 나지 않게 조심히 걸었다. 텐트 지퍼를 열었을 때도 남자는 깨지 않았다. 정수는 머리만 내놓고 땅에 묻힌 남자를 보고는 기겁했다. 이미 죽은 거 아니야? 정수가 내 귀에 대고 속삭였다.

나는 정수를 끌고 텐트 안으로 들어갔다. 텐트가 비좁아서 우리는 남자의 머리를 가운데에 두고 마주 앉았다. 정수와 나는 고개 숙여 남자의 얼굴을 들여다보았고 동시에 말이 없어졌다. 남자는 완벽하게 편안한 얼굴을 하고 있었다. 어떠한 슬픔도 들어차지 않은, 갓 태어난 아이 같은 얼굴을. 나는 조심스레 남자 코밑에 손가락을 갖다 대 보았다. 30초 정도 지났을까, 따뜻한 숨이 천천히 손에 닿았다. 이 남자 진짜로 동면 중인가 봐. 숨을 엄청 느리게 쉬어. 내 말에 정수도 손을 갖다 대 보더니 놀란 표정을 지었다.

이제 어쩌지? 정수가 물었다. 우선 깨우자. 내가 대답했다. 정수는 남자의 귀에 대고는 왁, 하고 소리를 질렀다. 남자가 비명을 지르며 잠에서 깨어났다. 그는 두리번거리다가 나와 정수를 보고는 크게 당황했다. 무슨 일입니까? 지금은 경칩이 아니잖습니까. 남자의 목소리가 갈라져 나왔다.

아저씨가 주경이한테 잘못하셨잖아요. 정수가 말했다. 주경이가 누굽니까? 접니다. 내가 말했다. 지난번 일 기억 안 나세요? 남자는 인상을 찌푸렸다. 지난번 일은 모르겠고, 저는 지금 잠을 자야 합니다. 중간에 자꾸 깨면 정말로 위험할 수가 있다고요. 사과한 다음에 주무시면 될 거 아니에요. 내가 말하자 남자는 깊게 한숨을 쉬었고, 그와 동시에 엄청난 악취가 풍겼다. 잠시 뒤 남자는 내가 아니라 정수를 보며 말했다. 미안합니다. 이제 그만 나가 줘요. 나는 결국 참지 못하고 남자 얼굴에 침을 뱉었다.

대체 넌 왜 뱉은 거야? 그날 밤 잠들기 전, 나는 정수에게 물었다. 네가 뱉었으니까. 정수가 대답했다. 네가 그럴 때는 다 그럴 만한 이유가 있을 테니까. 그 말은 내가 정수와 헤어질 때 했던 말과 비슷했다.

정수가 헤어지자고 했을 때 나는 알겠다고 했다. 그게 다야? 정수가 물었고, 나는 대답했다. 네가 헤어지자고 할 때는 다 그럴 만한 이유가 있을 테니까. 나는 지금까지 정수가 그 말을 기억할 줄은 몰랐다.

오늘 있었던 일은 아무한테도 얘기하지 마. 나는 말

을 돌렸다. 알겠어. 그런 다음 우리는 나란히 천장을 올려다보았다. 먼저 잠든 것은 정수였다.

*

감독이 무슨 홍보라도 한 건지, 일이 점점 바빠졌다. 전화 대행도 꾸준히 들어왔고 일주일에 서너 번은 직접 나가야 하는 의뢰가 들어왔다. 친구, 애인, 나중에는 진상 역할까지 맡았다. 나는 커피에 머리카락이 들어갔다고 고래고래 소리 지르거나, 억지로 트집을 잡아 동사무소 공무원의 불친절을 신고했다.

경쟁 카페를 망하게 해 달라는 의뢰, 9급 공무원에 합격한 친구를 시기한 나머지 대신 괴롭혀 달라는 의뢰 때문이었다. 나는 국민신문고에 글을 올리고 동사무소에 꾸준히 전화를 걸었다. 그 공무원이 징계를 받던 날, 나는 사례금을 받았다.

의뢰인들에게는 공통점이 있어요. 내가 감독에게 말했다. 감독은 아까 전부터 사이트 의뢰 게시판을 새로 고침 중이었다. 나를 지키려고 남을 해치는 사람들이요. 주경아, 그건 모두가 그래. 감독은 모니터에서 눈을 떼지 않은 채 대답했다. 다시 생각해 보니 감독 말이 맞는 것 같았다. 그러자 물어보고 싶은 것들이 많아졌다. 왜 거짓말은 하면 할수록 진실에 가까워지는지. 감독도

악몽을 꾸기 시작했는지. 아니 그보다 감독은 정말로
연극을 다시 할 생각이 있는지.

　감독님, 하고 부르자 감독이 드디어 고개를 돌려 내
쪽을 봤다. 불러 놓고 왜 말을 안 해. 나는 가만있다가
물었다. 어머님 식당에 박하사탕은 먹으라고 둔 거 맞
아요? 감독은 멋쩍게 웃더니 걔네 먹지 마라, 식당 창업
멤버들이야, 하고 대답했다.

　집에 가기 위해 버스를 탔다. 자리에 앉아 휴대폰을
확인하자 정수에게 메시지가 와 있었다. 오늘 늦게 들어
와? 나는 지금 가는 중이라고 답장했다. 이상한 얘기일
수도 있겠지만 산에 다녀온 이후로 정수와 나는 전보다
서로에게 다정해졌다.

　우리는 서로 언제 집에 들어오는지 물었고, 먼저 눕
는 사람이 상대방 이부자리를 펴 주기도 했다. 헤어진
뒤로는 처음 있는 일들이었다. 그날 우리가 한 일이라고
는 그저 산에 올라가 남자에게 침을 뱉고 온 것이 전부
였는데, 이상하게 전보다 가까워진 느낌이 들었다.

　그렇지만 정수도 나에게 천만 원이 있다는 사실은 몰
랐다. 나는 세수하다가도 나와서 통장에 찍힌 숫자 0 일
곱 개를 들여다보았다. 천만 원으로는 내일이라도 당장
감독과 정수를 떠날 수 있었다. 그 사실이 오히려 나를
머무르게 했다.

집에 와 보니 정수가 오므라이스를 해 놓고 기다리고 있었다. 얇은 계란부침을 숟가락으로 가르면 케첩 볶음밥이 들어 있는 오므라이스. 정수와 사귀던 시절 내가 가장 좋아하던 음식이었다. 왜 갑자기 음식을 만든 거야? 내가 물었다. 그냥. 정수가 대답했다. 우리는 말없이 오므라이스를 떠먹었다. 반쯤 먹어 갈 때 정수가 입을 열었다. 동면하는 남자 말이야, 또 보러 갈 생각 있어? 아니. 그렇지만 입에 있던 오므라이스를 삼키고 나서는 생각이 달라졌다. 아니다, 갈 수도 있겠다. 내가 다시 말했다.

가서 뭐 하게? 정수가 물었다. 경칩에 깨워 주면 사례금을 준다고 했거든. 내가 대답했다. 네가 안 깨워 주면 계속 거기 있는 거야? 아니. 경칩 다음 날로 119에 예약 문자를 걸어 놨대. 그나저나 오므라이스 정말 맛있다. 나는 정수가 남긴 오므라이스까지 다 먹었다.

정수는 설거지까지 자기가 하겠다고 했다. 나는 거절하지 않았다. 대신에 정수가 좋아하는 아이유 콘서트 영상을 유튜브로 틀어 주었다. 그런데 첫 번째 곡이 끝나기도 전에 태준의 음료수 광고가 나왔다. 5초 동안 분위기가 가라앉았지만, 정수는 별다른 반응을 보이지 않았다.

정수는 설거지를 마치자마자 내게 다시 물었다. 진짜 그 남자를 보러 갈 거야? 나는 생각 중이라고 했다. 왜 자꾸 물어. 같이 가 주려고? 농담 삼아 한 말이었는데 정수는 진지하게 같이 가겠다고 했다. 위험할 수도 있으니까 같이 갈게. 알겠어. 나는 아무렇지 않게 대답했지만, 위험이라는 말을 듣는 순간 욕하던 남자의 모습이 다시 떠올랐다.

그래서 씻고 자리에 누웠을 때 나는 이불을 몸에 둘둘 말고는 정수에게 물었다. 이게 뭐게. 원래 이건 극단 사람들과 자주 하던 놀이였다. 한 사람이 자기가 떠올린 것을 몸으로 표현하면 나머지 사람들이 정답을 맞히는 식이었다. 김밥? 땡. 순대? 땡. 긴 똥? 정수 죽고 싶니. 정답이 뭐야. 동면하는 남자. 정수는 조금 웃었고, 그제야 나는 긴장이 풀렸다.

*

저는 요즘 세상에서 조명 감독님이 제일 부러워요. 조명 감독에게서 텀블러를 선물받으며 내가 말했다. 눈송이가 그려진 텀블러는 조명 감독이 어제 돌잔치에서 답례품으로 받아 온 것이었다. 역할 대행을 시작한 뒤로 조명 감독은 매일같이 뷔페를 먹고, 비싼 답례품들을 받아 왔다. 아버지라는 게 저렇게 좋은 자리였다니.

오늘 아침에도 나는 조명 감독이 결혼식에 다녀와서 준 비누와 수건으로 세수했다. 생각하다 보니 열이 받았다. 그래서 의자에 앉아 졸고 있던 감독에게 따져 물었다. 감독님, 저한테는 왜 이렇게 나쁜 역할만 주세요? 지난주에도 나는 면접 보러 가는 사람에게 커피를 쏟아야 했다.

조명 감독님이 뷔페 드실 때 저는 욕만 먹잖아요. 알았어, 다음 주에 하객 대행 잡아 줄게. 감독이 말했다. 내가 원하는 건 그런 게 아니었다. 나는 박수하는 것이 아니라 박수 받는 역할을 맡고 싶었다. 그렇지만 나는 더 말하지 않았고, 그들에게 인사한 다음 극장 밖으로 나왔다.

오늘 가는 곳은 카페였다. 카페 주인이 청소하느라 문을 열어 놓은 사이 손님의 강아지가 없어졌다고 했다. 당신이 문을 열고 나간 거라고 해 주세요. 카페 주인은 전화로 그렇게 말했다. 카페를 나가면서 문을 연 채로 둬 버렸다고요. 제가 실수했다는 게 알려지면 카페 문 닫아야 해요. 나는 알겠다고 했다. 그동안 해 온 일에 비하면 간단한 일이었다.

카페에 도착하자 의뢰인과 강아지 주인이 테이블에 앉아 있었다. 강아지 주인은 30대 후반의 여자였는데, 나를 보고도 인사하지 않았다. 나는 앉자마자 죄송하다고 했다. 카페 주인은 여자에게 침착하게 설명했다. 우리 카페 단골손님이 실수한 게 맞았습니다. 직접 사과드리러 여기까지 오셨으니 부디 용서해 주시면 안 될까요.

여자는 대답하지 않았다. 나는 숙였던 고개를 들고
여자를 살폈다. 여자는 창밖만 내다보고 있었다. 나는
카페 주인을 쳐다보았다. 그도 여자의 눈치를 살피더니
어깨를 으쓱했다. 정말 죄송합니다. 내가 다시 말했다.
여자는 이번에도 반응하지 않았다. 그 상태로 10분이
넘게 흘렀다.

읍, 읍. 갑자기 여자가 입을 다문 채 이상한 소리를 내
기 시작했다. 읍, 읍, 읍. 신음 같기도 하고 목이 졸린 채
나오는 소리 같기도 한 이상한 소리를 여자는 계속해서
냈다. 의뢰인과 나는 당황해서 서로를 쳐다보았다. 여자
는 한참을 그러다 말했다. 감자는 데려왔을 때부터 성
대 수술이 되어 있었어요. 그래서 아주 무서울 때도 낼
수 있는 소리가 이것뿐이에요. 다시 정적이 흘렀고, 멀
리서 자동차 경적, 누군가를 부르는 소리가 들려왔다.
어느 순간 여자가 말했다. 가세요.

집에 들어가기 전 나는 편의점에 들러 정수가 좋아하
는 수입 맥주 네 캔을 샀다. 정수는 마침 맥주가 마시고
싶었다며 좋아했다. 우리는 새우깡을 안주 삼아 맥주를
마셨다. 전기장판이 너무 따뜻해서 나는 마시던 중간에
장판 위로 누웠다. 그러자 정수도 누웠다. 그 남자 말이
야, 봄에 깨우러 가려고. 내가 말했다. 동면하는 남자?
응. 침 뱉었는데 사례금을 주겠어? 사례금 때문이 아니

야. 안 가면 계속 신경 쓰일 것 같아서. 나는 몸을 일으켜 맥주를 한 모금 마신 다음에 다시 누웠다. 그래, 그럼 같이 가자. 정수가 대답했다.

따뜻한 바닥에 누워 있자 얼었던 몸이 녹았다. 정수야. 왜. 이게 뭐게. 나는 손으로 입을 가린 채 읍, 읍, 하고 소리를 냈다. 개? 땡. 쥐? 땡. 인질? 땡. 정답이 뭐야? 나는 알려 주지 않았다.

*

나는 감독에게 이번 주는 일을 쉬겠다고 했다. 감독은 내게 무슨 일이 있는지 물었다. 아무 일도 없어요. 내가 대답했다. 주경아, 내가 일부러 너한테 나쁜 역할만 준 건 아니야. 전화를 끊기 전에 감독이 말했다. 알아요. 내가 대답했다.

일 그만뒀어? 일을 쉰 지 셋째 날 정수가 물었다. 아니. 그런데 왜 집에만 있어? 겨울방학이야. 내가 대답했다. 정수는 대답하지 않고 아르바이트를 하러 갔다. 농담이 아니었는데. 어렸을 때도 어른이 되면 방학이 사라진다는 사실이 늘 무서웠다. 그래서 스스로에게 방학을 주기로 했다.

누워서 가사 없는 음악을 듣다가 배가 고파져 카레를 만들었다. 카레는 먹는 것보다 만드는 과정이 더 좋았

다. 딱딱한 채소들을 오래도록 끓여 뭉그러지게 만드는
것이 좋았고, 그러다 보면 추웠던 방 안도 따뜻해졌다.
나는 조용한 방에서 카레를 떠먹었다.

오래전에 정수의 일기장을 훔쳐 읽은 적이 있었다. 함
께 산 지 얼마 안 됐을 때였다. 주경이는 가끔 자면서 말
을 한다. 그 말을 듣고 있으면. 일기는 거기서 멈춰 있었
다. 나는 그 뒷말이 오랫동안 궁금했다. 때로는 좋은 문
장들이 떠올랐다. 더 사랑하게 된다, 이불을 덮어 주게
된다, 좋은 꿈을 꿀 것 같다. 때로는 나쁜 문장들이 떠올
랐다. 미워하게 된다, 숨이 막힌다, 죽고 싶어진다. 한때
는 그 생각만으로도 밤을 새울 수 있었다. 나는 카레를
한 숟갈도 남기지 않고 다 먹었다.

방학 여섯째 날에는 설거지하고 바닥을 닦고 휘파람
을 불었다. 예전에 정수가 해 준 말 때문이었다. 나쁜 생
각이 떠오르면 세상에서 제일 긴 휘파람을 불어 보라
고. 그러면 전부 다 잊힌다고 했다.

휘파람을 불다가 나는 밖에 나가기로 했다. 6일 만에
신발을 신었다. 그런데 막상 밖에 나오자 갈 곳이 생각
나지 않았다. 한참을 고민하다가 나는 김치찌개 집으로
갔다.

기다렸어요. 감독 어머니가 나를 보자마자 말했다.
전에 내가 두고 간 물건이 있다고 했다. 그는 카운터 안

쪽에서 반짝이는 빨간색 리본 머리핀을 꺼내어 내게 쥐여 주었다. 나는 감사하다고 말한 다음 머리핀을 꽂았다. 학생한테 정말 잘 어울려요. 감독 어머니가 말했다.

김치찌개는 변함없이 맛없었다. 감독 어머니의 김치찌개만큼은 내년에도, 10년 뒤에도 맛이 없을 거라고 생각하니까 마음이 편안해졌다. 밥 한 공기를 비우자 감독 어머니는 후식으로 귤을 주었다. 나는 별 모양으로 깐 귤껍질을 식탁 위에 두고 나왔다.

집에 돌아왔을 때 정수는 머리에 뭘 꽂은 거냐고 물었다. 머리핀이잖아. 내가 말했다. 그런 거 싫어했잖아. 정수가 말했다. 나는 오늘부터 좋아하기로 했다고 대답했다. 그러나 화장실에 들어가 거울을 보자 머리핀밖에 눈에 안 들어왔다. 머리핀을 빼서 쓰레기통에 버리려는데 쓰레기통이 이미 꽉 차 있었다. 휘파람 내기해서 진 사람이 쓰레기 버리고 오자. 밖으로 나가서 정수에게 말했다. 휘파람 내기가 뭔데? 누가 더 휘파람을 길게 부는지 내기하는 거. 이번 주는 주경이 네가 당번 아니었어? 아니었어.

그런데 내가 졌다. 정수가 이렇게 휘파람을 길게 불 줄은 몰랐다. 나는 쓰레기를 두 봉지나 들고 밖으로 나갔다. 빌려 입은 정수의 패딩은 크고 따뜻했다. 쓰레기를 버리고 돌아오는 길에는 손이 시려서 주머니 안에 넣었다. 그러자 구겨진 영수증들이 잔뜩 손에 잡혔다. 정수는 옷 주머니 속에 쓰레기들을 쑤셔 넣고는 꺼내는 법이 없었다. 빨래하기 전에 주머니를 확인하는 것은 항상 내 몫이었다.

나는 영수증들을 꺼내 보았다. 순댓국 6500원. 박카스 800원. 삼각김밥 1200원. 삼각김밥은 무려 보름 전 영수증이었다. 그런데 영수증들 사이로 쿠폰 하나가 눈에 들어왔다. '다정'이라는 이름의 카페 쿠폰에는 도장이 여덟 개나 찍혀 있었다. 정수에게 여자가 생겼나.

원룸 빌라 입구에서 나는 쿠폰을 들여다보았다. 스마일 모양의 도장이 여덟 개. 두 잔만 더 마시면 정수는 어떤 음료든 상관없이 한 잔을 무료로 마실 수 있었다. 쿠폰 하단에는 카페 주소와 전화번호가 작게 쓰여 있었는데, 어딘지 모르게 주소가 낯익었다. 어디였더라, 생각하던 중 빌라 입구 센서 등이 꺼졌다.

왜 남자를 보러 간 거야? 현관문을 열자마자 내가 물었다. 정수는 누워서 휴대폰을 보다가 나를 올려다봤다. 불 꺼진 빌라 입구에서 생각이 났다. 정수가 간 카페 위치는 동면하는 남자를 묻어 준 야산 근처였다. 집에서 지하철을 타고, 버스를 갈아타고, 그러고 나서도 한참을 가야 나오는 곳.

정말 이해가 안 가서 그래. 거길 왜 갔어? 혼자 갔어? 정수가 대답하지 않아서 다시 물었다. 정수는 혼자 갔다고 대답했다. 가서 뭘 했는데? 그냥 깨웠어. 그 먼 곳까지 그냥 깨우러 갔다고? 정수는 한동안 대답하지 않다가 말했다. 불공평하잖아. 그러더니 낮고 차분한 목소리로 말을 이어 갔다. 우리는 겨울 내내 춥고 감기 걸리고 월세 내고 난방비 내고 겨울옷 사고 일해야 하는데, 그 남자는 자고 있잖아. 일하다 보면 그 남자 얼굴이 생각나서 견딜 수가 없는데 어떡해.

태준의 연기를 지적할 때와 똑같은 말투로 정수는 그렇게 말했다. 주경이 너도 그래서 침 뱉었던 거 아니야? 나는 한참 만에 입을 열었다. 잠도 못 자고 그렇게 깨어 있으면 죽잖아. 아니야, 깨울 때마다 음료를 줬어. 정수가 대답했다. 카페 쿠폰에 찍혀 있던 여덟 개의 도장이 떠올랐다. 나는 지하철을 타고, 버스를 타고, 산에 올라가서 남자를 깨우는 정수의 모습을 상상해 보았다. 머리만 내놓은 남자에게 음료를 먹이는 정수, 그 짓을 여덟 번이나 반복한 정수를.

나는 신발을 신은 채 방 안으로 들어가 짐을 싸기 시작했다. 뭐 하는 거야. 정수가 물었지만 대답하지 않았다. 세면도구와 여벌 옷을 챙긴 채 나는 밖으로 나왔다. 정수는 나를 붙잡거나 따라 나오지 않았다.

나는 택시를 타고 극장으로 갔다. 가방 안에는 감독이 전에 준 여분의 극장 열쇠가 있었다. 택시 안에서 나는 119에 신고 문자를 보낸 다음 휴대폰 전원을 꺼 버렸다. 눈도 내리지 않는 겨울 새벽이었다. 창밖을 내다보자 거리에는 앙상한 나무들과 창백한 가로등, 앙상한 나무들과 창백한 가로등, 앙상한 나무들과 창백한 가로등.

택시 기사는 불법 주차된 차들 때문에 골목 안으로 들어가는 것이 힘들다고 했다. 나는 내려서 골목 안쪽으로 걸어 들어갔다. 내가 여덟 살 때 앞집 여자는 차에서 히터를 틀고 자다가 죽었다. 나는 자라는 내내 밤중에 주차된 차들을 볼 때마다 시체가 들어 있을까 봐 무서웠다.

문을 열고 지하에 있는 극장으로 내려갔다. 불 꺼진 극장은 눈앞에 있는 손바닥도 보이지 않을 정도로 깜깜했다. 감독은 그것을 이용해 불이 꺼졌다가 들어오는 순간 악귀 같은 여자를 관객석에 나타나게 했다. 관객들은 비명을 질렀고, 나는 그런 장면인 걸 알면서도 매번 깜짝 놀랐다.

극장 불을 켜 둔 채 무대 구석에 목도리를 베개 삼아 누웠다. 주머니에 뭔가가 거치적거려서 꺼내 보니 머리핀이었다. 나는 머리핀을 다시 꽂은 다음 생각했다. 머리핀의 주인은 누구였을까. 내 또래였을까. 그 여자는 머리 길이가 어디쯤 올까. 생각하다 보니 무서워졌고, 나는 악귀 같은 여자라도 들어와 내 배 위에 앉아 주길 바랐다. 진이나 한 잔 마시면서.

알래스카는 아니지만

1 요구르트 빨대

간밤에 알래스카 꿈을 꾸었다. 빙하와 오로라가 아름답게 반짝이던 모습을 기억하기 위해 나는 한동안 눈을 감고 있었다. 한참을 꾸물거리다 일어나서 커튼을 걷으려는데 발바닥에 날카로운 통증이 느껴졌다. 악, 소리와 함께 나는 바닥에 주저앉았다. 발바닥을 들여다보자 작은 핏방울이 맺혀 있었다.

바닥을 살펴보니 조그마한 물체가 뾰족 튀어나와 있었다. 손으로 집기 어려울 만큼 작은 크기였다. 핀셋을 가져와 힘주어 뽑자 달려 나온 것은 놀랍게도 빨대. 요구르트를 마실 때 사용하는 가느다란 흰색 빨대였다.

자세히 보니 빨대 두 개가 투명 테이프로 이어져 있어서 길이도 상당했다. 대체 왜 빨대가 바닥에 꽂혀 있는 거지? 그것도 두 개씩이나? 나는 기다란 빨대를 손에 쥔 채 의아해하다가, 우선은 발바닥에 반창고부터 붙이기로 했다.

*

나는 4년간 작은 회사에서 경리로 일하다가 올해 초에 잘렸다. 사장은 내가 사람들과 섞이지 못하는 것이 문제라고 했다. 다음 직장에서는 동료들과 점심이라도 같이 먹어 보라고 했지만, 웃기는 소리. 새로 구한 직업은 동료들과 밥 먹을 일이 전혀 없었다. 지금으로부터 한 달 전, 나는 킬러가 되었다.

내가 킬러가 된 이유는 오로지 복수하기 위해서였다. 나에게는 원래 소중한 존재가 둘이나 있었다. 그 애들의 이름은 성철이와 병철이로, 고등어 무늬를 가진 길고양이 형제였다. 둘은 나의 유일했던 친구이자 가족이었다. 한 달 전 들개 두 마리가 나타나 내 눈앞에서 둘을 물어 가기 전까지, 나는 3년 동안 하루도 빠짐없이 둘을 위한 식사를 준비했다. 사고가 일어난 다음 날 동네 야산을 뒤지고 뒤져 성철이의 사체를 찾아냈지만 병철이는 끝내 발견되지 않았다.

복수를 꿈꾼 뒤로는 모든 것이 달라졌다. 백수는 킬러가, 스터디플래너는 계획 일지가, 서울 끝자락에 위치한 오피스텔은 비밀 기지가 되었다. 성철이와 병철이를 주려고 대량 구매한 건조 북어는 내 주식이 되어 버렸다. 매일 아침 뜨거운 북엇국을 삼키면서 나는 복수에 대한 결의를 다졌다.

설거지 중에 초인종이 울렸다. 누구세요, 하고 물으니 아랫집이라는 대답이 돌아왔다. 문을 열자 한겨울에 반바지 차림을 한 여자가 서 있었다. 혹시 빨대 못 보셨나요? 여자는 나에게 물었다. 요구르트 빨대 말씀하시는 건가요? 내가 되물었다. 네네, 맞아요. 어디서 찾으셨어요? 바닥에 꽂혀 있던데요. 여자는 그럴 줄 알았다고 하더니, 실례지만 바닥을 확인해 봐도 되겠냐고 물었다. 나는 얼떨결에 그러시라고 대답했다.

여자는 마룻바닥에 쪼그려 앉아 구멍을 들여다보았다. 손으로 구멍을 만져도 보고, 휴대폰으로 사진도 몇 장 찍었다. 구멍에서 빨대가 나온 걸 어떻게 아셨어요? 내가 물었다. 제가 구멍을 뚫었으니까요. 빨대도 제가 꽂았고요. 나는 당황해서 여자를 바라보았다. 왜 그러셨는데요? 그게, 얘기가 좀 길어요.

여자와 나는 식탁에 마주 앉았다. 시작은 가루였어요. 여자가 말했다. 어느 날 여자가 침대에 누워 있는데 정체불명의 흰색 가루가 얼굴 위로 떨어졌다고 했다. 자세히 보니 천장에는 미세한 흠집이 나 있었고, 가루는 그곳에서 떨어지는 듯했다. 집에 벌레가 있나, 오피스텔이 부실 공사로 지어졌나, 이런저런 생각이 스쳤지만 여자는 이내 대수롭지 않게 넘겼다. 그러나 다음 날도, 그다음 날도 가루는 계속해서 떨어졌다. 얼굴에 묻은 가루를 털어 내던 중 여자는 문득 한 가지 사실을 깨달았다. 여자가 침대에 누워 있지 않을 때는 가루가 한 톨도 떨어지지 않는다는 것이었다. 오직 여자가 침대에 누워서 천장을 바라볼 때만 구멍에서 가루가 우수수 떨어졌다.

아시겠죠? 느닷없이 여자가 나에게 물었다. 뭘요? 제가 뚫어져라 쳐다보니까 천장이 뚫린 거예요. 여자는 자신이 천장을 얼마만큼 뚫었는지 확인해 보기 위해 구멍에 볼펜을 꽂아 보았다고 했다. 볼펜은 들어가지 않았다. 젓가락도, 면봉도 들어가지 않았다. 그러나 요구르트 빨대를 꽂자 스르르 들어가더니 구멍이 막힌 지점에서 멈췄다. 그다음부터 여자는 틈틈이 구멍에 빨대를 밀어 넣어 보았다. 여자가 쳐다볼 때마다 천장은 분명 조금씩 뚫리고 있었고, 이렇게 빨대 두 개가 우리 집 바닥을 뚫고 올라오기까지는 꼬박 석 달이 걸렸다고 했다.

정신은 나갔어도 손가락은 참 예쁘구나, 여자를 바라보며 나는 속으로 생각했다. 여자는 말할 때 손으로 커피 잔을 매만지는 버릇이 있었는데, 그때마다 왼손 검지와 중지에 새긴 해파리 타투가 유영하듯 움직였다. 여자는 구멍 난 바닥을 배상해 주겠다고 했다. 됐어요. 빨대만 꽂지 마세요. 내가 말했다. 계속해서 배상해 주겠다는 여자와의 실랑이 끝에 나는 여자에게서 명함 한 장을 받았다. 타투할 생각 있으면 내려와요. 무료로 해 줄게요. 나는 검은색 명함에 타투이스트라고 적힌 여자의 이름을 확인했다. 여자의 이름은 유였다.

2 나는 고양이로소이다

유가 떠난 뒤에도 나는 식은 커피를 마시며 바닥을 들여다보았다. 티끌만 한 구멍이지만 깊이가 30센티미터가 넘었다. 대체 무엇으로 뚫었을까, 궁금해하면서 나는 검지로 구멍을 막아 보았다. 이 집 가득 차 있는 비밀과 적의가 새어 나가지 않도록.

킬러가 된 이후로 내 생활은 단순해졌다. 나는 매일 아침 북엇국을 먹은 다음, 공터에서 달리기와 사격을 연습했고, 때로는 들개들의 근거지인 야산을 탐색한 다음 집으로 돌아왔다. 그중 가장 중요한 것은 달리기였다. 들개를 뒤쫓기 위해서는 빠르게 달리는 것이 무엇보다 중요했다. 달리다 보면 발바닥에 물집이 잡히고 폐가 터질 것 같은 순간이 찾아왔다. 그때마다 나는 내가 고양이라는 사실을 되새겼다.

　농담이 아니었다. 아무도 모르지만 나는 실은 고양이였다. 성철이와 병철이가 내게 그 사실을 알려 주었다. 언젠가 한번 둘의 밥을 챙겨 주던 도중 눈물이 왈칵 쏟아진 적이 있었다. 직장 생활이 유독 버겁게 느껴지던 날이었다. 동료들 사이에서 소외되어 점심시간마다 눈칫밥을 먹어야 했고, 사장의 폭언은 갈수록 참기가 힘들었다.

　집으로 돌아가려는데 성철이와 병철이가 내 앞을 가로막았다. 손을 내저어도 비키지 않고 야옹야옹 우는데 그날은 이상하게도 둘이 하는 말을 알아들을 수 있었다. 고양이들은 나에게 말했다. 수영아, 네가 힘든 이유는 네가 사람이 아니라 고양이이기 때문이야. 봐 봐, 너는 우리를 이해하잖아. 겉돌고 떠도는 것, 하루에도 수십 수백 번 도망치는 삶이 어떤 건지 너는 알고 있잖아.

　그 말을 듣는 순간 막혀 있던 마음이 탁, 하고 트이더니 모든 것이 이해되었다. 내가 회사 사람들과 어울릴 수 없는 이유는 내가 고양이이기 때문이구나. 사실을 알게 된 뒤로는 모든 것이 달라졌다. 다음 날부터 나는 회사에서 사장의 불쾌한 농담에 웃지 않았고, 점심시간이 되면 혼자 밥을 먹었다. 나를 미쳤다고 소문낸 동료의 차를 못으로 긋기도 했다. 고양이에게 날카로운 발톱이 필요한 이유를 그때 처음 깨달았다. 철저히 혼자가 되었지만 전처럼 낙담하지는 않았다. 구박과 외로움은 내게 당연했다. 끔찍한 인간들 사이에서 나는 유일한 고양이 니까. 그 사실을 받아들이자 어느 때보다도 마음이 편안했다.

비록 성철이와 병철이의 말을 알아들은 것은 그날이 처음이자 마지막이었지만, 그런 것은 아무런 문제가 되지 않았다. 고양이들끼리는 말하지 않아도 언제나 마음이 통했다. 둘은 지구상에서 유일하게 나와 감정을 나누는 존재들이었다. 그 애들을 앗아 간 들개들을 내가 어떻게 용서할 수 있을까.

지난 한 달간 야산에 포획 틀을 설치해 두었지만 들 개들은 속지 않았다. 이제는 내 손으로 직접 그들을 잡는 수밖에 없었다. 배낭을 열자 퇴직금을 몽땅 털어서 구해 온 마취총 한 자루가 들어 있었다. 비록 성철이는 죽었지만 병철이는 살아 있을지도 몰랐다. 이것으로 들 개들을 생포한 다음 병철이의 생사 여부를 알아낼 것이다. 대답을 듣고 나서는 그들이 성철이와 병철이에게 한 짓을 그대로 되돌려 줄 것이다.

복수가 끝나면 나는 알래스카로 떠날 생각이다. 신호등보다 빙하가 많은 곳. 영영 녹지 않는다는 만년설이 반짝이는 곳. 그곳에서 남은 시간을 인간도 아니고 고양이도 아닌 얼음으로 살아가고 싶다. 얼음은 아무것도 생각하지 않고 무엇도 필요로 하지 않는다. 그 점이 마음에 들었다. 인간에서 고양이도 되었으니 고양이에서 얼음이 되지 못할 것은 무엇이겠어…….

3 구멍과 비밀

며칠 만에 들여다본 구멍은 전보다 넓어져 있었다. 이제는 요구르트 빨대가 아니라 일반 빨대도 들어갈 듯했다. 나는 곧장 아랫집으로 내려갔다. 구멍이 점점 넓어지고 있어요. 문이 열렸을 때 내가 말했다.

일단 들어와요. 유가 말했다. 여기가 가게 겸 제 집이거든요. 유의 집은 벽마다 빼곡히 붙은 타투 도안들로 어수선했고, 유가 검은색 파티션을 걷자 안에는 싱글 침대 하나가 놓여 있었다. 유는 침대를 밟고 올라서서 천장을 들여다보더니 말했다. 확실히 넓어졌네요.

오늘부터 머리와 발의 위치를 바꿔서 자 볼게요. 유가 말했다. 정말로 쳐다봐서 뚫렸다고 생각하세요? 다른 원인을 찾아봐야 하지 않을까요? 조심스럽게 물어보자 유는 딱 잘라서 그럴 필요 없다고 대답했다. 제가 뚫은 것이 확실합니다. 유의 표정이 하도 단호해 나도 모르게 고개를 끄덕였다. 그러던 중 유의 손목에 새겨진 기다란 타투가 눈에 들어왔다. 설마 이거 빨대예요? 내가 묻자 유는 그렇다고 대답했다. 기념할 만한 일이잖아요. 남의 집 바닥에 구멍을 내 놓고 염치도 없구나, 나는 속으로만 생각했다. 와중에 유는 정말로 베개를 발치로 옮기고 있었다. 나는 그 모습을 가만 지켜보다가 찜찜한 마음을 안고 집으로 돌아올 수밖에 없었다.

그러나 예상치 못한 문제가 하나 더 있었다. 밤에 자려고 누워 있으면 흐아악, 흐히히힉 하는 괴상한 소리가 자꾸만 들려오는 것이었다. 처음에는 귀신인가 싶어서 겁을 먹었는데 집중해서 들어 보니 아래층에서 나는 소리였다. 타투를 새길 때 사람들이 내는 신음이 구멍을 통해 넘어오는 모양이었다. 참고 참다가 다크서클이 턱 끝까지 내려온 어느 날 아침, 나는 다시 외투를 걸쳤다.

유는 초인종을 누른 지 한참 만에 부은 얼굴로 나왔다. 자고 있었던 거면 다음에 올게요. 아니에요. 무슨 일이에요? 소리 때문에요. 밤에 구멍을 타고 소리가 넘어와요. 유는 소음을 미처 생각 못 했다며 주의하겠다고 했다. 나는 고개를 끄덕인 다음 준비했던 말을 꺼냈다. 타투 예약하고 싶은데 언제 가능해요? 유는 눈곱을 떼며 대답했다. 지금 당장도 가능해요.

실은 유가 타투 얘기를 꺼냈던 순간부터 왼쪽 손목에 작은 빙하를 새기고 싶었다. 빙하를 볼 때마다 언제든지 알래스카, 내가 마지막에 도착할 그곳을 떠올릴 수 있을 테니까. 수천 년 된 알래스카의 빙하 속에 무엇이 묻혀 있는지는 아무도 몰랐다. 시체나 난파선, 어쩌면 거대한 숲이 묻혀 있을지도 모르지. 모든 비밀을 묻어 둔 채 단단히 얼어붙은 빙하. 나도 성철이와 병철이를 마음에 묻은 채 얼어붙고 싶었다. 유는 순식간에 빙하를 그려 냈고, 전사지를 붙였다가 떼어 내자 빙하 모양의 잉크 자국이 손목에 남았다. 잉크가 마르길 기다리며 유와 나는 대화를 나눴다. 알고 보니 동갑이어서 말도 놓기로 했다. 이분은 누구야? 책상에 놓인 사진을 보고 내가 물었다. 사진에는 유와 닮은 듯한 남자가 환하게 웃고 있었다. 내 애인. 유가 대답했다. 그런데 이 사람은 나 말고도 애인이 있어.

유가 남자에게 고백했던 날, 남자 또한 유에게 자신이 애인이 있다는 사실을 고백했다. 알면서도 만난 거야? 그 사람을 잃기 싫었으니까. 유가 아무렇지 않게 대답해서 나는 놀란 내색을 하지 않았다. 유는 남에게 이런 얘기를 하는 것이 처음이라고 했다. 내가 구멍에 대해 알고 있는 사람이라 말할 수 있는 거라고.

시술 받는 동안에는 대화가 오가지 않았다. 고통은 그런대로 참을 만했고, 20분이 지나자 손목에 빙하가 새겨졌다. 새하얗고 작은 빙하가 나는 첫눈에 마음에 들었다. 고맙다고 인사한 다음 나가려는데, 유가 기다리라면서 겉옷을 챙겨 입었다. 3층에 담배 피우러 갈 건데 같이 가자. 나는 담배 안 피우는데. 그럼 그냥 옆에 있어 줘.

결국 나는 유를 따라 3층으로 내려갔다. 오피스텔 3층에는 다른 동으로 넘어갈 수 있도록 설치한 외부 통로가 있었다. 유와 나는 통로 난간에 기대어 서서 밖을 내다보았다. 인도에는 헐벗은 나무들이 줄지어 서 있었고, 2차선 도로 위로는 차들이 드문드문 지나갔다. 아, 겨울은 좋다. 거리에도 나무에도 공간이 더 생겨나는 계절. 찬바람을 맞으니 마음이 단순해져서 나는 크게 숨을 내쉬었다. 내 입김과 유의 담배 연기가 그럭저럭 비슷한 모양으로 흩어졌다.

남자 친구 얘기 듣고 놀랐지? 갑자기 유가 물었다. 조금. 내가 대답했다. 나도 이게 나쁘다는 거 알아. 아니까 아무한테도 말하지 않은 거야. 유가 아래를 내려다보며 말했다. 유에게는 미안하지만, 역시 나로서는 사람들의 마음을 이해할 수가 없었다. 왜 사람들은 슬픔을 자처하는 걸까. 자처하지 않아도 세상에 슬픔은 넘쳐 나는데.

내가 구멍을 뚫은 건 믿어? 유가 물었을 때 나는 잘 모르겠다고 대답했다. 어쩌면 유가 구멍을 뚫은 것은 사실일 수도 있다. 알고 보니 내가 고양이인 것처럼 세상에는 설명할 수 없는 일들도 일어나니까. 유가 담배를 다 피운 다음에도, 유와 나는 지루해질 때까지 가만히 서서 바깥을 구경했다.

유가 무슨 수를 썼는지 그날 밤에는 이상한 소리가 들려오지 않았다. 며칠 만에 찾아온 적막이 낯설어 나는 자려고 누웠다가 도로 일어났다. 화장실에서 가장 부드러운 수건 두 장을 가져와 원통 모양으로 접은 다음 잠이 올 때까지 손으로 쓰다듬었다. 나도 알고 있었다. 내가 지금 만지고 있는 것은 수건이고, 수건은 아무런 의미가 없다. 그럼에도 불구하고 하게 되는 이상한 짓. 동그랗게 만 수건 두 개를 끌어안은 밤, 나는 사랑하는 일은 왜 이렇게 쉬울까, 왜 이렇게 어려울까, 생각하다가 잠이 들었다.

4 올해 여름 물가에서는 아무 일도

오늘 북엇국의 간은 적당했고, 달리기는 기록을 단축했으며, 사격 연습도 성공적이었다. 나는 이로써 모든 것이 준비되었다고 자신했다. 이제 복수를 시행할 적당한 날짜를 고르기만 하면 되었다. 복수가 끝나는 즉시 오피스텔 보증금을 빼서 알래스카로 떠날 작정이었다.

집으로 돌아가는 길에 문자 한 통을 받았다. 스팸 문자겠거니 했는데 유였다. 문자에는 아무런 설명도 없이 지하 주차장으로 오라는 말만 쓰여 있었다. 주차장으로 내려가자 여기, 하고 부르는 소리가 들렸다. 소리 나는 곳으로 가 보니 유가 검은색 말리부 옆에 서 있었다. 유는 다음 주에 있을 자신의 생일 선물로 차를 샀다고 했다. 같이 드라이브 가자. 중고로 샀는데 상태가 좋아. 유가 말했다.

좋지 않은 것은 유의 운전 실력이었다. 유가 도로에 진입하는 순간 사방에서 경적이 울렸다. 알고 보니 유는 오래전 면허를 딴 이후로 운전이 처음이었다. 나는 유가 운전하는 내내 조수석 손잡이를 절대 놓지 않았는데, 정작 유는 태연한 얼굴로 운전석에 앉아서 신호를 기다릴 때는 검지로 핸들을 두드리는 여유까지 부렸다. 그 바람에 처음 만났을 때 봤던 해파리 타투가 눈에 들어왔다. 유의 손가락을 따라 부드럽게 헤엄치는 해파리들. 그런데 알래스카에도 해파리가 사나? 생각하다가 나는 고개를 내저었다.

지금 어디로 가는 거야? 출발한 지 20분이 지났을 때 내가 물었다. 나도 몰라. 유가 대답했다. 우리는 잠깐 서로의 얼굴을 바라보았다. 한참을 빙빙 돌다가 유는 예전에 애인이랑 갔던 호숫가 근처 카페를 생각해 냈다. 유의 운전 실력은 형편없었고, 중고 말리부 히터에서는 상한 치즈 냄새가 났지만, 나는 기분이 좋았다. 도시의 밤거리가 엄청나게 예뻤기 때문이다. 연말 거리는 크리스마스 장식물들로 사방이 반짝였다. 환한 빛 속, 뜨거운 전구로 온몸이 감싸인 나무들은 불쌍하고도 아름다웠다.

우여곡절 끝에 도착한 카페 출입문에는 그동안 사랑해 주셔서 감사하다고 적혀 있었다. 유와 나는 그것을 가만 들여다보다가 카페 앞의 호숫가나 걷기로 했다. 걸으면서 유는 지난번에 왔을 때 애기를 들려주었다. 그때는 장마철이라 호수에 물이 불어나 수면이 지금보다 훨씬 높았다고 했다. 그날 유와 애인은 다정한 시간을 보냈고, 호숫가를 걸으며 가벼운 농담들을 주고받기도 했는데, 어느 순간 유는 애인을 호수로 밀어 버리고 싶은 충동에 휩싸였다. 그러지 않기 위해서 유는 주먹을 쥐었는데, 하도 세게 쥐는 바람에 손톱이 손바닥을 파고들어 상처가 났다고 했다. 미친 것 같지?

우리는 잠시 멈춰 서서 어둠에 잠긴 호수를 바라보았다. 미쳤다고 생각하지 않아. 내가 말했다. 누군가를 죽이는 상상쯤이야 얼마든지 할 수 있었다. 칠성사이다는 1초에 서른세 개씩 팔린다지. 장담컨대 그보다 훨씬 더 많은 숫자의 인간이 매분 매초 누군가의 마음속에서 죽고 있을 것이다. 그것은 정말이지 아무것도 아닌 일. 올해 여름 물가에서는 아무 일도 일어나지 않았다. 나는 유와 달랐다. 상상에 그치지 않을 것이다. 정말로 잡아서 정말로 죽일 것이다.

얼마 전에는 애인이 나보고도 다른 애인을 만드는 게 어떻겠냐고 묻더라고. 유가 말했다. 그렇게 해 버려. 나는 진심을 담아 말했다. 유는 대답 대신 옆에 있던 갈대를 꺾어 호수에 던졌다. 그러자 뜻밖의 일이 일어났다. 유가 던진 갈대를 먹이인 줄 착각한 물고기들이 몰려든 것이다. 어두운 수면 위로 작은 입들이 뻐끔대는 것이 보였다. 이상하게도 그 모습을 보자 유와 나는 더없이 울적해졌다. 빌어먹을, 물고기들이 너무 필사적인 데다가 빌어먹을, 날이 너무 추웠다. 우리는 외투 주머니에 손을 찔러 넣은 채 빠른 걸음으로 차를 향해 돌아갔다. 돌아가는 길에는 눈이 서서히 내리기 시작하더니, 도착할 때쯤에는 펑펑 쏟아졌다. 집에 무사히 도착한 것은 기적이었다.

5 생일 축하해, 그런데

유를 다시 본 것은 그로부터 일주일이 지난 유의 생일이었다. 그사이 엄청난 폭설이 내려서 나는 눈이 녹기만을 기다리고 있었다. 눈 덮인 산길에서는 들개를 쫓기가 힘들기 때문이었다. 그러다 보니 유의 생일이 찾아왔다. 유는 나에게 만나자고 했고, 나는 이번에도 거절하지 않았다.

유가 말한 시간에 케이크를 들고 찾아가자 집 안에는 못 보던 크리스마스트리가 놓여 있었다. 유의 애인이 준 것이라고 했다. 예쁘네. 내가 트리를 올려다보며 말했다. 거짓말하지 마. 유가 마찬가지로 트리를 올려다보며 말했다. 거짓말이 맞았기에 나는 입을 다물었다. 좁은 집에 비해 트리는 지나치게 커다랗고 투박했다. 인터넷으로 주문한 거라 이렇게 클 줄 몰랐대. 유는 크리스마스가 지나자마자 내다 버릴 거라고 했다.

우리는 케이크를 꺼내어 식탁에 마주 앉았다. 유는 초를 불기 전에 눈 감고 소원을 빌었는데, 무슨 소원을 빌었는지는 말하지 않아도 알 것 같았다. 나는 유에게 생일 선물을 건넸다. 이게 뭐야? 저주 인형. 내 것도 하나 샀어. 나는 유의 것과 똑같이 생긴 지푸라기 인형을 가방에서 꺼내 보였다. 유는 선물이 이게 뭐냐면서도 열심히 사용 설명서를 읽었다. 설명서에는 다음과 같이 적혀 있었다. 첫째, 저주 상대를 생각하며 인형을 바늘로 찌른다. 둘째, 저주가 끝난 인형은 집으로부터 멀리 떨어진 곳에 버린다. 바늘이 안 들어 있는데? 유가 말했다. 이 집에 널린 게 바늘이잖아. 내가 말했다.

나는 들개 두 마리를, 유는 남자 친구의 애인을 생각하며 타투 바늘로 인형을 찔렀다. 며칠 전에 눈 오는 거 봤어? 유가 인형을 찌르며 물었다. 곧 멸망할 것처럼 눈이 내리더라. 유는 폭설 때문에 예약 잡혔던 시술도 줄줄이 취소되었다고 했다. 지구가 진짜 멸망할까? 내가 인형을 찌르며 되물었다. 당연하지. 언제? 곧. 유의 말을 듣자 내일 당장이라도 지구가 멸망할 것 같았다. 지구가 끝장나면 성철이와 병철이를 다시 만날 수 있을까? 생각하다가 알래스카에서는 지금도 6미터의 눈이 내린다는 사실이 떠올랐다. 그 사실을 알게 된 이후로 나는 언젠가 한국에도 6미터의 눈이 내리기를 바랐다.

6미터의 눈이 쌓인다면 모든 것이 멈출 거고…… 언제나 분주한 서울도 별수 없이 멈춰 버리겠지. 성철이와 병철이를 잃었을 때 내가 이해할 수 없었던 것은 세상이 변함없이 흘러간다는 사실이었다. 그때 나는 날이 밝아져 마음이 아팠고 날이 어두워져 마음이 아팠다. 6미터의 눈이 녹아내릴 때까지만이라도 세상이 멈춘다면, 세상을 용서할 마음이 생길 수도 있을 것이다. 그런 터무니없는 생각을 하며 나는 지푸라기 인형을 찌르고 또 찔렀다. 누군가를 미워하는 마음이 자신에게도 독이 된다는 말은 사실일까? 해질 만큼 인형을 찌르고 나자, 나는 그 어느 때보다도 마음이 가벼웠다.

저주를 끝낸 다음 식탁에 엎드려 있는데 유가 옷을 챙겨 입으라고 했다. 왜? 인형 버리러 가야지. 지금 버리려고? 당연하지. 너 오늘 밤에 얘랑 같이 잘 수 있어? 나는 손에 쥐고 있던 인형을 바라보다가, 조용히 옷을 챙겨 입었다.

우리는 될 수 있는 한 먼 곳에 인형을 버리고 돌아오기로 했다. 문제는 역시나 유의 운전 실력이었다. 차선 변경에 번번이 실패한 나머지 유는 고속도로에 진입했다. 이대로 쭉 가면 부산이래. 내가 표지판을 보며 말했다. 유는 그럴 생각까지는 없다고 했다.

이러나저러나 한밤중의 고속도로는 좋구나. 한적한 도로를 달리며 나는 생각했다. 유는 1990년대와 2000년대 노래들을 틀었다. 변진섭, 김현철, 야다에 플라워까지. 뜬금없는 선곡이라고 생각했는데 듣다 보니 좋았다. 신기한 일이지, 유는 고양이도 아닌데 같이 있으면 마음이 편안해졌다. 잠시 뒤에 유는 왜 그렇게 쳐다봐? 하고 물었다. 아무것도 아니야. 내가 대답했다.

계속해서 달리다 보니 만남의광장 휴게소가 나왔다. 우리는 그곳이 인형을 버리기에 적합한 장소라고 생각했다. 유와 나는 휴게소의 원형 쓰레기통에 인형을 버린 다음, 이대로 돌아가기가 아쉬워 가판대에서 어묵을 사 먹었다. 저주가 통할까? 유가 어묵을 씹으며 물었다. 두고 보면 알겠지. 내가 대답했다. 어쩐지 우리는 공범자들처럼 비장한 마음이 되었고, 그러나 추위는 어쩌지 못한 채 팔뚝을 문질러 가며, 어묵을 두 개씩 해치웠다.

유는 화장실을 다녀오겠다고 했다. 나는 차에 먼저 가 있을까, 하다가 마음을 바꿔 잠시 걷기로 했다. 늦은 시간이라 휴게소에는 사람이 많지 않았다. 오늘 밤 이대로 계속해서 달린다면 어떨까. 로드무비 속 대책 없는 주인공들을 떠올리며 휴게소 뒤편으로 가다가 나는 무언가를 발견하고 걸음을 멈췄다. 주차된 승용차 아래 익숙한 두 눈이 반짝이고 있었다. 가까이 다가가는 순간 나는 직감했다.

성철아. 나는 승용차 앞으로 달려가 주저앉았다. 승용차 아래서 나와 눈을 맞추고 있는 고양이는 분명 죽은 성철이었다. 성철아, 성철아. 나는 계속해서 이름을 불러 보았다. 성철이는 나를 보았는데도 차 밑에서 나오지 않았다. 다급해진 나는 들개들에게 복수할 거라고 말했다. 정말이야, 내가 대신 복수해 줄게. 눈이 다 녹고 나면 움직일 거야. 그러자 성철이가 처음으로 입을 열었다. 눈이 녹은 지 3일이나 지났어. 귀를 기울여야만 겨우 들을 수 있는, 작고도 희미한 목소리였다. 순간 나는 아무 말도 할 수 없었다. 내가 다 설명할게. 나와서 얘기하자, 성철아. 제발 얼굴 한 번만 보여 줘. 정신을 차린 내가 무릎 꿇고 애원했지만 성철이는 또다시 말이 없었다. 나는 승용차 아래를 들여다보았다. 휴대폰을 꺼내어 불빛까지 비추어 보았지만 거기에는 아무도 없었다.

얼마나 오래 그곳에 있었던 걸까. 곧 유가 나타났다. 어디 다쳤어? 유가 바닥에 주저앉은 나를 보더니 소리쳤다. 안 다쳤어. 내가 대답했다. 한참 찾았잖아. 전화는 왜 안 받아? 유가 손을 내밀어 나를 일으켜 주었다. 어둠 속에서도 유의 코끝이 빨갛게 얼어 있는 것이 보였다. 미안해. 길을 잃었던 거야? 응. 나는 유에게 거짓말을 했다. 돌아오는 차 안에서 유는 나에게 계속 말을 걸었지만 나는 짧게 대답만 할 뿐 대화를 이어 가지 않았다. 유도 기분이 상했는지 이내 입을 다물었다.

유에게는 미안하지만 내 머릿속은 성철이로 가득 차 있었다. 내가 괴로운 이유는 성철이가 알고 있었기 때문이었다. 나는 언젠가부터 복수를 미루고 있었다. 쌓인 눈 핑계를 대면서, 발목이 저리다는 핑계를 대면서, 그 밖에 괜한 핑계들을 만들어 가면서. 나는 나도 모르는 사이에 성철이를 저버리고 있었다. 다른 누구도 아닌 내가, 성철이를.

6 알래스카

인적이 드문 새벽은 들개들의 활동 시간이다. 나는 새벽 4시에 일어나 얇은 옷을 여러 벌 껴입은 다음 운동화 끈을 단단히 묶었다. 휴게소에서 성철이와 마주친 다음 날부터 나는 본격적으로 계획에 착수했다. 오늘은 매일 야산에 오른 지 7일째 되는 날이었다.

새벽의 야산은 어둡고, 가파르고, 미끄러웠다. 몇 번을 넘어진 끝에 이제는 적응이 되었다. 나는 산 중턱에 고등어 통조림을 놓아두고 근처에 있는 나무 뒤로 몸을 숨겼다. 지금부터는 시간과의 싸움이었다. 이대로 계속 기다리다가 들개가 나타나는 순간 마취총을 쏘면 되었다. 흙바닥의 냉기가 천천히 몸을 타고 올라오는 시간, 추위에 이가 떨리는 소리가 새어 나갈까 봐 나는 이를 악물었다. 그렇게 견디고 있다 보면 불현듯 유가 떠올랐다.

복수에 집중하기 위해 지난 며칠간 유의 연락을 받지 않았다. 어젯밤에는 초인종도 울렸지만 집에 없는 척했다. 전화를 받거나 문을 열고 싶어질 때마다 나는 손목 위의 빙하를 바라보았다. 녹아내리려는 마음이 다시금 단단하게 얼어붙을 수 있도록. 아무것도 생각하지 않을 수 있도록.

그런 노력에도 불구하고 산속에서 오지 않는 들개들을 기다리다 보면 유가, 유의 얼굴이, 유의 이해할 수 없는 슬픔이 떠올랐다. 애써 생각들을 떨쳐 내리는데, 저 멀리서 작은 기척이 느껴졌다. 나는 재빨리 숨을 죽이고 소리 나는 쪽을 노려보았다. 어슴푸레한 와중에도 서서히 가까워지는 짐승의 윤곽이 보였다. 일주일의 기다림 끝에 들개 한 마리가 비로소 모습을 드러낸 것이다. 들개는 통조림 앞으로 다가가 잠깐 주위를 살피더니 이내 정신없이 먹기 시작했다. 그 모습을 지켜보는 동안 내 피가 조용히 끓었다. 흰 몸에 갈색 꼬리. 성철이와 병철이를 공격했던 두 놈 중 한 놈이었다.

확신이 든 나는 침착하게 들개를 조준했다. 정확히 녀석의 뒷다리를 맞춰야만 했다. 자칫해서 심장이나 머리를 맞히는 순간 들개는 죽을 수도 있었다. 다행히 들개는 근거리에 있었고, 주사기는 정확히 녀석의 뒷다리에 꽂혔다. 갑작스러운 통증에 놀란 들개는 뒤돌아서 자신이 왔던 쪽을 향해 내달리기 시작했다. 나 또한 이를 악문 채 들개를 뒤쫓았다. 마취총을 맞은 들개가 도망칠 수 있는 시간은 대략 5분에서 10분. 이 순간만을 위해 공터를 수백수천 바퀴 달려 왔다. 내가 뒤쫓는 것을 알아차린 들개는 더욱더 험한 길로 도망쳤다. 귓가에 칼바람이 스쳤다. 나뭇가지에 팔과 얼굴이 긁혔다. 개의치 않고 나는 계속해서 달렸다.

마지막에 들개를 놓쳤지만 주변을 미친 듯이 뒤진 끝에 나는 낙엽 더미 속 쓰러진 들개를 발견할 수 있었다. 마취된 들개는 영하의 날씨에 노출되면 목숨이 위험해져서, 나는 들개를 등에 둘러업었다. 병철이의 생사를 알아내려면 들개를 집으로 옮기는 수밖에 없었다.

그러나 들개를 업고 산에서 내려오는 것은 결코 좋은 생각이 아니었다. 집에 도착했을 때는 너무 힘든 나머지 헛구역질이 나왔다. 나는 의식이 돌아오지 않은 들개를 우선 케이지에 가두었다. 들개는 커다란 몸집에 비해 가벼웠고, 오랫동안 굶었는지 숨을 들이쉴 때마다 앙상한 갈비뼈가 드러났다. 그렇다고 해서 동정심이 들거나 하지는 않았다. 성철이와 병철이의 목덜미를 단숨에 낚아채던 모습을 떠올리면 당장 죽여도 시원치 않았다. 나는 한시도 눈을 떼지 않고 들개를 지켜보았다. 들개는 무려 두 시간이 지나 깨어났다.

들개는 나를 본 순간 낮게 으르렁거렸다. 몸을 낮추고 이를 드러낸 모습에 나도 모르게 주춤했다. 나는 다시 허리를 숙여 들개와 눈을 맞춘 다음 물었다. 네 친구는 어디 갔어? 한 마리 더 있잖아. 그러자 들개는 케이지가 흔들릴 정도로 사납게 짖어 댔다. '저리 가.'

나는 미리 준비해 둔 털 뭉치를 꺼내어 케이지 앞으로 들이밀었다. 그것은 성철이와 병철이를 빗겨 줄 때 사용하던 빗에 남아 있던 털을 모아 둔 것이었다. 성철이가 죽었다는 건 알아. 병철이를 어떻게 했어? 내가 물었다. 들개는 털 뭉치 냄새를 맡더니 다시 으르렁거리기 시작했다.

나는 들개가 보는 앞에서 주사기를 집어 들었다. 주사기에는 치사량의 마취제가 들어 있었다. 네 친구 어디 갔어? 참지 못하고 소리를 지르자, 들개도 내 눈을 피하지 않고 짖었다. '죽었어.' 나는 다시 침착하게 털 뭉치를 들이밀며 물었다. 병철이도 죽었어? 참아 보려 애썼지만 목소리가 형편없이 떨렸다. 들개는 한 번 더 짖었고, 그와 동시에 나는 케이지 문을 열어젖혔다. 들개가 방금과 똑같은 소리로 짖었던 것이다. 거짓말하지 마. 병철이는 도망친 거잖아. 내가 야산을 다 뒤졌는데도 병철이는 없었어. 나는 들개의 멱살을 움켜쥔 채 소리쳤다. 동시에 무언가 단단한 것이 만져졌다. 자세히 보니 거칠게

엉킨 털 사이로 가느다란 목줄이 파묻혀 있었다.

잠시 주춤했지만 그런 것쯤이야 모른 척하면 그만이었다. 나는 한 손으로 들개의 멱살을 쥔 채 다른 한 손으로는 들개 옆구리 가까이 주사기를 들이밀었다. 뜻밖에도 들개는 주사기를 피하지 않았다. 나를 물려 하거나 저항하지도 않았다. 들개는 멱살이 잡힌 채로 나를 가만 바라볼 뿐이었다. 그 몸에 주삿바늘을 찔러 넣어야 하는데, 정말이지 그래야 하는데, 들개와 눈이 마주치는 순간 손이 굳어 버렸다.

사실은 병철이도 죽었다는 것을 짐작하고 있었다. 짐작했기에 이렇게라도 복수하지 않으면 견딜 수가 없을 것 같았다. 그런데 정작 눈앞의 들개를 죽일 수가 없다니. 죽이지도 못하고 놓아주지도 못한 채 울면서 들개의 멱살을 잡고 있을 때였다. 별안간 우르릉거리는 소리와 함께 지진이라도 난 듯 바닥이 흔들렸다. 정신 차려 보니 집 한가운데에 주먹만 한 구멍이 뚫려 있었다. 당황한 내가 들개의 멱살을 놓고 구멍 안을 들여다보자 그곳은 놀랍게도, 알래스카였다.

눈 내린 알래스카 한가운데서 유는 미라처럼 누워 있었다. 천장이 무너져 내리면서 흰 시멘트 가루가 유의 집 안을 온통 뒤덮은 것이다. 어떻게 된 거야? 내가 구멍을 통해 유에게 소리쳤다. 남자 친구랑 헤어졌어. 유가 대답했다. 기다려, 갈게. 나는 그렇게 말한 다음 눈앞의 들개를 바라보았다. 극도로 흥분했던 나머지 숨을 고르는 데 시간이 걸렸다. 들개는 언제든 자기를 죽여도 좋다는 듯한 태도로 한쪽 구석에 엎드려 있었다. 그런 들개를 바라보다가 눈이 마주쳤다. 들개도 나도 눈을 피하지 않고 한참 서로를 바라보았다. 나는 길게 한숨을 쉬었다. 뜻대로 되는 것이 하나도 없었다.

들개를 집에 두고 유에게 가도 괜찮을까. 잠시 고민하다가 나는 들개를 데리고 가기로 했다. 들개의 목줄에 노끈을 연결하자 임시 목줄이 만들어졌다. 목줄을 만드는 동안 들개는 가만히 있었고, 완성된 목줄을 잡아끌자 의외로 순순히 몸을 움직였다. 비상계단을 통해 들개와 함께 아래층으로 내려가자 새하얀 가루로 뒤덮인 유가 문을 열어 주었다. 개를 키웠어? 유가 들개를 내려다보며 물었다. 내 개 아니고 들개야. 내가 대답했다.

나는 유를 소파에 앉힌 다음 무슨 일인지 물었다. 유는 남자 친구를 미행하다가 들켰다고 대답했다. 지난주 내내 유는 수면제를 먹어도 잠이 오지 않았다. 남자 친구와의 연락 주기가 점점 길어졌고, 그럴수록 유는 불안을 참기가 힘들었다. 하루는 무작정 남자 친구 집 앞을 찾아갔는데, 남자 친구가 그의 또 다른 애인과 함께 있는 모습을 보고는 자신도 모르게 뒤를 쫓았다고 했다. 어쩌다 들킨 거야? 얘기를 듣던 중 내가 물었다. 운전하다가 실수로 뒤에서 받아 버렸어. 유는 그 자리에서 이별을 통보받았고, 집으로 돌아와 전처럼 천장만 바라보기 시작했다. 그러다가, 그러다가.

유는 구멍이 뚫리는 걸 알면서도 멈출 수가 없었다고 했다. 나는 괜찮다고 대답하며 유의 머리와 어깨에 쌓인 시멘트 가루를 털어 주었다. 너랑 얘기하고 싶었는데 연락이 안 되더라. 미안해. 일이 좀 있었어. 그래 보이네. 유가 들개를 보며 말했다. 들개는 이제 유의 집 바닥에 엎드려 누워 있었다. 네 개한테서 냄새나. 내 개 아니라니까.

우리는 소파에 나란히 앉아 구멍 뚫린 천장을 올려다보았다. 구멍 너머로 익숙한 식탁 다리가 보였다. 저 주 인형 말이야, 하고 유가 입을 열었다. 생각해 봤는데 효과가 있었던 것 같아. 남자 친구가 없어졌으니까 남자 친구의 애인도 없어진 거지. 유는 말하면서 가루 때문에 연신 기침을 해 댔다. 나중에는 말보다 기침이 더 많이 나왔지만 둘 다 집을 청소할 생각은 하지 않았다. 온통 새하얗게 뒤덮인 집 안, 2인용 소파에 유와 꼭 들어맞게 앉아 있자, 나는 어쩐지 우리가 알래스카 설산의 조난자들처럼 느껴졌다. 나는 유의 어깨에 머리를 기댔다.

그동안의 일을 유에게 털어놓을까, 당장이라도 들개를 내쫓을까, 고민하고 있는데 천둥소리와 함께 천장이 한 번 더 무너져 내렸다. 놀란 들개는 벌떡 일어나서 주변을 돌아다니다가 천장이 잠잠해지자 구석으로 가서 웅크렸다. 눈처럼 하얗게 덮인 바닥에 엎드린 들개는 썰매견 같아 보였고, 시멘트 가루로 뒤덮인 트리는 언뜻 보기에 작은 빙하 같았다. 개도, 고양이도, 인간도 저마다의 생각에 잠긴 고요한 밤. 나는 모든 일을 미뤄 둔 채 공중에 부유하는 흰 가루들을 바라보며 오늘 밤에야말로 6미터의 눈이 내리겠구나, 생각했다.

커튼콜, 연장전, 라스트 팡

마지막으로 사람들에게 남기고 싶은 말이 있다면 급할수록 돌아가라는 것이다. 급하게 음식을 먹으면 체하고, 급하게 챙긴 짐에는 무언가 빠져 있기 마련이고, 급하게 죽어 버리면 제대로 죽지도 못하니까. 농담처럼 들리겠지만 사실이다. 어제 새벽 나는 급하게 죽어 버리는 바람에 이승을 떠돌게 되었다.

*

비가 심상치 않게 내리던 새벽, 담배를 사러 편의점에 가는 길이었다. 집에서 가까운 거리라고 생각해 왔지만 어제 같은 날이라면 얘기가 달랐다. 폭우로 순식간에 옷이 젖었고 빗길에 자꾸만 슬리퍼가 벗겨졌다. 슬리퍼를 고쳐 신으려던 순간, 눈앞이 번쩍하더니 상상도 못한 고통이 뒤통수로 전해졌다. 환하게 불 밝힌 편의점을 코앞에 두고 나는 바닥에 쓰러졌다.

정신 차렸을 때는 사방이 새하얬다. 멍하니 서 있던 중 누군가 발밑에서 인사를 건넸다. 안녕하십니까. 깜짝 놀라 내려다보니 회색 비둘기 한 마리가 있었다. 당신은 어제 새벽 1시 50분경 사망했습니다. 비둘기는 엄숙한 투로 말했다. 사인은 두부 손상. 폭우와 강풍으로 인해 떨어진 중국집 간판에 머리를 맞아 사망했습니다. 아, 그 중국집. 나는 천천히 기억을 되짚어 보았다. 어쩐지 나는 그 중국집이 처음부터 마음에 들지 않았다. 가게 밖에 쌓아 놓은 양파 더미를 쥐가 갉아먹는 모습을 본 뒤로 한 번도 발을 들이지 않은 곳이었다.

그럼 저는 유령인가요? 내가 물었다. 유감스럽게도 그렇습니다. 비둘기가 대답했다. 일반적으로는 사망과 동시에 이승을 벗어나지만, 급사한 경우에 한해서는 이승에서의 마지막 시간이 제공된다고 비둘기는 설명했다. 자신의 죽음을 받아들이지 못한 나머지 이승을 떠나길 거부하는 유령들 때문에 만들어진 규칙이라고 했다.

지금으로부터 24시간이 지나면 배꼽에 버튼이 생깁니다. 그것을 3초 이상 누르면 언제든지 이승에서 사라질 수 있습니다. 100시간이 지나면 버튼을 누르지 않더라도 자동으로 사라지니, 마음의 준비가 되셨을 때 누르는 것이 가장 좋습니다. 사랑하는 사람들에게 마지막으로 인사하시거나 평소 꿈꿔 왔던 일을 해 보세요. 설명을 마친 비둘기는 나에게 질문이 있는지 물었다.

여기는 천국인가요? 아닙니다. 사람 말은 언제 배우셨어요? 비둘기는 전서구로 일하다가 통신 발달로 인해 실직했었으나, 소식을 전한다는 특성을 살려 저승사자가 되었다고 했다. 인간과 대화할 수 있는 능력은 그때 생겼습니다. 비둘기가 대답했다. 나는 이 와중에도 재취업에 성공한 비둘기가 대단하다고 생각했다. 내가 살면서 한 번도 해내지 못한 일을 비둘기는 두 번씩이나 해낸 것이었다.

생각에 잠긴 나를 보고는 비둘기가 다시 입을 열었다. 쉽게 말씀드리자면 급사한 분들을 위해 제공되는 사후 서비스입니다. 남은 시간을 확인하고 싶을 때는 왼쪽 손목을 보세요. 그 말을 듣고 왼쪽 손목을 내려다보자 숫자 100이 쓰여 있었다. 시간이 줄어들수록 점점 투명해지다가 마지막에는 파바밧, 사라지실 겁니다.

사라진 다음에는 어디로 가나요? 죄송하지만 그것에 대해서는 저도 아는 바가 없습니다. 비둘기가 대답했다. 나는 잠시 망설이다가 말했다. 그런데요, 지금 해 주신 설명 전부 이해가 가고, 듣다 보니 제가 죽었다는 것도 충분히 납득이 되는데요, 지금 바로 사라지면 안 될까요. 비둘기는 고개를 내저으며 최소 24시간은 남아 있는 것이 규칙이라고 했다. 나는 대답 대신 짧게 한숨을 쉬었다.

어느 장소에서 100시간을 시작하시겠습니까? 나는 딱히 가고 싶은 곳이 없다고 대답했다. 정하기 곤란하시다면 죽기 직전 계셨던 자리로 돌아가게 됩니다. 비둘기의 말에 나는 의욕 없이 고개를 끄덕였다.

주변이 서서히 어두워져 고개를 들자 비둘기는 사라져 있었고, 나는 좁은 골목길로 되돌아와 있었다. 무섭게 쏟아지던 비는 그친 뒤였다. 죽은 지 24시간이 지났다고 했으니까 지금은 다음 날 새벽 1시 50분이겠구나. 손목을 내려다보자 남은 시간이 99:59로 바뀌어 있었다. 나는 바닥에 쪼그려 앉아 내가 죽었던 자리를 살펴보았다. 내 시체를 발견한 사람은 누구였을까?

가로등 불빛 아래서 내 흔적을 찾아보려 애썼지만 검은색 아스팔트 위에는 아무것도 없었다. 잠시 뒤 내가 죽었던 자리 위로 오토바이 한 대가 지나갔다. 나는 오토바이가 골목 모퉁이를 돌아 사라질 때까지 지켜보았다. 빠르구나, 빨라. 서울에서 내 죽음이 잊히는 속도는 한밤중의 배달 오토바이만큼이나 빠르다. 하기야 서울은 사람이 아쉽지 않은 도시, 사람 하나쯤은 티 나지 않는 도시이니까. 같은 이유로 나는 서울을 좋아하기도 했다.

*

    일이 이렇게 되는 바람에 나는 유령인 채로 이승을 떠돌게 되었다. 언젠가 담배로 인해 죽을 거라고 생각해 본 적은 있었지만, 그게 이런 식일 줄이야. 사람 일은 역시 알 수가 없고 그것은 죽고 나서도 마찬가지이다. 나에게는 기묘하기 짝이 없는 하루가 주어진 셈이었다. 공연으로 치면 커튼콜, 야구로 치면 연장전, 게임으로 치면 라스트 팡이라고나 할까.

    100시간을 채울 생각은 애초부터 없었다. 24시간이 지나서 버튼이 생기면 곧바로 눌러 버릴 작정이었다. 문제는 그 시간조차도 어떻게 보낼지 막막하다는 것이었다. 나는 집으로 갈까, 하다가 쓰레기장이나 다름없는 방을 떠올리고는 고개를 내저었다. 이대로 아침까지 기다렸다가 중국집 사장 뒤통수를 한 대 때려 줄까도 생각해 봤지만 됐다. 됐어.

    어두운 밤거리를 걸으며 나는 죽기 적당한 곳을 생각해 보았다. 아니, 죽기는 이미 죽었으니까 완전히 사라지기 적당한 곳이 어디일까. 첫 번째로 떠오른 후보지는 5성급 호텔의 스위트룸이었다. 그러나 아무리 5성급 호텔이라도 종일 방에 갇혀 있는 데는 진력이 난 상태였다. 두 번째 후보지는 바닷가. 한적한 해변에 누워 있다가 사라지는 것도 좋을 듯했지만, 지금은 휴가철이어서 사람이 너무 많았다. 마지막으로 떠오른 후보지는 63빌 딩이었다. 아직도 좋은 곳이라고 하면 63빌딩이 떠올랐 다. 한때 온 국민의 자랑이었던 거대한 골드바. 하지만 이제는 애매하고 시시해졌다는 점에서 나와 일맥상통했 다. 그런 생각을 하자 63빌딩도 가고 싶지 않았다.

한때는 내가 나의 자랑이었다. 수많은 아르바이트로 나를 먹여 살려 왔고, 오랜 시간이 걸렸지만 대학도 졸 업했으니까. 그러나 지난 2년간 취업에 실패하면서 내 세계는 점점 좁아졌다. 좁아진 땅에 애인과 친구들이 서 있을 자리는 없었다. 나는 제대로 된 인사조차 없이 그들을 떠나보냈다. 안정된 주거가 사라졌고 균형 잡힌 식단이 사라졌다. 사라지는 것조차도 갈수록 보잘것없 어져서 나중에는 머리숱과 규칙적인 생리 주기, 주말 아 침마다 보던 영화와 응원하던 야구팀이 사라졌다.

마지막에는 지원서도 사라졌다. 어느 날부터인가 나 는 지원서 대신에 유서를 쓰기 시작했다. 내가 죽던 날 밤에도 나는 유서를 쓰고 있었다. 그런 다음 한 뼘짜리 창밖으로 비 내리는 것을 구경했고, 옆방 소음에 귀를 기울였고, 담배를 사러 나간 길에는 떨어진 간판에 머 리를 맞아 죽었지. 누군가 내 노트북을 열어 본다면 지 원서 파일에 담긴 수백 장의 유서를 발견할 수 있을 것 이다.

한참을 걷다가 도착한 곳은 예전에 단골이었던 동네 카페였다. 사라지기 적당한 곳은 아니었지만 떠오르는 데가 여기뿐이었다. 카페 문이 잠겨 있어서 일단 테라스 의자에 앉았다. 맞은편의 빽빽한 건물들 사이로 커다란 전광판 하나가 빛나고 있었다. 새벽에도 전광판에서는 여러 광고들이 나왔다. 탄산음료, 명품 가방, 곧 개봉할 영화…… 등등 나와는 무관해진 것들이 빠른 속도로 흘러갔다. 괴생물체가 등장하는 영화는 일주일 뒤에 개봉된다고 하는데, 그때쯤이면 나는 이곳에 없다. 그러자 내가 죽었다는 사실이 새삼 실감 났다.

적어도 하루를 보내야 한다는 규칙은 이래서 생긴 거구나. 어쩐지 쓸쓸한 기분이 들어 의자에 몸을 기댔다. 지금쯤이면 내 장례식이 진행되고 있을까? 가족들에게는 연락이 갔을까? 오래전에 연을 끊어서 번호가 없을 텐데.

복잡한 일은 산 사람들에게 미뤄 둔 채 나는 테라스에 앉아 해가 뜨기만을 기다렸고, 마침내 해가 떴을 때는 놀라서 까무러칠 뻔했다. 밝은 햇빛 아래서 본 내 몸은 무채색이었다. 죽음과 동시에 몸에 있던 색들이 전부 빠져나간 듯했다. 살갗에 비치던 핏줄도, 손가락에 있던 지문도 더는 보이지 않았다. 죽긴 죽었나 봐. 나는 혼자서 중얼거렸다.

얼마 지나지 않아 카페 주인이 도착했다. 나는 주인

을 따라서 카페 안으로 들어가, 그가 테이블을 닦고 커피 내리는 모습을 구경했다. 내 기억 속의 그는 친절한 사람이었다. 한가한 시간에는 카운터에 앉아 조용히 책을 읽던 사람. 그가 내린 커피를 마실 수 없다는 사실이 아쉬웠다.

그래도 오랜만에 찾은 카페는 여전히 좋았고, 사람들 눈에 보이지 않는 덕에 마음 놓고 사람 구경을 할 수도 있었다. 나는 라디오를 듣듯 카페 사람들의 대화를 엿들었다. 그러다 보면 보이지 않는 것들이 보이기도 했다. 사랑이나 적의, 죽음 충동 같은 사람의 감정들이. 내가 죽은 뒤에도 사람들은 여전히 사랑에 빠지고 있었고, 누군가를 미워했으며, 때때로 죽고 싶어 했다. 그런 마음들은 어째서 지치지도 않고 계속 이어지는 걸까. 그것을 생각하자 그만 아득해져 이미 죽었는데도 또 한번 죽고 싶었다.

오후에는 공연 티케팅에 실패한 여자애 두 명이 내 옆자리에 앉았다. 둘은 오늘 저녁에 있을 콜드플레이 내한 공연에 대해 얘기했다. 기회가 다시 오겠지? 단발머리가 물었다. 아니. 긴 머리가 대답했다. 죽기 전에는 볼 수 있지 않을까? 아니. 지금이라도 암표를 구해 볼까? 100만 원이라던데. 그 말에 단발머리는 기운이 빠졌는지 테이블 위로 엎드렸다. 그러고는 티케팅에 실패한 원인, 티케팅에 성공했더라면, 티케팅 성공 비결 등에 대해 끊임없이 이야기했다.

　나는 음악에 별 관심이 없었고 공연장은 가 본 적도 없었지만, 그들이 실패와 성공, 단 한 번뿐인 기회와 같은 말을 하는 것이 자꾸만 귀에 들려왔다. 그렇게 대단한 공연장에 가면 무언가를 해낸 듯한 기분이 들까? 카페에 앉아 있는 것도 슬슬 지겨워지던 참에, 나는 자리에서 일어났다.

*

　공연장까지는 지하철을 타고 가기로 했다. 유령이 되면 하늘을 날아다닌다거나 벽도 통과할 수 있을 줄 알았는데, 그런 멋진 일은 전혀 일어나지 않았다. 대신 비어 있는 노약자석에 앉을 수 있었다. 가는 동안 콜드플레이 이름이 간간이 들려왔고, 열차가 종합운동장역에 도착하자 대부분의 승객들이 내렸다.

　사람들에게 치이면서 출구로 가던 중이었다. 어디선가 도와달라고 외치는 소리가 들렸다. 통로를 걸을수록 소리는 점점 더 크게 들렸지만 주변 사람 중 누구도 반응하지 않았다. 사람들에게는 이 소리가 들리지 않는 건가? 나는 주위를 둘러보다가 소리 나는 곳을 찾아냈다. 소리는 지하철 통로 끝에 있는 창고에서 나고 있었다. 창고 안을 들여다보자 청소용품들만 쌓여 있을 뿐 아무도 없었다. 돌아 나가려던 찰나, 여자 목소리가 다시 들려왔다. 거기 누구야? 내 말 들려? 소리 나는 쪽을 바라보니 고장이라고 쪽지를 써 붙인 대형 청소기가 있었다.

이번에는 말하는 청소기구나. 나도 모르게 중얼거린 말에 대답이 돌아왔다. 말하는 청소기가 아니고 청소기 안에 갇힌 거야. 당황한 내가 유령이냐고 묻자 그렇다는 대답이 돌아왔다. 대체 어쩌다 그 안에 들어간 거야? 내가 물었다. 유령은 어제저녁 역사 안을 걷다가 청소부와 마주쳤다고 했다. 별생각 없이 지나가려던 찰나 청소부는 유령 쪽으로 청소기를 들이밀었고, 엄청난 흡입력에 의해 유령은 청소기 안으로 쏙 빨려 들어갔다. 동시에 유령을 빨아들인 청소기는 작동을 멈췄다고 했다.

나는 유령을 꺼내 주려고 시도해 보았으나, 거대한 원통형의 청소기는 꿈쩍도 하지 않았다. 안간힘을 써 보다가 나는 청소기 옆에 주저앉았다. 안 열려. 내가 말했다. 그런 것 같네. 청소기가 대답했다. 그 안에서 아프지는 않아? 응. 청소기는 다만 정체불명의 휴지 조각들과 껌 종이, 머리카락 뭉치와 엉켜 있는 것이 참기 힘들다고 했다.

엊저녁에는 다른 유령이 왔었는데 시간 없다면서 그냥 가더라고. 청소기가 말했다. 남을 위해 쓰기에는 100시간이 짧잖아. 내가 대답했다. 청소기는 그건 그러네, 하더니 나에게 공연 보러 가는 길이냐고 물었다. 어떻게 알았어? 그게 아니면 유령들이 왜 이곳으로 모여들겠어. 나는 약간은 김이 샌 채, 사람들은 죽어서도 생각하는 일이 다 거기서 거기인가 봐, 하고 대답했다.

그러자 청소기는 자신에게는 콜드플레이를 보는 것보다 훨씬 더 중요한 일이 있다고 했다. 나는 무대에 서 보고 싶었어. 7년 동안 아이돌 연습생이었는데 데뷔도 못 하고 죽었거든. 그 말을 듣자 어떻게 해서든 유령을 꺼내 주고 싶었다. 나는 다시 자리에서 일어나 청소기를 열어 보려고 했지만 이번에도 실패했다.

됐어, 이제 공연 보러 가. 청소기가 말했다. 너는 어떻게 할 생각인데? 정 안 되겠으면 사라지면 되지. 청소기는 덤덤하게 대답했다. 나는 잠시 고민했다. 공연을 못 보는 건 크게 상관없었지만, 남은 시간을 창고에서 보내고 싶지는 않았다. 공연이 끝나면 다시 올게. 나는 청소기에게 약속했다. 나 대신 무대에 서 줘. 청소기가 말했다. 나는 노력해 보겠다고 대답한 뒤 창고 밖으로 나왔다. 손목을 확인해 보자 남은 시간은 85시간. 24시간이 지나려면 아직 9시간이 남아 있었다.

도착한 공연장은 사람들로 가득했다. 나는 긴 줄을 지나쳐 곧장 2층으로 올라간 다음, 난간에 기대서 사람들을 구경했다. 무언가를 해낸 듯한 기분은 들지 않았

다. 거대한 경기장이 사람들로 채워지는 모습을 보고 있
자니 오히려 현실감이 사라졌다. 이 많은 사람들이 전
부 어디에서 온 걸까. 무대에 설치된 거대한 스크린 위
로는 카운트다운이 시작되고 있었다.

스크린 속 숫자가 0이 되자 무대 조명이 켜지고 콜드
플레이가 등장했다. 함성과 함께 응원 불빛이 물결처럼
흔들렸고, 관객들의 머리 위로 종이 눈이 쏟아졌다. 흥
분한 사람들 속에서 나는 가만히 눈을 맞고 서 있었다.
공연이 시작되었지만 내 안에서는 아무 일도 일어나지
않았다. 들뜨거나 흥분되지 않았고, 더 나아가 아무런
감흥이 없었다. 눈앞의 무대를 보고 있으면서도 아주
먼 곳에서 일어나는 일을 보는 듯한 기분이 들었다.

다만 온갖 색의 조명으로 물드는 무대와 관객들을 바
라보다가 한 가지 사실을 깨달았다. 나는 팔을 천천히
앞으로 뻗어 보았다. 조명에서 나오는 붉은 빛은 내 팔
에 닿는 순간 사라졌다. 다른 조명들 또한 마찬가지였
다. 어떠한 색의 조명이 닿아도 내 팔은 변함없이 어둠,
새까만 어둠이었다. 나는 어두운 팔을 바라보다가, 화려
한 빛으로 물든 무대와 관객들을 바라보다가, 첫 곡이
끝나기 전에 공연장에서 빠져나왔다.

기껏 찾아간 곳은 다시 지하철역이었다. 청소기에게
가려고 했는데 창고 문이 닫혀 있어서 들어갈 수가 없었
다. 나는 통로 벤치에 앉아 한 시간이 넘도록 기다리다

가, 청소부가 창고 문을 여는 틈을 타서 안으로 들어갔다. 창고는 캄캄해서 색이 잘 구분되지 않았고, 나는 그제야 마음이 놓였다.

청소부가 나가고 나서 청소기를 노크하듯 두 번 두드렸다. 누구세요. 청소기는 놀란 목소리로 물었다. 나야, 다시 오겠다고 했잖아. 당연히 빈말인 줄 알았지. 공연이 벌써 끝났어? 응. 나는 거짓말을 했다. 어땠어? 그냥 그랬어. 시끄럽고 화려하고. 청소기는 내가 얼버무리려 하는 것을 눈치채고는 물었다. 너 공연 안 봤지? 나는 봤다고 대답했다가, 이내 첫 곡 중간에 나왔다고 털어놓았다.

왜 그랬어? 그냥 기분이 이상했어. 거기서는 아무 생각도 말았어야지. 나는 대답하지 않고 공기 중에 떠다니는 먼지만 바라보았다. 청소기 말이 맞다. 공연장에서는 아무 생각도 말았어야 했다. 나는 그곳에서 사람들이 살아 있는 것이, 그것도 지나치게 살아 있는 것이 무서웠고, 내가 죽었다는 사실이 처음으로 무서웠다. 버튼이 있었다면 그 자리에서 눌러 버렸을 것이다. 잠깐의 정적이 흐르고 나서 청소기가 입을 열었다. 다음번에 문이 열리면 여기에서 떠나. 사실은 나 몇 시간 안 남았어. 나는 그러겠다고 대답했다.

작은 창고 안에서 알 수 없는 밤이 지나가고 있었다. 롤러코스터를 타는 것처럼 마음이 끝없이 오르내렸다.

후련하다가도 쓸쓸했고, 불안하다가도 안심이 되었다. 이럴 때는 역시 아무런 생각도 하지 않는 것이 좋겠지. 나는 청소기에 몸을 기대어 앉았다. 잠시 뒤 청소기는 나에게 다시 와 줘서 고맙다고 말했다.

*

청소기는 소속사에서 15킬로그램을 빼야 데뷔시켜 준다고 해서 죽어라고 살을 빼다가 죽었다. 죽은 청소기는 회사로 찾아가 노래 부르는 연습생 입을 손으로 틀어막았고, 춤추는 연습생 발목을 붙잡고 늘어졌다. 살을 빼라고 말했던 사장 얼굴에는 주먹을 날렸다. 정작 그들은 눈 하나 깜짝하지 않았지만 청소기는 이틀 내내 최선을 다해서 그들을 괴롭혔다. 처음부터 그렇게까지 할 생각은 아니었는데, 하고 청소기가 말했다. 내 장례식이 끝나기도 전에 안무를 새로 짜잖아. 5인 대형에서 4인 대형으로. 나는 괴롭히길 잘했다고 말해 주었다.

넌 살아 있을 때 무슨 일 했어? 청소기가 나에게 물었다. 그 순간 나는 내가 회사원이었다고 대답했다. 왜 그런 말이 나왔는지 나조차도 알 수 없었다. 어떻게 죽었느냐는 두 번째 질문에도 과로사로 죽었다고 거짓말을 했다. 남 좋은 일을 뭐 하러 그렇게 열심히 해 줬어. 청소기가 말했다. 그러게.

이틀째 갇혀 있는데 답답하지는 않아? 나는 말을 돌렸다. 괜찮아. 나는 상상을 잘하니까. 청소기가 대답했다. 무슨 상상을 하는데? 무대에 서는 상상. 전에 소속사에서 이미지 트레이닝을 받았었거든. 청소기는 무대의 분위기, 마이크를 쥐는 손 모양, 흘러내리는 땀방울 하나까지도 구체적으로 상상한다고 했다. 하도 오랫동안 하다 보니 나중에는 눈만 감아도 무대에 설 수 있게 되어서, 청소기 안에서 버티는 데도 도움이 되었다고 했다.

왜 버티는 건데? 이제 공연도 다 끝났잖아. 나는 결국 참지 못하고 물었다. 사실은 청소기를 처음 만났을 때부터 묻고 싶었다. 어차피 사라질 텐데 왜 그렇게까지 열심인 건지. 그렇게 버티어서 얻을 수 있는 게 대체 무엇인지. 청소기는 한동안 대답하지 않다가, 자신의 손으로 버튼을 누를 수가 없다고 말했다. 가수가 되려고 지금까지 노력했는데, 버튼을 누르면 그게 다 무효가 될 거 아니야.

그러자 나는 아무 말도 할 수 없었다. 그런 마음은 대체 어떤 마음일까. 끝까지 버티면서까지 지켜 내고 싶은 것이 있는 마음은. 청소기는 내가 자신을 한심하게 보더라도 이해한다고 했다. 그런 게 아니라고, 오히려 네가 부럽다고 말하자 청소기는 내가 부럽다고 했다. 어떤 점이 부러운데? 회사원이면 월급 받았을 거 아니야. 나는 평생 한 푼도 못 벌었거든. 그 말을 듣자 웃음이 나왔다.

뭐가 웃긴 거야? 청소기가 물었고, 나는 내가 한심해서 웃는다고 대답했다. 웃는 도중에 배가 간질간질해서 만져 보니 동그랗고 단단한 버튼이 손에 잡혔다. 내가 갑자기 조용해지자 청소기는 무슨 일이냐고 물었다. 아무것도 아니야. 나는 버튼이 생겼다는 사실을 청소기에게 말하지 않을 생각이었다. 몇 시간 더 남아 있는 것도 나쁘지 않을 듯했다.

막차 시간도 지난 고요한 밤, 청소기는 노래를 흥얼거렸다. 음음, 음음음. 무슨 노래야? 내가 물었다. 죽지 않고 살을 빼는 데 성공했다면 내 데뷔곡이 되었을 노래. 청소기가 대답했다. 가사는 없어? 아직 없어. 네가 가사를 붙이면 되잖아, 라고 말하려다가 그만두었다. 지금 이대로가 좋았다.

음음, 음음음. 속으로 노래를 따라 부르고 있는데 희끄무레한 사람 형상이 불쑥 눈앞에 나타났다. 누구세요! 내가 소리쳤다. 주변이 어두워서 그것의 성별조차 알 수가 없었다. 누가 들어왔어? 문 열리는 소리 못 들었는데? 청소기도 놀란 목소리로 물었다. 설마 해서 와 봤는데 정말 유령이시군요. 희끄무레한 것에게서 나이 든 남자 목소리가 흘러나왔다. 안심하세요. 저도 두 분처럼 며칠 전에 죽었습니다.

문이 닫혀 있는데 어떻게 들어오셨어요? 나는 여전

히 경계하며 물었다. 시간이 지날수록 몸이 희미해지더니 공기처럼 가벼워졌어요. 99시간이 지나자 문이나 벽을 통과하는 것도 가능해졌습니다. 남자가 대답했다. 그럼 청소기 안으로 들어갈 수도 있나요? 이 청소기 안에 유령이 갇혀 있거든요. 나는 혹시나 해서 물었다. 남자는 한 번 시도해 보겠다면서 청소기 앞으로 다가갔다.

뭐가 어떻게 되고 있는 거야? 청소기가 안에서 소리쳤다. 지금부터 제 손을 잡고 나오시면 됩니다. 남자는 그렇게 말한 다음 청소기를 향해 손을 뻗었다. 벽도 통과할 수 있다는 남자의 말은 사실이었는지, 남자의 손이 청소기 안으로 사라졌다. 잠시 뒤 남자는 힘주어 청소기를 끌어당기기 시작했다. 나 역시 남자의 허리를 붙잡아 당겼다. 줄다리기하듯 한참을 당기다 보니 유령이 조금씩, 조금씩 끌려나오는 듯했다. 시간이 얼마나 흘렀을까. 긴 호스를 지나 청소기 흡입구로 희끄무레한 반죽 같은 것이 쑥, 하고 빠져나왔다. 남자와 나는 기진맥진한 채로 바닥에 주저앉아 그것이 사람의 형상을 갖추기까지 기다렸다.

얼마 지나지 않아 나는 야위고 앳된 얼굴의 여자를 마주할 수 있었다. 고맙습니다. 쓰레기에 파묻힌 채로 죽고 싶지는 않았거든요. 청소기에서 나온 여자가 손으로 몸을 툭툭 털어 내며 말했다. 저희가 여기 있다는 걸 어떻게 아셨어요? 내가 물었다. 새벽 4시에 지하철 창고에서 노래 부르는 게 산 사람일 것 같지는 않았어요. 남자가 대답했다. 알고 보니 그는 생전에 이곳의 역무원이었다. 남자는 첫차가 들어오는 순간을 보고 싶어서 역에 왔다가 노랫소리를 들었다고 했다.

첫차를 보기 위해서라도 우리는 밖으로 나가야만 했다. 문제는 여자와 내가 철문을 통과하는 일이 불가능했다는 것이다. 여자는 손목을 확인해 보더니 자신에게 세 시간 반이 남아 있다고 했다. 겨우 청소기에서 나왔더니 이번에는 창고네요. 여자가 말했다. 곧 있으면 야간 청소가 끝날 시간이에요. 그때 다 같이 나갑시다. 역무원이 말했다.

그러다 첫차를 놓치시면 어떡해요? 내가 묻자 그는 역무원으로서의 소임을 다하고 싶다고 대답했다. 두 분은 제게 역 이용객들이기도 하니까요. 무임승차자도 이용객으로 쳐 줘요? 그럼요. 결국 우리는 셋 다 바닥에 앉아 문이 열릴 때까지 기다리기로 했다. 그런데 아까 부르고 있던 노래가 뭐였어요? 처음 들어 보는 노래였는데. 역무원이 물었다. 내가 대답하려는 순간 여자가 말했다. 그냥 아무렇게나 부른 거예요.

10분 뒤에 청소부 두 명이 창고 안으로 들어왔다. 그들이 청소 카트를 정리하는 사이 우리는 그곳에서 빠져나왔다. 다행히 첫차는 아직 도착하기 전이었다. 같이 있어 드릴까요? 여자가 역무원에게 물었다. 역무원은 잠깐 망설이더니 그렇게 해 주시면 고맙겠다고 대답했다. 여자는 나에게도 같이 가겠느냐고 물었고, 나는 그러겠다고 했다.

우리는 2호선 플랫폼으로 가서 벤치에 나란히 앉았다. 고맙습니다. 실은 혼자 있기 무서웠거든요. 가운데 앉은 역무원이 긴장한 듯 몸을 살짝 웅크리며 말했다. 첫차를 보고 싶은 이유가 따로 있으세요? 여자가 물었다. 용기가 필요해서요. 역무원이 대답했다. 그는 생전에도 마음이 무너질 때면 첫차를 보는 습관이 있었다고 했다. 조용하던 플랫폼에 약속처럼, 마법처럼, 때로는 기적처럼 첫차가 들어서는 모습을 보면 없던 용기가 생겨났다고.

사라질 때 많이 아플까요? 역무원이 앞을 바라보며 물었다. 아프지 않을 거예요. 내가 대답했다. 역무원은 천천히 고개를 끄덕였다. 잠시 뒤 열차가 들어오고 있다는 안내 방송과 함께 익숙한 멜로디가 흘러나왔다. 전조등이 켜진 첫차가 들어오고, 수십 개의 출입문이 활짝 열리는 순간, 역무원은 작은 불꽃이 되어 사라졌다. 불꽃이 타면서 파바밧, 하는 소리가 작게 들렸다.

비둘기가 파바밧, 사라진다고 했던 말은 그냥 하는 말이 아니었구나. 역무원이 사라지고 나서도 우리는 한동안 말없이 앉아 있었다. 어쩌면 우리에게 다음 같은 것은 없고 이것이 끝이자 전부가 아닐까, 하는 생각과 불꽃이 예쁘다는 시답지 않은 생각이 동시에 들었다.

넌 이름이 뭐야? 침묵을 깨고 내가 물었을 때 여자는 헛웃음을 지었다. 이제 와서? 여자는 머뭇거리다가 이랑이라고 대답했다. 이름 예쁘다. 진짜 이름이 아니니까. 데뷔하면 쓰려고 했던 예명이야. 나는 이랑에게 바깥에 나왔으니 하고 싶었던 것을 하라고 말했다. 그러자 이랑은 고개를 저었다. 이제 와서 뭘 해. 말하면서 이랑은 자신의 몸을 내려다보았다. 시간이 얼마 남지 않은 이랑은 역무원과 다를 바 없이 희미해져 있었다. 이랑이 그런 말을 하는 것도 이해하지만, 그렇지만.

이랑의 말을 듣자 나도 모르게 마음이 다급해졌다. 이랑은 죽고 나서도 무대에 서려고 했던 사람이었다. 자신을 힘들게 한 사람들에게는 주먹도 날릴 줄 아는 사람이었다. 이랑이 그런 마음을 잃어서는 안 되었다. 그런 마음을 잃는 것이 때로는 죽는 것보다 나쁘다는 사실은 내가 잘 알았다. 이랑을 생각하는 사이 두 번째 열차가 플랫폼으로 들어섰다. 열차에서 사람들이 내리고 올라타는 모습을 지켜보던 중 좋은 생각이 떠올랐다. 듣는 사람도 없는데 나는 이랑의 귀에 대고 방금 한 생각을 말해 주었다. 얘기를 듣고 나서 이랑은 크게 웃었다. 이랑은 좋은 생각이라고 했다.

우리는 다음 열차에 올라타서 네 정거장을 지나 강

남역에서 내렸다. 역사 밖으로 올라오자 햇빛이 환해 어지러웠지만 기분이 좋았다. 이른 시간에도 거리에는 사람들이 있었다. 피곤한 얼굴로 도시를 걷는 사람들 사이를 이랑과 나는 웃으면서 지나쳤다. 지나치게 맑은 하늘, 시치미를 떼는 비둘기들, 이랑과 내 몸처럼 칙칙한 색깔의 건물들까지, 모든 것이 우스웠다.

횡단보도를 건너면서 이랑은 내 손을 잡았다. 세게 쥐면 흩어질 것만 같으면서도 따뜻한 이랑의 손. 이랑과 손을 잡자 나는 아무것도 무섭지 않았다. 그래서 이랑에게 사실을 털어놓았다. 사실은 나 회사원도 아니고 과로사한 것도 아니야. 편의점에 담배 사러 가다가 떨어진 간판에 머리 맞고 죽었어. 그러자 이랑은 웃으면서, 그렇게 죽은 편이 훨씬 낫다고 말해 주었다. 죽을 때 많이 아팠어? 이랑의 물음에 나는 어깨를 으쓱했다. 기억이 잘 안 나.

걷는 동안에도 이랑은 조금씩 더 환하고 가벼워졌다. 공기처럼, 바람처럼. 나중에 이랑은 내 손을 잡고서도 둥둥 떠다니듯 걸었다. 출근 시간이 가까워질수록 사람들이 많아지자 우리는 그들을 피해 뛰어다녔다. 아무리 뛰어도 숨이 차지 않았고, 달리는 와중에 나는 스쳐 지나가는 거리를 눈에 담았다. 안녕, 지긋지긋했던 서울. 안녕, 지저분한 간판들. 안녕, 정류장 벤치에 버려진 일회용 플라스틱 컵들. 모두 안녕, 안녕, 안녕.

이랑과 나는 마침내 한 건물의 옥상으로 올라갔다. 여기가 좋을 것 같지? 이랑이 물었고 나는 그렇다고 대답했다. 우리는 희미해진 얼굴로 서로를 마주 보았다. 갈게. 이랑이 인사했다. 이따 봐. 나는 그렇게 말한 다음 빈말이 아니라고 덧붙였다. 이랑이 웃으며 고개를 끄덕였다. 그것이 마지막이었다. 이랑은 계단을 걸어 내려갔고, 나는 옥상에 혼자 남아 바깥을 내다보았다. 그때 시각은 오전 6시 51분.

*

같은 날 오전 7시 13분, 강남대로변에 위치한 초대형 옥외 전광판은 3분 21초 동안 오류가 났다.

출근길 도로 위에 갇힌 사람들, 횡단보도 신호를 기다리던 사람들, 창밖을 내다보던 사람들은 명품 정장 광고가 흘러나오던 전광판이 별안간 꺼져 버리는 모습을 보았다. 얼마 지나지 않아 검은 화면의 정중앙에는 작은 흰색 원이 생겼다. 그 원이 서서히 커지는 모습을 사람들은 지켜보았다. 이랑이 해냈구나. 나는 속으로 생각했다. 지하철 플랫폼에서 내가 이랑의 귀에 대고 속삭였던 말은 데뷔 무대에 서 보라는 것이었다.

3분 21초.

노래 한 곡이 온전히 흘러가는 시간.

그 시간 동안 나는 이랑을, 그 눈부신 데뷔 무대를 눈도 깜빡이지 않은 채 바라보았다. 이랑은 지금 이 순간을 오래도록 기다렸을 것이다. 나는 아무 망설임 없이 전광판 안으로 뛰어드는 영혼을 상상해 보았다. 원이 커질수록 화면은 점점 환해졌고, 마침내 전광판이 온통 새하얀 빛으로 변한 순간, 근사한 일이 일어났다. 전광판에서 흘러 나온 빛이 도시를 비추기 시작한 것이다. 눈처럼 희고도 밝은 빛은 캄캄했던 도시의 방들과 어두웠던 도시의 골목들을 한순간에 환하게 밝혔다. 쏟아지는 빛 속에 선 사람들을 바라보며 나는 힘껏 박수를 쳤다. 그러자 이상한 마음이 들었다. 갑자기 모든 것이 그리워질 것만 같았다. 그러니까 수많은 얼굴을, 주말 아침의 영화를, 허공에 포물선을 그리던 야구공을 다시 사랑할 수 있을 것만 같은 기분. 그것들을 마지막으로 떠올려 보기 위해서 나는 눈을 감았다.

첫 소설집을 묶던 시기에 북극 나라의 영웅 고빌라트론에 대한 이야기를 읽었다. 차가운 기계 인간의 눈길 한 번에 빙원 한복판에서 꽁꽁 얼어붙었던 고빌라트론. 그는 얼어붙은 채로 뜨겁게 생각하기 시작했다. 뜨겁디뜨겁게 생각하다 못해 열병에 걸리고 말았다. 열이 오르자 얼음이 녹았고 영웅은 자유로워졌다.

시리 허스트베트의 『불타는 세계』(뮤진트리, 2016)에 등장하는 이 이야기가 너무나 마음에 들어서 공책에 적어 둔 다음 수시로 꺼내 읽었다. 고빌라트론을 구한 것이 고빌라트론이었다는 사실이, 뜨거운 생각이 마침내 근사한 일을 해냈다는 사실이 좋았다. 나는 늘 생각이 너무 많았고, 한때는 그것을 고쳐야 할 단점으로 여겼다. 『유령의 마음으로』를 쓰면서 나의 생각이 나의 자유로 연결될 수 있다는 사실을 새삼스럽게 깨닫게 되었다. 나는 언제나 내가 생각하는 만큼 자유로워질 수 있다.

책에 실린 여덟 편의 소설은 다음과 같은 장면들로부터 흘러나왔음을 적어 둔다.

침대 발치에 놓인 거울,

방 안에서 내려다보던 새벽의 고속도로,

폐업한 가게 내부에서 죽어 가던 식물들,

흐르는 물,

더 세게 흐르는 물,

독립 영화관 스크린에 닿던 지하의 빛과 가로수에 닿던 지상의 빛,

나무라는 이름의 나무,

새벽 첫차와 자정의 택시,

신경증과 환영들,

낮 같았던 밤과 밤 같았던 무수한 낮들.

내가 쓴 소설에 조금이나마 환함과 온기가 깃들어 있다면 그것은 전부 사랑하는 이들로부터 진 빚일 것이다.

세상에서 가장 존경하는 엄마, 엄마를 통해 믿음과 용기를 배웠어요.

사람을 사랑하는 마음을 물려주신 할아버지, 나보다 더 나를 잘 아는 동생 성민, 매번 내 소설을 읽고 늦은 밤 긴 메시지를 남겨 주던 유정, 고마워요.

정기현 편집자님, 함께 책을 만들어 나가던 모든 과정이 행복하고 소중했어요.

해설을 써 주신 황예인 평론가님, 추천의 말을 써 주신 박솔뫼 작가님, 고맙습니다.

　마지막으로 신인 소설가에게 아낌없는 응원을 보내주신 민음사에 깊은 감사의 말을 전합니다.

　앞으로 열심히 쓰겠습니다.

2022년 봄
임선우

마음을 살려 내는 이야기

황예인(문학평론가)

　　겨울에서 봄으로 넘어가는 사이, 여덟 편의 이야기를 읽는 동안 임선우라는 사람에 대해 종종 생각해 보았다. 작가가 직접 자신을 말하는 에세이가 아니라, 스스로에 대해서는 한마디도 하지 않는 허구의 이야기를 통해 되레 그의 마음을 구석구석 알게 되는 듯했다. 그가 감각하는 이 세계의 온도, 평온을 깨뜨리고 벌어지는 여러 일들 가운데 중요하게 여기는 사건, 맨 마지막에 찍어 둔 발자국의 의미 같은 것들을 따라가면서 나는 그에게 친밀감을 느꼈다.

　　하여 윤슬이 반짝이는 한강을 하염없이 걸으면서, 또 방 안에 앉아 어두워지는 빛을 우두커니 바라보면서 만약 지금 그가 곁에 있다면 어떤 목소리를 낼지 떠올렸다. 아마도 이 사람은 누군가에게 힘을 내라거나 그래도 살아야 한다는, 당위에 가까운 응원을 전하지는 않을 것이다. 그보다는 기운을 잃어버린 마음이 어떻게 하면 다시 생기를 찾을 수 있을지 그 방법을 고민하리라. 그는 죽어 버린 마음이 어떠한 상태인지 누구보다 잘 이해하고 있을 테니까.

*

"나는 내가 죽지 않았다는 사실에 크게 실망하고
있었다."(「유령의 마음으로」, 12쪽)라고 고백하는 사람의
이야기를 살펴보되, 이를 조금 다른 버전으로 떠올려
볼까. 이를테면 환상 없이 현실에 충실하게, 우리가 주
로 삶을 상상하는 방식대로.

'나'에게는 사고로 식물인간이 된 남자 친구가 있다.
주중에는 빵집에서 아르바이트를 하고, 토요일마다 그
를 보러 병원에 찾아가는 동안 '나'는 점차 지쳐 간다.
여덟 번의 계절이 지나가도록 그는 깨어날 기미가 없
고, '나'는 헤어지고 싶다는 마음을 전하지 못한 채 시
간만 흘려보낸다. 퇴근 후 한강으로 가 물고기들에게
남은 빵을 던져 주며 물끄러미 바라보는 때가 그나마
숨통이 트이는 순간. 문득 이렇게 살아서는 안 된다는
깨달음이 찾아오고 '나'는 더 이상 그를 보러 가지 않
기로 결심한다. 마침내 긴 이별에 찍히는 마침표.

그런데 그 결심은 어떻게 가능해지는 걸까? 절친한
친구의 적극적인 조언과 설득(그만둬, 그거 죄 아니야,
너도 네 삶을 살아야지, 충분히 할 만큼 했어), 혹은 새롭
게 시작된 사랑(우연히 만나 서로 지친 마음을 달래 주

265

는 사이에 스며든), 눈부신 햇빛과 피부를 간질이는 부드러운 바람(매일 반복되지만 어느 날 유난히 특별하게 느껴지는 감각) 같은 것들……? 하지만 견디느라 마음의 에너지가 완전히 닳아 버린 사람에게 그런 순간이 열리는 건 별로 어울리지 않는 것 같다. 소진되어 버린 마음이 새로운 사건을 맞이하려면 그에 걸맞은 에너지가 필요한 법이다.

작가는 이러한 마음의 상태를 아주 정확하게 알고 있는 듯 오직 마음을 살리는 일에만 집중한다. 소설의 첫 장면에 아무런 예고 없이 유령을 등장시킴으로써, 또 인물들로 하여금 이를 태연하게 받아들이게 함으로써. 이 이야기에 등장하는 유령이 '나'의 원래 마음이라는 사실을 알아채지 못하기란 오히려 어려운 일이다. "너는 누구야?" 하는 '나'의 물음에 유령이 "나는 너야."(10쪽) 하고 답하고 있으니까. 작가는 유령을 통해 얼어붙은 마음으로는 할 수 없는, 말랑말랑한 마음만이 할 수 있는 일들을 보여 준다. 매 순간 떠오르는 감정을 그대로 받아들이고 선명하게 이름을 붙여 주며 그것이 무엇을 의미하는지 이해하는 일 말이다.

예컨대 유령은 수면 위로 앞다투어 올라와 입을 벙긋거리며 빵을 먹으려는 물고기들을 바라보다 "기특하고 예쁘다."라고 말하는데 '나'는 이에 "괴로울 정도로 쑥스러"운 감정을 느낀다. 왜냐하면 이는 물고기에 대한 "내 감상이기도 했기 때문"(16쪽)이다. 더불어 여기엔 우회하여 드러낸 스스로에 대한 감정도 담겨 있는 듯하다. 물고기들은 언젠가 '나'에게 충만했던 삶의 의지를 떠올리게 했을 테고, 그럼에도 완전히 사라지지는 않아 빵집과 병원을 부지런히 오가며 삶을 이어 가고 있는 지금을 돌아보게 했을 것이다. 그때 물고기들에게 건넸던 말은 유령을 통해 지금 자신에게로 되돌아와 어쩌면 듣고 싶었을 따뜻한 격려가 되어 준다.

그런 식으로 '나'는 버티기 위해 모른 척해 왔던 감정들을 유령과 함께하는 동안 하나하나 느끼고 받아들여 간다. 흥미로운 점은 바로 유령의 이런 역할이다. 소설에서 유령이라는 환상은 현실에서라면 불가능했을 일을 가능하도록 만들기 위해 고안된 것이다. 그런데 이야기 속에서 인물이 가장 바라고 있을 법한, 그러나 결코 의지로 해결할 수 없는 문제는 식물인간인 남자 친구를 다시 깨어나게 만드는 일 아닌가? 하지만 유령은 감정의 수용을 도울 뿐이다. 고작? 아니 무려. 당위적인 응원만큼 마음을 들여다보라는 격언 또한 우리를 지치게 하지 않나. 그게 어떻게 가능해지는 건지 우리는 경험한 바 없으니까.

작가는 이 환상을 마치 부러진 다리에 부목을 대어 주듯 사용한다. 그 다리를 한 번에 저절로 낫게 하는 게 아니라. 그 덕분에 인물은 제힘으로 이야기의 다음

장을 향해 걸어갈 수 있게 된다. 비로소 찾아온 새로운 토요일은 한때 틀림없이 존재했던 사랑으로부터 깨어나길 기다리는 동안 사라져 버린 열정까지, 어떠한 감정도 외면하지 않고 충실히 따라갔기 때문에 주어진 결과일 뿐이다. 무언가를 무릅쓰고 용기를 냈다거나 고민 끝에 결단을 내려 얻어 낸 성취가 아니라.

특별할 것 없던 오후, 유령은 내 어깨에 기대어 있다가 스르르 사라졌다. 사라지기 전, 유령은 내 귀에 대고 무언가를 속삭였다. 그러나 그것은 언어의 형태가 아니었다. 그것은 꿈처럼 아름답고 깃털처럼 부드러운, 물고기처럼 유연하고 흐르는 물처럼 반짝이는 유령의 마음이었다.(32쪽)

마지막 장면이 마음을 벅차오르게 하는 까닭은 이 아름답고 반짝이는 유령의 마음이 곧 '나'의 마음임을 우리가 알기 때문이리라. 감정의 부정 속에서 마음을 죽여 왔던 '나'는 이제야 정말 온전한 자신이 되었다.

죽어 버린 마음을 되살리는 데 전력을 다하고 있는 또 다른 이야기 「커튼콜, 연장전, 라스트 팡」에서는 다소 특이해 보이는 순서만을 이야기해 두고 싶다. 내 마음을 먼저 살려 낸 후에야 누군가의 마음 또한 살릴 수 있는 게 아니라는 사실. 육신이 죽었음에도 생생한 마음의 결을 보여 주던 이랑이 소멸을 앞두고 "이제 와서 뭘 해." 하며 줄곧 꿈꿔 오던 바를 포기하려 하자 '나'는 "나도 모르게 마음이 다급해"(256쪽)진다. '나'는 이랑이 처음이자 마지막으로 무대에 오를 수 있도록 도와주는데 그다음에야 '나'에게 "모든 것이 그리워질 것만" 같은 마음이 되돌아온다. 제빛을 찾은 '나'의 죽음은 지원서 대신 유서를 쓰던 시기의 삶보다 훨씬 행복하게 느껴진다. 너를 돕고 나서 나를 구하게 되는 이 순서, 그건 제힘, 나 자신이 나를 일으킬 수 있는 사람임을 자각하는 과정에 가까울 것이다.

*

소설이 보여 주는 인간에 대한 어떤 관점이 타당하다거나 의미 있다고 말하기보다는 이 작가가 그려 내는 인물, 그들이 가진 마음의 크기에 동질감을 느낀다고 말하고 싶다. 어떤 이야기 속 인물의 마음이 지나치게 크고 또 그 에너지가 강렬하게 느껴질 때가 있으니까. 감동하고 자극받지만 결국 나의 마음과는 다른지라 피로해지기 쉬우므로.

「여름은 물빛처럼」 속 나무로 변한 남자를 아예 식물로 바꾸어 보아도 이야기는 지금처럼 흘러갈 수 있지 않을까. 앞서 살펴본 '유령'처럼 나무로 변한 남자 또한 소설의 첫 장면에서 별다른 기미도 없이 등장하고, '나' 역시 이를 금세 받아들인다. 이때 딱딱하게 변하여 바닥에 붙박인 '나무 남자'가 상실로 인한 슬픔과 시간의 정지 상태에 빠진 인물을 표현한다는 것을 구태여 설명할 필요는 없을 것이다. 이 은유는 그만큼 직관적이다. 다만 이렇게 설정함으로써 더욱 자연스럽게 느껴지는 '나'의 마음의 크기에 대해서 말하고 싶다.

'나'는 한낮의 강한 햇빛을 걱정하며 커튼을 쳐 줄까 묻고 갈증을 염려하며 발치에 물을 뿌려 주는 정도로 남자를 대한다. 그렇지만 딱 그만큼의 관심만으로 남자는 딱딱한 나무껍질에서 벗어나고, '나' 또한 얼어붙었던 상실의 시간에서 풀려나온다. 나무로 변한 남자라는 설정이 아니었다면 이러한 인물의 태도는 어쩌면 다음과 같이 오해되어 읽혔을지도 모르겠다. 어쩔 수 없이 자신의 아픔에 더 골몰하는 게 인간의 본질이라거나, 타인과 긴밀하게 얽히지 않으려는 세태를 반영하고 있는 것이라고.

하지만 이는 작가가 인간에 대해 가진 믿음, 인간의 제힘에 대한 신뢰를 바탕으로 읽어 내는 편이 적절해 보인다. 두 사람은 서로를 향한 약간의 다정이 이루는 각도만큼 기울어 있다고 할 수 있겠지만, 무게중심을 잃을 정도로 서로에게 기대어 있지는 않다. 그들은 제힘으로 각자의 시간을 통과하고 있으며, 그 제힘 덕분에 상대를 적절한 거리에 둔 채 공존할 수 있는 것이다. 남자가 뿌리 박혀 벗어날 수 없는 방 안에서 "빛이 바뀌길 기다리"며 그나마 "뭔가를 하고 있는 것 같"(86쪽)은 기분에 기대어 하루를 보내는 것처럼, '나'는 수로에 쪼그리고 앉아 "한 계절만큼은 물이 내내 반짝이며 흘러"(87쪽)가는 모습을 지켜보며 사랑하는 사람의 죽음 이후 멈춰 버린 세계를 견딘다. 그렇게 "산이 해냈"(103쪽)듯 '나'도 해낸다.

그러므로 잃어버린 도마뱀을 찾으려다 잠시 얽힌 세 사람의 이야기 「집에 가서 자야지」의 마지막 장면을 쓸쓸하게만 바라볼 수는 없을 것이다. 깨어진 관계에 주목해야 하는 걸까? 정우가 형들을 붙잡기 위해 도마뱀을 봤다고 속였으니까. 아니면 힘든 과거의 이야기를 들려주지 않고 종잡을 수 없는 거짓말을 일삼았던 조를 탓해야 할까, 그토록 궁금해하면서도 아무것도 묻지 않았던 '나'의 태도를 문제 삼거나.("그때나 지금이나 내가 궁금한 것은 김재현이 아니라 조가 왜 그 시기에 천장만 보고 지냈는지에 대한 것이었다. 그렇지만 나는 이번에도 그 질문만은 하지 않았다."(157쪽))

마음을 살리려는 이야기에 어찌 되었든 살아야 한다는 당위가 존재하지 않았던 것처럼, 이 이야기에도 관계 맺기를 위해 반드시 수행해야 하는 의무 사항 — '정우는 거짓말을 하는 대신 외로움에서 벗어나게 해 달라고 도움을 요청해야 했다' '조는 마음의 문을 열고 자신의 오래된 상처에 대해 털어놓아야 했다' ''나'는 조에게 적극적으로 관심을 표현해야 했다' — 같은 것은 전혀 없다. 도마뱀이 사라지지 않았다면 모르는 사람의 집에 찾아가는 일은 일어나지 않았을 것처럼, 작가는 계획이나 의지와 무관하게 불시에 생성되는 관계를 그려 낸다. 그리고 상대를 향한 열렬한 감정 없이도 안전하게 기댈 수 있을 만큼 기울어지는 순간이 있음을 이야기한다.

'조'가 품고 있는 과거의 사연을 캐묻지 않은 채 계속 궁금해하며 곁에 머무는 '나'의 마음. 나는 이 정도가 보통의 우리들이 감당할 수 있는 적절한 마음의 크기라 생각했다. 서로 다른 시간을 통과하며 생겨난 감정의 맥락과 마음의 상태를 정확하게 알고 싶어 하는 건 어쩌면 해석의 욕망에 더 가까울 테니까. 상처를 짐작하고 그 때문에 드리워진 그림자를 배려하면서("같이 가자."(153쪽), "같이 있어 줄까."(174쪽)) 가까워졌다 멀어졌다를 왕복하는 일이 이 마음이 수용할 수 있는 관계의 범위일 것이다. 덧붙여 누군가의 다정한 목소리로 "집에 가서 자야지."(175쪽)라는 말을 듣고 싶다는 바람은 이런 마음의 크기를 가진 사람들이 홀로 고립되지 않게 해 줄 것이다.

「알래스카는 아니지만」에서도 인물들은 서로 경계하고 탐색하며 조심스럽게 문을 두드리는 대신 엉겹결에 문을 활짝 열고 문지방을 성큼 넘어선다. 마침내는 천장이 무너지는 바람에 아예 한집처럼 되어 버리는 순간을 작가는 마치 화이트 크리스마스 속 한 장면처럼 공들여 그려 내고 있으나, 여기서는 약간 다른 지점, "동그랗게 만 수건 두 개를 끌어안은 밤"(218쪽)에 대해 기록해 두고 싶다. 이 세계에서 영원히 사라져 버린 따뜻하고 보드라운 고양이 두 마리를 대신하는 수건 두 장, 그것이 진짜가 아니라고 말하기는 쉽지만 작가는 거기서도 온기를 느끼고야 마는 마음을 분명하게 새겨 두었다. 돌이킬 수 없는 사건에 온 힘을 다해 슬퍼하는 밤도 아니고, 누군가에게 온 마음으로 위로받는 밤도 아닌, 그저 작은 장치가 부서진 마음을 아주 조금이나마 떠받치는 밤. 나는 이 작가가 만들어 낸 딱 그만큼의 힘에 확실히 부축받을 수 있을 것 같다.

*

그리고 남은 이야기들을 통해 작가는 이런 마음이 해낼 수 있고 또 해내야 하는 무엇보다 중요한 일을 보여 준다. 나쁜 세계에서 자신마저 나빠지지 않도록 지켜내는 일 말이다. 이러한 삶의 과제란 얼핏 소박해 보인다. 하지만 한 사람이 확실히 미칠 수 있는 힘의 범위가 바로 자기 자신이라는 세계라고 할 때 결코 실패해서는 안 될 위대한 과업이라 할 수 있다. 대체 나조차 좋아할 수 없는 나 자신으로 살면서 이 세계에 어떤 대단한 영향을 끼칠 수 있단 말인가? 「동면하는 남자」의 주경은 스스로에게 부여한 며칠의 "겨울방학"(199쪽)을 통해 자신도 모르는 사이에 망가져 가고 있었던 스스로를 구하고자 한다. 이는 도중에 끊긴 타인의 일기장 속 문장을 좋은 말들로 채우는 일을 통해 시작된다.

오래전에 정수의 일기장을 훔쳐 읽은 적이 있었다. 함께 산 지 얼마 안 됐을 때였다. 주경이는 가끔 자면서 말을 한다. 그 말을 듣고 있으면. 일기는 거기서 멈춰 있었다. 나는 그 뒷말이 오랫동안 궁금했다. 때로는 좋은 문장들이 떠올랐다. 더 사랑하게 된다, 이불을 덮어 주게 된다, 좋은 꿈을 꿀 것 같다. 때로는 나쁜 문장들이 떠올랐다. 미워하게 된다, 숨이 막힌다, 죽고 싶어진다. 한때는 그 생각만으로도 밤을 새울 수 있었다.(200쪽)

비록 단역이었으나 좋아하던 무대를 떠나 역할 대행을 하며 지내던 주경은 괄호 안에 결코 좋은 말들을 적어 넣을 수 없었을 것이다. 동면한다는 말을 믿지 않으면서도 돈 때문에 남자를 언 땅에 묻었고, 다음 날엔 살인자가 되고 싶지 않다는 이유로 그를 깨우러 갔기 때문이다. 범죄자가 되고 싶지 않다는 건 누군가의 죽음을 순수하게 두려워하는 상태와는 엄연히 다르다.

자신의 삶을 사는 대신 다른 이의 삶을 질시하고 망치려 들었던 정수가 너도 마찬가지 아니냐며 남자의 동면을 방해했던 행위를 변명할 때, 주경은 그제야 나쁜 상황 속에서 함께 나빠지고 있었던 자신을 자각한 듯 그 행위를 "그 짓"(203쪽)으로 명명하고는 그를 떠난다. 이때 주경의 선택은 「빛이 나지 않아요」에서 끝내 해파리로 변하지 않고 인간의 내면으로 죽은 지선 씨를 배웅한 후 이루어진 '나'의 선택과도 맥락을 공유한다. 내 삶의 책임을 오로지 나 자신에게 귀속시킴으로써 무엇보다 나의 내면에 비추어 보았을 때 떳떳한 결정을 내리는 것이다.

무대로 다시 돌아가는 골목길에서 주경은 잊고 있던 기억을 떠올린다. 그가 "여덟 살 때 앞집 여자는 차에서 히터를 틀고 자다가 죽었"는데 그 때문에 "자라는 내내 밤중에 주차된 차들을 볼 때마다 시체가 들어 있을까 봐 무서"(204쪽)워했다는 것이다. 따뜻한 차 안에서도 사람이 죽는데, 하물며 아무도 찾지 않는 겨울 숲의 언 땅속에서는 어떻겠는가. 동면을 도와달라는 말을 들었을 때 마땅히 떠올랐어야 하는 기억은 뒤늦게나마 찾아와 무서운 감정을 일깨우고 그가 다시 무대 위로 돌아올 수 있게끔 만든다. 이 장면에서 주경이 거듭 말하고 있는 무서운 감정에는 자신이 돌이킬 수 없이 나쁜 사람이 될 뻔했다는 데에서 오는 아찔함도 묻어난다.

자신을 구하는 일은 「낯선 밤에 우리는」에서도 중요하게 다루어진다. 처한 상황의 경중으로 보자면 희애가 사이비 종교에 빠진 친구 금옥을 구하는 이야기가 되어야 할 것 같지만 그들은 각자 자신의 삶을 구해 낸다. 전도 실적이 좋지 않아 먼 곳으로 떠나야 하는 금옥은 희애에게 "가는 게 좋을까?" 묻는다. 희애는 이에 대해 "네가 원한다면 가는 게 맞지 않을까?"(128쪽) 다소 어정쩡하게 느껴지는 답을 내놓고, 나중에 "잘못했다는 생각"(132쪽)을 하면서 "혹시 다음에 여행이든 어디든 가게 된다면 말이야. (……) 나한테 미리 얘기해 줄 수 있겠니?"(134쪽) 고쳐 말한다. 삶의 중요한 선택은 다른 사람이 대신해 줄 수 있는 게 아니라는 점을 상기시키면서도, 다만 이야기를 나눌 수 있는 존재가 곁에 있음을 깨닫게 하는 요청이다.

마침내 금옥은 지고 다니던 십자가를 버리고, 희애는 "가족"이라고 적힌 "파란 동그라미들"(137쪽) 안에 자신은 포함되지 않음을 깨닫고 시댁을 떠난다. 여기에 이르기까지 희애는 금옥의 종교에 대해, 금옥은 희애의 결혼 생활에 대해 안타까운 감정을 표현하지도, 또 부정적인 평가를 내리지도 않는다. 이러한 관계 설정 속에는 작가의 단호하리만치 분명한 삶의 태도가 담겨 있는 듯하다. 제 삶은 어디까지나 제힘으로. 이를 냉담하게 느끼는 독자는 없으리라, 두 사람이 소반을 사이에 두고 함께했던 따뜻한 식사 시간이 서로에게 힘이 되어 주었음은 틀림없으니까.

*

산뜻하고 가뿐하게 느껴지는 이야기를 따라가다 보면 나도 한번 해 볼 만하다는 생각에 이른다. 무표정한 마음을 살피고, 우연히 생성되는 관계에 기꺼이 뛰어들며. 무엇보다 내 삶에 책임을 다하고 싶어진다. 그러니까 살아 볼 만하다고 다시 숨을 고르게 된다. 아마도 이 산뜻함과 가뿐함은 마음의 크기가 맞아떨어지는 데서 생겨나는 감각일 것이다. 꼭 내 것이 되지 않아도 좋을, 삶의 거대한 의무들에 짓눌린 마음을 위해 쓰인 이야기. 어떻게 죽어 버린 마음이 다시 살아날 수 있을까? 아무것도 느끼지 못하고 무엇도 바라지 않는 그런 상태로부터. 힘내서 살라는 말도, 살아야 하는 이유들도 더는 듣지 않은 채. 이 세계에 머무는 동안 우리에게는 그저 마음을 살리려는 데 전념하는 이야기가 필요하고, 이 작가는 어김없이 그런 이야기로 우리의 마음을 살려 낼 것이다.

덧붙여 두고 싶은 건 어째서 좋았는지 설명하려고 하면 할수록 오히려 그 좋은 느낌에서 멀어져 버릴 듯한 부분들이다. 도시의 비둘기에게 부여한 저승사자의 역할, 도마뱀에게 김재현이라고, 고등어 무늬를 가진 길고양이 형제에게 성철이와 병철이라고 붙여 준 이름, 병철이의 생사여부를 알아내기 위해 생포한 들개의 목에 감겨 있던 목줄, 우울한 망고들로부터 읽어 낸 생각에 잠긴 듯한 표정, 여자친구와 이별하고 나무가 되었다는 남자에게 방송국에서 선물로 보내온 무시무시한 지압 슬리퍼, 맛술 대신 식초를 넣은 어묵조림을 단무지 삼아 먹고자 배달시킨 짜장면, 별안간 등을 돌린 형에게 정우가 내뱉은 재수 없다는 욕…… 하나씩 헤아리다 보면 이 세계의 빛깔이, 그 안에 머무는 나의 색채도 다채로워지는 것 같다.

지난 며칠 매일 아침 임선우의 단편을 한 편씩 읽었
다. 그 시간들이 좋았다. 소설 속 사람들이 각자의 상황
앞에서 어떻게 해야 할까 생각하고 밥을 먹고 다시 어떻
게 하지 생각하다가 결심을 하는 것을 보는 것이 좋았
다. 이 사람들과 친구가 되고 싶은 것은 아니고 친구가
되기에는 나는 너무 확실하게 뼈와 살을 가진 다른 밀도
의 사람이라는 생각이 들지만, 길을 걷다 스쳐 지나가
는 수많은 사람들 중 이런 사람들이 있을 것이라는 생각
은 왜인지 계속 들었다. 길을 걷다 집으로 돌아가면 바
닥에 솟아나는 빨대를 왜인지 침착하게 받아들이는 사
람이 나를 스쳐 지나간다.

몇몇 좋아하는 장면이 있다. 내가 그 아랫집이야, 라
고 어느새 가까워진 빌라 위층 주민에게 아래층에 사는
조가 말하는 장면. 혹시 내가 네 몫까지 먹게 되는 건
가? 아니야, 그냥 네가 많이 먹은 거야, 라고 어느 날 자
신과 똑같이 생긴 유령이 나타난 주인공이 밥을 먹으며
유령과 대화하는 장면. 어쩌면 임선우의 소설은 소박한

일상을 보내는 인물들이 환상적인 상황과 만나게 되는 이야기라고 읽을 수도 있을 것이다. 그 설명도 맞겠지만 나는 거기에 섬세하게 쌓아 온 장면에서 순간적으로 못이 하나 빠지면서 혹은 물방울이 하나 떨어지면서 생기는 틈이 매력적인 소설이라고 덧붙여 말하고 싶다. 내가 좋아하는 장면들이 꼭 그랬으니까.

— 박솔뫼(소설가)

수록 작품 발표 지면

「유령의 마음으로」, 《현대문학》 2020년 12월호

「빛이 나지 않아요」(발표 제목 「환하고 아름다운」),

《악스트》 2021년 11/12월호

「여름은 물빛처럼」, 《릿터》 2020년 8/9월호

「낯선 밤에 우리는」, 『AnA Vol. 01』(은행나무, 2021)

「집에 가서 자야지」(발표 제목 「조금은 견딜 만한」),

《문학사상》 2019년 12월호

「동면하는 남자」(발표 제목 「너무 많은 날들」),

《문장 웹진》 2020년 1월호

「알래스카는 아니지만」, 『왜가리 클럽』(안온북스, 2021)

「커튼콜, 연장전, 라스트 팡」, 《웹진 비유》 2020년 8월호

유령의 마음으로

1판 1쇄 펴냄 2022년 3월 25일
1판 11쇄 펴냄 2024년 8월 8일

지은이 임선우
발행인 박근섭, 박상준
펴낸곳 (주)민음사

출판등록 1966. 5. 19. (제16-490호)
서울특별시 강남구 도산대로1길 62(신사동) 강남출판문화센터 5층
대표전화 02-515-2000 팩시밀리 02-515-2007
www.minumsa.com
ⓒ 임선우, 2022. Printed in Seoul, Korea
ISBN 978-89-374-4269-8 03810